儿科临床系列丛书

儿科临床液体治疗

ERKE LINCHUANG YETI ZHILIAO

主　审　李成荣

主　编　万力生　袁雄伟

副主编　罗宏英　段金海

编　者　万力生　王　斌　刘灿霞　袁雄伟
　　　　罗宏英　张绍芬　魏菊荣　高鲁燕
　　　　段金海

人民軍醫出版社

PEOPLE'S MILITARY MEDICAL PRESS

北　京

图书在版编目(CIP)数据

儿科临床液体治疗/万力生,袁雄伟主编. —北京:人民军医出版社,2009.1
(儿科临床系列丛书)
ISBN 978-7-5091-2351-5

Ⅰ.儿… Ⅱ.①万…②袁… Ⅲ.小儿疾病—输液疗法 Ⅳ.R720.5

中国版本图书馆 CIP 数据核字(2008)第 171037 号

策划编辑:王　琳　文字编辑:张翼鹏　责任审读:张之生
出　版　人:齐学进
出版发行:人民军医出版社　　　　　　经销:新华书店
通信地址:北京市 100036 信箱 188 分箱　邮编:100036
质量反馈电话:(010)51927270;(010)51927283
邮购电话:(010)51927252
策划编辑电话:(010)51927409
网址:www.pmmp.com.cn

印、装:北京蓝迪彩色印务有限公司
开本:787mm×1092mm　1/16
印张:12.5　字数:230 千字
版、印次:2009 年 1 月第 1 版第 1 次印刷
印数:0001～3000
定价:38.00 元

内容提要

本书是儿科临床液体治疗方面的专著,针对小儿体液平衡的特点、常用溶液的介绍、儿科各系统疾病的液体治疗等一系列问题,进行了全面的论述,并给出了临床上常用补液方案。在介绍各病种的治疗时,首先针对体液代谢特点,继而介绍液体治疗方案,使之能根据水和电解质损失量给予合理补充,并配以其他治疗方法的介绍。本书实用性、指导性强,适合儿科临床医师和医学院校师生阅读参考。

丛书前言

儿科学是一门不断发展的临床学科,也是一门实践性很强的科学,儿童疾病的发生、发展有其独特的规律,诊断与治疗也有其特有的复杂性。在临床医疗工作中,对于病情发展凶险的患儿,儿科医师须及时诊断、迅速治疗,一旦误诊、漏诊或治疗不及时,就可能造成难以弥补的损失;对于病情发展缓慢或复杂的患儿,特征性的临床表现出现得较迟,一旦出现则病程可能已进展到晚期,造成治疗的延误。儿科医师要想在这一高风险的工作中尽可能地提高诊断与治疗成功率,除了具备坚实的理论基础和规范化的诊断与治疗外,长期的临床实践经验积累也是必不可少的。有鉴于此,应人民军医出版社之约,中国医科大学儿科临床学院(深圳市儿童医院)的专家,在国内知名医学专家的指导与审定下,编写了这套《儿科临床系列丛书》。

丛书的编写以立足临床,注重实用为宗旨。《儿科门急诊处理》是针对门急诊病人,讲述门诊医生如何能在仅有的几分钟内做出快速诊断,给出病儿一个正确的处理。《儿科临床医嘱示例》是针对住院病人,讲述病房医生应对危重、疑难病人的诊断,并根据病情需要,开出必要的医嘱检查单,以确认诊断的正确性,并给出正确医嘱治疗单以及用药说明。《儿科临床液体治疗》是儿科医生必须熟练掌握的治疗方法,主要针对体内水代谢失常的病儿,讲述病儿水代谢失常的判定,哪些疾病要补、要脱,如何补液、如何脱水,是医生与病人所共同关注的。《儿科疑难病例查房实录》是针对临床上难诊断、难治愈、死亡率高以及少见病的病例进行剖析,讲述各级医师对一典型病例的层层分析、讨论、专家查房、会诊,逐步展开诊断及治疗思路,从中发现病例的独特性,使读者领悟正确诊断及治疗方法的由来,以此为镜,可为年轻医生加以借鉴,受益良多。

由于参编人员的学识、经验及学术观点不尽一致,加之时间仓促而紧迫,编写中疏漏与谬误之处在所难免,不足之处尚望读者批评指教。

《儿科临床系列丛书》编委会

2008 年 6 月

前　言

静脉输液技术经历了近 500 年的发展，在 20 世纪逐渐形成了一套完整的体系，静脉输液产品的模式也经历了三个阶段的发展，第一阶段为全开放式静脉输液系统，第二阶段为半开放式输液系统，第三阶段为全密闭静脉输液系统，经过这几阶段的发展大大减少了污染机会，输液安全性得到了很大提高，目前已成为最常用、最直接有效的临床治疗手段之一。

由于静脉输液能直接补充人体的水分和电解质、纠正内环境的失调、扩充血容量、补充能量，还可作为静脉给药的载体，可迅速改善全身状况，提高机体抗病能力，有利于疾病的恢复，为挽救患者生命赢得时间，因此广泛用于治疗很多疾病，难免出现一些滥用的情况。为此有关专家指出，输液是把"双刃剑"，也有其不利于病人的一面。比如，有输液反应、空气栓塞、晕针等发生的可能，不可避免地会带来微粒污染，带来抗生素滥用的危害等。

小儿正处于生长发育阶段，各器官发育尚未成熟，对体液的调节能力也不如成人，对脱水的耐受能力亦差，小儿神经系统、内分泌系统和肾脏对水、盐的调节功能差，水平衡和水过量之间范围较窄，静脉输液的安全范围也较小。因此，液体疗法在儿科中应用更为广泛，但要求也更精细。为确保小儿输液的疗效和避免副作用的发生，儿科医师需要全面了解和掌握体液生理学的基本知识，拥有一套能指导临床实践的输液理论为此，应人民军医出版社之邀请，中国医科大学儿科临床学院（深圳市儿童医院）的临床专家编写了这本《儿科临床液体治疗》。但要提醒广大医务工作者的是，由于临床病情瞬息万变，读者切勿生搬硬套，而要密切观察病情变化，紧密结合病人的具体情况，因人而异，合理选择适宜输液方案。还有，尽管编者反复核校，药物剂量和用法仍难免存在错误，读者如有发现请告知编者，并根据国家药典用药。

本丛书的读者对象包括儿科临床医师、儿科进修医师、研究生、实习医师、儿科专业教师。在本书编写过程中，得到了中国医科大学儿科临床学院（深圳市儿童医院）院长李成荣教授的极大关心和支持，并亲自主审。对此我们全体编写人员表示衷心的感谢。

万力生　袁雄伟

2008 年 6 月

目 录

第1章 小儿体液平衡的特点

人体内所含的液体称体液,体液是一种溶液,溶剂是水,溶质包括葡萄糖、蛋白质及尿素等有机物及钠、钾、钙、镁、氯及 HCO_3^- 等无机物。体液不断与外界环境进行物质交换,即新陈代谢,同时又通过机体的各种生理调节,始终保持体液的相对稳定,主要是指容量、渗透压、酸碱度及各种溶质浓度的稳定,以保证组织细胞的各种生命活动得以正常进行。外环境变化及消化道、呼吸、肾及内分泌等疾病,均可影响体液平衡,引起体液紊乱。当体液紊乱超过机体调节能力时,即可引起体液平衡失调,而体液平衡失调又可导致全身各器官的功能紊乱。小儿尤其婴幼儿新陈代谢旺盛,机体调节能力差,因此比成人更易引起体液平衡失调。为了正确地进行液体疗法,医师需对体液的生理平衡及体液平衡失调的病理生理有较全面的了解。

第一节 体液的总量、分布和成分

一、体液的总量

人体组织大部分由体液组成,年龄越小的人身体所含体液量的比重越大,新生儿体液约占其体重的 78%,婴儿期此百分比迅速下降,至 1 岁时,体液降至占体重的 65%,已接近成人 55%～60% 的水平,此后这一比例维持相对稳定,根据体重可用以下公式大致计算出体液量:体液总量(L)＝0.61×体重(kg)＋0.251。至青春期这一百分比稍有变化,女童体液仅占体重 55%,而男童为 60%,这是因为女童身体含脂肪量比男童高,而脂肪中几乎不含水,用包含脂肪的体重来计算休液所占的百分比,其值自然要低一些。同样道理适用于各年龄的肥胖儿童,其体液占体重的百分比也比正常儿童略低。

二、体液的分布

体液分布于三个区域,即:血浆、间质和细胞内,前两者合称为细胞外液。年龄愈小,体液总量相对愈多,主要是因为间质液的比例较高,血浆和细胞内液量的比例则与成人相近(表1-1)。新生儿细胞外液相对较多,约占总体液的一半,随着年龄增长,细胞外液所占比例逐渐下降,细胞内液比重相对增加,至 1 岁以后这一比例才趋于稳定,接近成人水平。此时期细胞内液占体重 35%～40%,即 350～400ml/kg,细胞外液占体重的 20%～25%,即 200～250ml/kg。其分布在两个区,①血浆区:体液占体重的 5%;②组织间液区(包括淋巴液):占体重的 15%～20%。另外尚有占体重 8%的体液存在于骨、软骨及致密结缔组织中,由于其与总体液间的交换十分缓慢,在维持体液平衡中影响甚微,临床上常忽略不计。尚有占体重 2%的液体存在于脑脊液、胸膜、腹膜、关节腔、眼球及消化道、泌尿道的分泌液中,在生理状态下,这部分液体量很小,且较稳定,并不影响整体液体平衡,但在病理情况下,如胸腔、腹腔大量积液时,腹泻或肠梗阻肠腔积液较多时,均可明显影响体液平衡。一般认为胃肠道内的液体不属于体液。因为它实际存在于体外,只是流经消化道,但这部分液体却不断与体液进行着交换,即消化腺不断分泌大量液体进入消化道,其量可达正常饮食量的 3～4 倍,而又将其绝大部分与饮食一起重吸收入体内,只剩余少量液体经粪便排出体外。因此,从体液平衡角度,可将其视为体液的一部分,有人称其为第三间隙液。

表 1-1　体液的分布

年　龄	总　量	细胞外液		细胞内液
		血　浆	间质液	
足月新生儿	78	6	37	35
1 岁	70	5	25	40
2～14 岁	65	5	20	40
成人	50～60	5	10～15	40～45

第二节　体液的成分和渗透压

一、体液的成分

体液由溶液组成,其溶剂是水,溶质主要为电解质及少量非电解质。细胞内、外液所含溶质有很大差异。

(一)细胞外液的成分

1. 细胞外液中主要的阳离子是 Na^+,占 90%以上,对维持细胞外液渗透压起主导作用。其次为 K^+、Ca^{2+}、Mg^{2+} 等。

2. 细胞外液中主要的阴离子是 Cl^-,其次是 HCO_3^-、HPO_4^{2-}、SO_4^{2-} 及有机酸和

蛋白质。

(二)细胞内液的成分

1. 主要的阳离子是 K^+，K^+ 大部分处于离解状态，维持着细胞内液的渗透压。其次是 Na^+、Ca^{2+}、Mg^{2+}，Na^+ 在细胞内液中的浓度远远低于细胞外液。

2. 主要的阴离子是 HPO_4^{2-} 和蛋白质，其次是 HCO_3^-、Cl^-、SO_4^{2-} 等。细胞内的有机阴离子分子量较大，不易通过细胞膜，可使细胞内液溶质保持相对恒定。

新生儿除了在生后数日内血钾、氯、磷和乳酸偏高而血钠、钙和碳酸氢盐偏低外，小儿体液电解质的组成与成人无显著差异。细胞内、外液之所以能保持其溶质有很大差异，除了细胞膜对各种溶质具有不同的通透性外，也与溶质转运方式各异及细胞生理活动有关。例如细胞膜上的 Na^+-K^+-ATP 酶。即钠泵，可主动将进入细胞内的 Na^+ 泵出至细胞外，以与细胞外液中的 K^+ 进行交换。使细胞内液的 K^+ 浓度为细胞外液的 $25\sim30$ 倍，细胞外液的 Na^+ 浓度为细胞内液的 10 倍。

除血浆蛋白因分子量较大，不能从毛细血管壁渗出至间质液，其他成分均能渗透，因此细胞间液与血浆液的其他成分是相同的。

各部分体液的阴阳离子的毫当量(mEq)浓度是相等的，以保持体液的电中性。

二、体液的渗透压

溶液渗透压与该溶液单位体积中所含溶质的颗粒数多少有关，而与溶质种类无关。每一毫摩尔分子(mmol)电解质离子或非电解质离子，在溶液中所产生的颗粒数是相等的，其所产生的渗透压也相等。将 1mmol 电解质离子或非电解质离子所产生的渗透压称为 1 毫渗分子(mOsm)。人体在生理状态下，体液渗透压保持在 $280\sim310$mmol/L，在此范围内称等渗，低于此范围的称低渗，高于此范围的称高渗。

各部分体液的溶质成分保持相对稳定，而水却可迅速地通过细胞膜及毛细血管壁流动，流动方向取决于渗透压及毛细血管内的流体静力压。细胞内外液间，水由渗透压低的一方流向高的一方，直至各部分渗透压达到平衡，例如人饮用较多水后，细胞外液渗透压下降，水即由细胞外液流向细胞内液；而久未饮水引起脱水时，细胞外液渗透压增高，水即由细胞内液流向细胞外液，直至细胞内外液渗透压达到平衡。毛细血管中的血浆蛋白所产生的胶体渗透压，使组织间液水流向血管内；而血管内的流体静力压(来自心脏泵血压)使水流向组织间液。在毛细血管动脉端，流体静力压高于血浆蛋白胶体渗透压，使水从毛细血管流向组织间液；而静脉端正相反，其流体静力压低于胶体渗透压，使水又回到血管中，最终使血浆区与组织间液保持渗透压平衡。由此可见，各部分体液的溶质量是保持其各自容量稳定的必要条件，Na^+ 是保持细胞外液容量、K^+ 是保持细胞内液容量、血浆蛋白是维持血浆容量的主要溶质。尿素能自由通过细胞膜及毛细血管壁，均匀分布于各种体液中，因此虽能产生渗透压，但不影响体液容量的分布。由于各部分体液的渗透压最终会达到平衡，因此测定血浆渗透压，即可反映全身体液的渗透压。Na^+ 是细胞外液的主要电解质，与其相应的阴离子 Cl^- 及 HCO_3^- 一起所形成的渗透浓度，可占血浆渗透浓度的 90% 以上，故根据血浆 Na^+ 浓度用以下公式可大致推算出体液的渗透压：体液渗透压(mOsm/L)＝$[Na^+]$(mmol/L)×2＋10

第三节 水、电解质和酸碱平衡的调节

一、水 的 平 衡

(一)水的需要量大，交换率快

正常人体内水的出入量与体液保持动态平衡。水的需要量与新陈代谢、消耗热量、食物性质、经肾排出溶质量、不显性失水量和活动量有关。小儿生长发育快，细胞组织增长时需积蓄水分；机体新陈代谢旺盛，消耗热量、蛋白质和经肾排出的溶质量均较高；体表面积大，呼吸频率快，不显性失水多(约为成人 2 倍)；加之活动量大，故按体重计算，年龄愈小，每日需水量愈多。早期新生儿及不同年龄小儿每日需水量见表 1-2 和 1-3。

表 1-2　不同体重新生儿液体需要量(ml/kg)

出生体重(kg)	第 1 天	第 2 天	第 3～7 天
<1.0	70～100	100～120	120～180
1.0～1.5	70～100	100～120	120～180
1.5～2.5	60～80	80～100	110～140
>2.5	60～80	80～100	100～140

初生婴儿液体需要量与其体重和日龄有关。足月儿每日钠需要量 1～2mmol/kg，32 周早产儿 3～4mmol/kg；新生儿生后 10d 内血钾水平较高，一般不需补充，以后日需要量 1～2mmol/kg。早产儿皮质醇和降钙素分泌较高，且终末器官对甲状旁腺素反应低下，故常有低钙血症。

表 1-3　不同年龄小儿每日水的需要量

年　龄	需水量 ml/kg
<1 岁	120～160
1～3 岁	100～140
4～9 岁	70～110
10～14 岁	50～90

(二)人体水与电解质出入量平衡

正常人体不断通过皮肤、呼吸蒸发水分,出汗及排尿和粪丢失一定量的水和电解质,为了维持体液水与电解质平衡,丢失必须及时予以补充。正常水的来源有二:①饮食中所含水;②代谢食物或机体自身的糖、脂肪、蛋白质所产生的水(每代谢100kcal,即418.4kJ约可产生水20ml)。食物中含有丰富的钠、钾等电解质,机体较易通过进食得到补充。

机体排出水分途径有四个,即消化道(粪)、皮肤(显性汗和非显性汗)、肺(呼吸蒸发)和肾(尿)。

机体每日丢失水及电解质量与其代谢热量有关,正常情况下人体每代谢100kcal所消耗的水约为150ml、钠3mmol、钾2mmol,需通过饮食补充,见表1-4。

表1-4 人体代谢100kcal(418.4kJ)所消耗的水、钠及钾

丢失途径	水(ml)	钠(mmol)	钾(mmol)
皮肤	30	0	0
肺(呼吸)	15	0	0
汗	20	0.1	0.2
尿	80	2.8	1.6
大便	5	0.1	0.2
总计	150	3.0	2.0

由皮肤和肺蒸发所失水分称为不显性失水,是调节人体体温的一项重要措施。不显性失水不含电解质,对体液平衡的调节不起作用,但却是新陈代谢不可缺少的一部分,失水量与体表面积成正比,早产儿体表面积较大,故不显性失水比婴儿及儿童多,同理儿童失水要比成人多。每天人体产生热量的1/4左右是通过皮肤和肺蒸发水分而丧失,不显性失水量一般比较恒定,但易受外界多种因素影响。体温、呼吸频率、环境温度、湿度及空气对流情况均可影响不显性失水量,这些因素在计算液体疗法时,均应估计在内。婴儿尤其是新生儿要特别重视不显性失水量,新生儿成熟度愈低,呼吸频率愈快,体温及环境温度愈高,活动量愈大,不显性失水需要量就愈多。其量不受体内水分多少的影响,即使长期不进水,也要用身体组织氧化产生的和组织中含有的水分来抵偿。故在供给水分时应把它放在首要地位。不同年龄的不显性失水量见表1-5。在凉爽气候下,人体可无汗,气温较高或运动时身体产热过多,为了维持正常体温,皮肤出汗丢失水分;患儿发热或发生休克,低血糖等交感神经兴奋时可出现多汗。汗液中含有氯化钠,大量出汗时需额外补充水和盐。在高渗脱水时机体虽可使出汗减少,但出汗在调节体液平衡方面并无多大作用。

正常粪便量失水很少,不会起调节体液平衡作用。但在腹泻时粪便大量丢失水和电解质,可引起脱水和电解质紊乱。

肾是调节体液平衡的重要器官,为了排泄每日体内所产生的废弃物,主要是蛋白质终末代谢产物尿素及矿物盐,后者以来自饮食的钠盐为主,机体必须

表 1-5　不同年龄不显性失水量

年　龄	每小时 ml/kg 体重
早产儿	2.0～2.5
足月新生儿	1.0～1.6
婴儿	0.8～1.0
幼儿	0.6～0.7
儿童	0.5～0.6

每日排出一定量的尿液。但尿量及其成分可有很大伸缩性,当机体缺水或渗透压增高时,肾可通过减少尿量及浓缩尿液来纠正体液失衡,尿浓缩最多可达含溶质1 400mOsm/L,尿比重可达 1.035,新生儿及婴儿尿浓缩能力差,尿液浓度最高可达 800mOsm/L;当血浆渗透压过低时,肾可将尿液稀释至含溶质 100mOsm/L,尿比重降至 1.003,婴儿肾稀释功能相对较成熟。小儿年龄愈小,肾脏的浓缩和稀释功能愈不成熟,新生儿和幼婴由于肾小管重吸收功能发育尚不完善,故其最大浓缩能力只能使尿液渗透压浓缩到约 700mmol/L(比重 1.020),在排出 1mmol 溶质时需带出 1.0～2.0ml 水。而成人的浓缩力可使渗透压达到 1 400mmol/L(比重1.035),只需 0.7ml 水即可排出 1mmol 溶质,因此小儿在排泄同量溶质时所需水量较成人为多,尿量相对较多。表 1-4 所列尿量 80ml/100kcal 是指基础代谢时肾既不浓缩也不稀释时的尿量,此时尿液渗透压正好与血浆相等,为 300mOsm/L。而必要时排出同量溶质,尿量可减少至 20ml/100kcal 或增加到 240ml/100kcal,所以每日摄水量在一定范围内增减,机体仍能维持其体液平衡。需从肾排泄的溶质负荷随饮食不同而各不相同,但每日排尿量不应<400ml/m² 体表面积(约相当于新生儿 25ml/kg,婴儿 20ml/kg,儿童 15ml/kg 左右)。但在水与电解质出入量超过肾调节能力时,可引起机体的水与电解质紊乱。由于肾对调节体液平衡具有重要作用,因此在进行液体疗法时,恢复肾循环应作为优先考虑的任务。

机体主要通过肾(尿)途径排出水分,其次为皮肤和肺的不显性失水,消化道(粪)排水,另有极少量的水贮存体内供新生组织增长。小儿排泄水的速度较成人快,年龄愈少,出入量相对愈多,婴儿每日水的交换量为细胞外液量的 1/2,而成人仅为 1/7,故婴儿体内水的交换率比成人快 3～4 倍,加上婴儿对缺水的耐受力差,因此在病理情况下如果进水不足,同时有水分继续丢失时,将比成人更易脱水。

二、电解质的平衡

(一)钠离子的平衡

细胞内外液的容量主要取决于其所含溶质量,细胞内液所含溶质相对稳定,其

容量改变主要受细胞外液渗透压影响,即细胞外液渗透浓度降低时,外液水流向细胞内,使细胞内液容量增加,反之减少,因此内液容量改变的调节,主要通过对体液渗透压的调整而细胞外液容量改变主要取决于其钠及其相应的阴离子含量,即钠(伴一定量的水)从体内丢失,如发生脱水或失血时细胞外液容量减少;摄钠过多,如静脉输入较多生理盐水或进食食盐过多(由于体液渗透压增高,引起渴感中枢兴奋及 ADH 释放,促使饮水、减少排尿),最终均引起细胞外液容量增高。当体液容量发生改变时,机体主要通过肾保留或排出更多钠盐来进行调节,以恢复细胞外液的正常容量,因人体对钠的摄入主要根据个人习惯,除个别情况,如肾上腺皮质增生症失盐型、Addison 病等患儿有一定嗜盐倾向外,机体对钠的需求不如对水的需求那样敏感,故不能通过主动增减摄入钠盐量来调整细胞外液容量,实际人体每天摄盐量均明显超过生理需要量。正常情况下血清 Na^+ 浓度维持在 $130 \sim 150mmol/L$。低于 $130mmol/L$ 为低钠血症,高于 $150mmol/L$ 为高钠血症。

当细胞外液容量发生改变时,机体通过以下机制进行调节。肾是调节钠及细胞外液容量平衡的主要器官。肾小球每日滤出大量钠盐(约相当于摄入量的 100 倍),99% 被肾小管回吸,仅不足 1% 由尿排出。在正常情况下,2/3 钠盐从近端肾小管,约 1/5 从亨氏袢按等渗状态与水一起被回吸,因此进入远端肾小管的尿液是等渗的,余下的约 12% 钠盐由远端肾小管和集合管吸收,但这两部分小管吸收钠盐的多少受到内分泌的调节,是肾调节钠由尿排出多少的主要部位。控制肾钠排出的内分泌因素有二。

1. **肾素-血管紧张素-醛固酮系统**　肾素由位于肾脏入球小动脉近球旁致密斑细胞合成、贮存,当细胞外液降低,有效血容量减少,肾灌注不良时,肾交感神经兴奋,可促使肾素释放至血循环,它使血管紧张素原转变为血管紧张素Ⅰ,后者在血管紧张素转换酶作用下,转变为血管紧张素Ⅱ,血管紧张素Ⅱ可刺激肾上腺皮质球状带分泌醛固酮,抑制肾素产生(反馈作用),并兴奋渴感中枢及直接促使近端肾小管回吸钠盐;醛固酮作用于远端肾小管及集合管,具有保留钠、排钾的作用,使钠回吸增加,尿钠减少,血钠增多、血浆渗透浓度增加。后者与血浆中血管紧张素Ⅱ一起刺激渴感中枢,通过饮水,使细胞外液容量恢复正常。

反之,当细胞外液容量超过正常时,位于颈动脉窦、主动脉弓、入球小动脉的压力感受器兴奋,反射性地使入、出肾小球小动脉扩张,肾小球滤过率增加,进入肾小管钠增多;肾血液灌注增加,肾素分泌受抑制,血浆醛固酮下降,使远端肾小管及集合管回吸钠减少,尿排钠增加,血钠及血渗透浓度降低,后者抑制渴感中枢及 ADH 释放,使饮水减少,尿排水增多,这样通过肾排出更多的钠与水,使细胞外液容量恢复正常,这一过程常需数小时,甚至 $1 \sim 2d$,不像单纯饮水过多,引起的体液渗透压降低,只需 $1 \sim 2h$ 即可被纠正。

2. 心钠素 由心房肌细胞所产生、贮存及释放,当血容量增加,心房肌纤维被牵拉,心钠素即被释放进入血循环,除其本身对肾脏具有较强的利钠及利尿作用,更可抑制肾素-血管紧张素-醛固酮系统及 ADH 释放,消除醛固酮的回吸钠及ADH 的回吸水作用,引起肾排钠及水增加,细胞外液过多可被纠正。

近年来还发现心房肽(atriopeptin)和水通道蛋白(aquaporins,AQP)也是影响水钠代谢的重要体液因素。

(二)钾离子的平衡

体内的钾 98%以上存在于细胞内,细胞内液钾浓度为 150mEq/L,比外液高35～40 倍,细胞内钾与其相应阴离子(主要是磷酸根及蛋白质)是保持细胞内液容量的溶质。随着儿童生长,发育,体重增加,细胞内钾含量也随之增加(其浓度不变),当发生营养不良时,肌肉等组织消减,细胞内钾随之减少。细胞外液钾含量只占体内钾的 2%,其浓度也很低,但机体能通过调节始终使其保持在 3.5～5mmol/L 这一狭窄生理范围内,这一浓度对维持神经、肌肉正常兴奋性,保持心肌、骨骼肌、各脏器平滑肌的正常收缩十分重要,血钾过高或过低可引起神经麻痹及各类肌肉瘫痪,严重时可危及生命。细胞外液钾浓度不总能精确反应细胞内液中的钾水平。

细胞内、外液间之所以能保持钾浓度这样大的梯度,主要依靠细胞膜上的Na^+-K^+-ATP 酶,即钠-钾-泵,它可通过消耗热量不断将细胞内 Na^+ 转运至细胞外液,并将 K^+ 由细胞外液转运入细胞内。

小儿每日钾需要量为 1～2mmol/kg,食物成分中的植物及动物细胞,均含有丰富的钾,上消化道能较充分将这些钾吸收,因此,只要摄入饮食的热量达基础热量,钾的摄入就可达到甚至超过人体需要。但人体经较长时日饥饿或禁食,可发生钾的负平衡。摄入的钾只有一小部分从粪便或出汗排泄,在正常情况下,对体内钾的平衡不能起重要作用;80%～90%的钾是从肾排出,并可根据机体需要减少或增加排出,因此肾是调节体液钾平衡的主要器官。为了保持细胞外液,即血钾浓度稳定及体内钾出入量平衡,机体需进行两方面的调节。

1. 细胞内、外液间钾分布的平衡 人体每日通过饮食所吸收的钾,要比细胞外液所含的钾总量还要多,而肾需经 6～8h 才能将摄入量的 50%排出体外,如果没有细胞内、外间钾的调节,每餐所吸收的钾会使血钾浓度升高达危险程度,实际进食后,所吸收的钾能迅速进入如肌肉、肝、红细胞及骨髓等细胞内暂时贮存,以使血钾维持在正常水平,然后逐渐再由肾将过多的钾从尿中排出。

维持细胞内、外液钾浓度平衡的 Na^+-K^+-ATP 酶,也受内分泌等多种因素的影响,具体包括①胰岛素对调节细胞内外钾平衡起重要作用,它可促进 Na^+-K^+-ATP 酶将细胞外液钾泵入细胞内,此作用与钾伴随葡萄糖进入细胞内无关;另外,血钾增高可促使胰岛素释放,血钾降低则抑制其释放,形成调节的反馈机制。②β受体抑制剂也有促进 Na^+-K^+-ATP 酶的作用,而 α 受体兴奋药则可抑制 Na^+-K^+-ATP 酶,使血钾增高。③酸碱平衡的影响:代谢性酸中毒时,H^+ 进入细胞内以缓冲酸中毒时,需与细胞内 K^+ 进行交换,以维持细胞内液电中性,使细胞内钾进入细胞外液。相反,代谢性碱中毒时,H^+ 自细胞内外出,K^+ 进入细胞内。但由于体内有机酸(如乳酸、酮酸)堆积所致的酸中毒,上述 K^+ 转移情况并不明显,因为有机酸根可与 H^+ 一起进入细胞内,无需 K^+ 外移以维持电中性。呼吸性酸中毒及碱中毒也不引起血钾改变。④组织损伤时,细胞内钾外出至细胞外液,组织修复时则正相反。此时葡萄糖进入细胞内合成糖原,氨基酸合成蛋白质以及糖转变为能量时,均需钾的渗入,可促使细胞外液钾进入细胞内。⑤细胞外液渗透压急性升高时,如高血糖,可使细胞内钾外出,血钾增高;低渗形成多较缓慢,一般不影响钾的流动。⑥肌肉运动可使钾从细胞内流向细胞外,运动停止时钾又重新回到细胞内。

2. 肾的调节　从尿排出钾的多少,并不总与钾的肾小球滤过率相一致,但当肾衰竭出现少尿时,钾离子不能从肾排出,可引起高钾血症。正常情况下,由肾小球滤过的钾,约 60% 被近端肾小管所吸收,30% 由亨氏袢吸收,仅不足 10% 进入远端肾小管、集合管这部分钾可继续被吸收,甚至可使尿钾几乎为零;当摄入钾过多时,钾不但不再被吸收,过多的钾更可从远端肾小管及集合管分泌至尿液中,尿钾排出甚至可超过肾小球所过滤钾量的 20%～100%。尿排钾多少受以下因素影响:①血钾增高时,尿排钾增加,血钾低下时,尿钾减少。②醛固酮使远端肾小管及集合管分泌钾、回收钠,使尿钾增加。血钾增高可促使肾上腺皮质分泌醛固酮,反之,血钾降低的则抑制其分泌,这对醛固酮分泌具有反馈作用。另外,血容量减少时,血管紧张素 II 增高可使醛固酮分泌增加,心钠素作用正相反。③酸碱平衡可影响尿钾的排出,这与肾皮质集合管具有 K^+-H^+-ATP 酶,可进行 K^+-H^+ 交换相关,当酸中毒时,H^+ 被排入尿中,以与 K^+ 交换,使尿钾排出;碱中毒时,H^+ 进入血循环以与钾交换,使尿钾增加。另外,血钾高低也影响体液的酸碱平衡,低血钾时集合管回收 K^+,排出 H^+,可致代谢性碱中毒,反之,高血钾可引起酸中毒。④流经远端肾小管的尿量增加时,如使用利尿药、细胞外液容量增加或水肿患儿处于利尿期,从尿失钾均增加。

三、酸 碱 平 衡

溶液中能提供氢离子(H^+),使氢离子浓度增高的溶质为酸,如盐酸、硫酸、碳酸及磷酸等,其中游离度高的酸,如 HCl 在溶液中全部离解为 H^+ 和 Cl^- 为强酸;而游离度低,只部分被离解的酸为弱酸。溶液中能与 H^+ 结合,使溶液中 H^+ 浓度降低的溶质为碱,如 OH^-、氨、HCO_3^- 等;同样根据其在溶液中是全部离解或部分离解可区分为强碱或弱碱。

1916 年 Hasselbalch 进一步归纳为著名的 Henderson-Hasselbaleh 方程式：$pH=pKa+log[HCO_3^-]/[H_2CO_3]$。该方程式至今仍作为传统模式的公式而被广泛应用。其中 pKa 为碳酸电离常数的负对数，为 6.1，血浆中的 $[H_2CO_3]$ 可由血中 $PaCO_2$ 及 CO_2 溶解系数(a)之积求得，故上式亦可写为：$pH=pKa+log[HCO_3^-]/(a\times PaCO_2)$，方程中的 $[HCO_3^-]$ 被认为是代谢性的，$PaCO_2$ 被认为是呼吸性的。血浆中 $[HCO_3^-]$ 由肾调节，而 $PaCO_2$ 则由肺调节。一般认为，肾是通过代谢作用调节排酸保碱过程，即通过调节排出 H^+ 和回收 HCO_3^- 多少来调节血液中的 $[HCO_3^-]$，以维持血浆中 $[HCO_3^-]/[H_2CO_3]$ 比值，从而维持血浆中 pH 的正常范围。

正常人体维持着比较恒定的酸碱度，即 pH。正常范围是 7.35～7.45，平均为 7.4，微偏碱性。体内的酸性物质和碱性物质主要来源于机体代谢，其次，也有一部分来源于食物、饮料和药物。

(一)酸性物质

进入机体的糖、蛋白质、脂肪在代谢过程中，不断产生酸性物质。这些酸性物质分为两大类，一类为挥发性酸(如碳酸)，另一类为非挥发性酸。后者又可分为继续代谢的非挥发性酸(如乳酸、丙酮酸、乙酰乙酸和酮体等)和不可继续代谢的非挥发性酸(如磷酸和硫酸等)。另外，服用的药物，如氯化铵在体内也可产生酸。所以，机体每日必须排出较大量的酸性物质，以维持酸碱平衡。

(二)碱性物质

机体代谢产生的碱性物质较少，主要是来自食物，特别是蔬菜、瓜果，所含的有机酸盐，如乳酸钠(或乳酸钾)，柠檬酸钠(或柠檬酸钾)等。这些盐类的有机酸根在体内可氧化成二氧化碳和水，剩余的钠、钾等阳离子则与血中碳酸氢根(HCO_3^-)结合，使血中碳酸氢钠($NaHCO_3$)或碳酸氢钾($KHCO_3$)含量增高。因而体液偏向碱性。

四、缓冲系统的调节

人体正常的生理功能需要有一个恒定的 pH 环境(正常人血浆的 pH 为 7.35～7.45)，以保持内环境稳定。缓冲系统即是保持这一恒定状态的物质。缓冲系统由弱酸及其酸根组成，具有能迅速中和酸及碱的双重作用，当强酸或碱进入体内时，可将其中和，使体液 pH 不发生显著升高或下降。人体缓冲系统主要可归为三类：①碳酸氢盐－碳酸系统(HCO_3^-/H_2CO_3)；②蛋白质-H 蛋白质(包括血红蛋白)系统；③磷酸盐系统($HPO_4^-/H_2PO_4^-$)。其中以细胞外液的 HCO_3^-/H_2CO_3 系统最重要，因其作用迅速，缓冲容量大，且可由肺及肾随时调节，不断补充被消耗的缓冲成分，清除过多的成分，以恢复其正常缓冲功能。正常情况下肾的代偿调节能力是

最强的,随着酸中毒越来越重,其代偿调节能力则越来越弱。迄今所有数学模型都是针对体液中的酸碱化学反应来进行定量描述。尚没有任何对肺、肾的代偿调节作用进行量化的数学模型,毫无疑问,肺、肾调节作用是更为复杂多变的生理过程。因此更为困难。例如:在急性呼吸性酸碱平衡紊乱时,引用顺应性这一概念,并对肾代偿调节的顺应性变化进行量化处理,在阐述急性呼吸性酸碱平衡紊乱时,肾的代偿调节能力方面,可以弥补传统模式的某些不足。

(一)碳酸氢盐−碳酸系统

是由碳酸氢钠($NaHCO_3$)与碳酸(H_2CO_3)所组成。是血液中最主要的一个缓冲系统,承担着机体缓冲能力的 $50\% \sim 55\%$。在血浆中,HCO_3^- 与 Na^+ 的结合量,平均约 $27mEq/L(27mmol/L)$。溶入血浆中的 $NaHCO_3$ 约 $1.35mEq/L$。这两种物质浓度的正常比是 $20:1$。即 $NaHCO_3/H_2CO_3=27/1.35=20:1$。当体内 H^+ 增加时(即酸度增加)。则 $NaHCO_3$ 与之结合,放出 CO_2,由肺排出,使酸得到缓冲;当体内碱增多时,则 H_2CO_3 与之中和,形成 $NaHCO_3$,由肾脏排出,使碱中毒得到缓冲。体液的 pH 得以维持在正常范围。

(1)内源性或外源性固定酸进入人体时,缓冲系的 HCO_3^- 与之反应

$$H^+ + HCO_3^- \longleftrightarrow H_2CO_3 \longleftrightarrow H_2O + CO_2$$

其效应是:使强酸变为弱酸 H_2CO_3,避免 pH 急剧下降(仍略有下降),H_2CO_3 增加使血中 $PaCO_2$ 上升,碱储备 HCO_3^- 被消耗而下降。为了恢复 PCO_2 及 HCO_3^-,使 pH 完全恢复正常,尚需肺及肾进行调节。

(2)当碱性物质进入体液后,缓冲系中的 H_2CO_3 与之反应

$$OH^- + H_2CO_3 \rightarrow H_2O + HCO_3^-$$

其效应是:使强碱变为弱碱,避免 pH 大幅上升,然而所引起的 H_2CO_3 被消耗及碱储备增加,最终也需肺及肾予以恢复。

(二)磷酸盐系统

是由弱碱磷酸氢二钠(Na_2HPO_4)与弱酸磷酸二氢钠(NaH_2PO_4)所组成。Na_2HPO_4 遇到强酸 HCl 时,生成 NaH_2PO_4 和一分子氯化钠;而 NaH_2PO_4 遇强碱时,即生成 Na_2HPO_4 和水,可分别对强酸及强碱起到缓冲作用。此对缓冲系统的作用主要在细胞内,在细胞外液中作用较少。有报道此对缓冲剂亦有增加细胞外液 $NaHCO_3$ 的作用。磷酸缓冲系统遇过多 H^+ 的,即与肾小管细胞 Na_2HPO_4 结合,形成磷酸二氢钠。反应式如下

$$H^+ + Na_2HPO_4 \rightarrow Na^+ + NaH_2PO_4$$

Na^+ 被重吸收与 HCO_3^- 结合形成 $NaHCO_3$,而原来的 H^+ 以 NaH_2PO_4 的形式排泄到尿中。

(三)蛋白质-H 蛋白质(包括血红蛋白)系统

由还原血红蛋白(弱碱)与氧合血红蛋白(弱酸)组成。此缓冲系统的作用约占体液缓冲系统作用的 20%。当组织中的 CO_2 进入静脉血中时,由 CO_2 形成的碳酸浓度比动脉血高,血液的 pH 可稍下降 0.02～0.03,但仍保持在正常范围。这是因为红细胞中的氧合血红蛋白有接收某些阴离子的功能,这些阴离子即静脉血中的过多的 HCO_3^-。机体代谢产生的 CO_2,约 92% 是由血红蛋白系统携带和缓冲的。

血红蛋白缓冲系统是碱性蛋白钠($Na^+ protein^-$)与酸蛋白($H^+ protein^-$)组成的一个缓冲系统。即蛋白质有两种存在形式。一为酸形式,一为碱形式。在人体中,所起的生理性调节氢离子浓度的作用是通过运输 CO_2 和水,当与血红蛋白缓冲系统相遇时,即发生如下反应:

$$Na^+ protein^- + H_2CO_3 \rightarrow NaHCO_3 + H^+ protein^-$$

产生的酸蛋白($H^+ protein$)的解离度还差,所以起到了缓冲作用。但此缓冲作用较少,除当其他缓冲系统全部动用后,本系统的缓冲作用才有所增加。

第四节 钙、磷及镁的代谢调节

一、钙的代谢平衡

人体内钙的 99% 存在于骨骼中,主要以羟磷灰石结晶形式贮存,其余 1% 的钙,大部分存在于细胞内,只有一小部分位于细胞外液中,后者却具有十分重要的生理功能。细胞外液钙与骨钙保持动态平衡,其浓度稳定在较窄范围内,正常儿童血钙浓度为 2.25～2.75mmol/L(9～11mg/dl),日龄 3 日内新生儿为 2mmol/L(8mg/dl),血钙可分为三个部分:①蛋白结合钙约占 40%,主要与白蛋白结合,这部分钙不能通透毛细血管,也不能扩散至细胞内;②复合钙约占 14%,钙与阴离子酸根结合成磷酸盐、枸橼酸盐、乳酸盐,这种钙可通透毛细血管壁至组织间液,但不能扩散至细胞内;③游离钙约占 46%,不但能透过毛细血管,也能扩散至细胞内。这三部分钙在一定条件下维持动态平衡,例如血液 pH 可影响游离钙所占百分比,pH 每下降 0.1,游离钙所占比例增加 10%,pH 上升 0.1,则后者下降 10%。游离钙具有很重要的生理功能,它参与体内很多生物学过程,如骨的形成、细胞成长分裂、血液凝固、某些内分泌物的释放及酶的反应等,并可影响细胞膜电位,影响肌肉的应激及收缩,心肌的自律性及神经的传导。

体内总钙量的平衡取决于钙从肠吸收及由肾排出量之间的平衡;而钙在骨及细胞外液中的分布则主要取决于内分泌,包括维生素 D 的调节。

1. **钙从肠道吸收** 小儿每日从饮食摄入钙的推荐量为:0～6 个月为 360mg/

d,7~12个月为540mg/d,1~10岁为800mg/d,11~18岁为1 200mg/d。

钙从肠道吸收主要位于十二指肠及空肠上部,吸收过程需通过肠上皮载体蛋白并消耗能量。从饮食摄入的钙并不能完全被肠道所吸收,1,25(OH)$_2$D$_3$可促进肠钙吸收甲状旁腺素(PTH),PTH一方面作用于肾,促进钙的重吸收和磷的排出,同时PTH等通过在肾中激活1-2-羟化酶的活性,使弱活性的25-(OH)-D$_3$转变为具有较强生物活性的1.25-(OH)$_2$-D$_3$,间接促进钙的吸收。另外一些因素也可影响肠钙的吸收,例如每日摄钙量不足、体内缺钙或人体需钙量增加时肠钙吸收增加;食物中含有可与钙结合的植酸盐、草酸盐、枸橼酸盐时,或蛋白质营养缺乏,可引起肠钙吸收减少。

2. 钙从肾排出 血中的游离钙及复合钙可滤过肾小球进入肾小管,被滤过的钙99%被肾小管重吸收,其中50%~55%由近端肾小管,20%~30%由亨氏袢升支粗段回吸,此时钙是受钠、水的回吸收所驱动而被被动吸收的;10%~15%由远端肾小管,2%~8%由集合管回吸,在此部位钙的回吸与钠回吸收无关,而是一种主动回吸过程,且受内分泌控制。1,25(OH)$_2$D$_3$实际可看做是一种内分泌物质,可促进钙从这部分肾小管回吸,使尿钙减少;PTH对钙从此段小管回吸也有类似的促进作用,当PTH浓度增高时,尿排钙减少,反之则增加;另外,PTH促使近端肾小管羟化25(OH)D$_3$,使1,25(OH)$_2$D$_3$形成增加,因此也具有间接促进钙从远端肾小管回吸的作用。

有些非特异性因素可引起尿排钙增多,如代谢性酸中毒、高磷血症、长时饥饿、长期卧床不活动及采用输注呋塞米或渗透性利尿药时等。

3. 骨钙与细胞外液钙、磷浓度间的平衡 骨是体内钙的巨大储存库,它对维持血钙的正常浓度起着重要调节作用,而保持正常的血钙、血磷浓度又是保证骨骼正常矿化所不可缺少的条件。骨由胶原纤维为主的有机基质,即骨样组织及沉着于其中的钙盐结晶组成。骨骼看似坚硬,但却不断进行着更新重塑,即破骨细胞不断将旧骨溶解,释放出钙、磷,并转运至细胞外液,称之为骨吸收,而成骨细胞不断分泌基质,在细胞外液钙、磷浓度正常时,骨盐不断沉着,形成新骨。骨的更新重塑及细胞外液钙、磷浓度的稳定主要受PTH、1,25(OH)$_2$D$_3$及降钙素的调节。

(1)PTH:PTH对防止血钙过低起重要作用,当血钙降低时,甲状旁腺的主细胞即分泌PTH至血循环,PTH除了前述可通过增加1,25(OH)$_2$D$_3$形成,使肠吸收钙增多及使远端肾小管回吸收钙增加,尿排钙减少外,它还可促使骨吸收,动员骨中钙、磷进入细胞外液,此两种作用均使血钙恢复正常。反之,当血钙增高时,可抑制PTH分泌,形成反馈。

(2)1,25(OH)$_2$D$_3$:它可促进小肠吸收钙,减少钙、磷从尿排出及增加骨吸收,这些作用可使细胞外液钙、磷浓度升高,为钙盐沉着至骨样组织,形成新骨创造了条件。

（3）降钙素（calcitonin）：降钙素是由甲状腺的滤泡旁细胞，又称 C 细胞所分泌，当血钙浓度升高时，刺激降钙素分泌增多，当血钙接近正常水平低限时，则抑制降钙素分泌。降钙素总的生理效应是降低血钙、血磷，使细胞外液游离钙浓度维持在正常水平。它具有抑制骨中破骨细胞活性的作用，能阻止骨吸收，从而减少钙、磷进入细胞外液；对肾脏它可促使钙、磷从尿中排泄增加。但降钙素过低的患儿，如甲状腺切除后，并不引起高钙血症；降钙素过高时，如甲状腺瘤，也不会引起低钙血症。又因此认为降钙素对维持每时每刻的血钙正常浓度，并不起主要调节作用，其主要作用可能在于防止骨质被过度吸收及血钙突然升高。

二、磷的代谢平衡

磷在体内含量丰富，仅次于碳、氮及钙元素，占第 4 位。体内磷 85% 位于骨骼，14% 位于细胞内，1% 位于细胞外液，只小部分存在于血浆内。在细胞内，除磷酸盐是细胞内液的主要阴离子外，其余 90% 的磷都是以有机磷形式存在，如甘油磷酸盐。ATP、磷蛋白、磷脂及核苷酸等。血磷的 10% 与蛋白质结合，5% 与阳离子钙、镁、钠结合形成磷酸盐，85% 为游离磷酸盐，此游离磷酸盐 85% 为 HPO_4^-，15% 为 $H_2PO_4^-$。

磷在体内具有很多重要功能，主要包括①骨的形成；②参与组成 ATP 及代谢糖、脂肪、蛋白的各种酶；③组成核酸中核苷酸及细胞膜中磷脂必不可少的成分；④磷酸盐是细胞外液及肾小管内尿液中缓冲系统成分；⑤红细胞传递氧，及维持白细胞、血小板正常功能均需有机磷酸盐的作用。

血浆无机磷的正常值为新生儿 1.4～2.8mmol/L（4.3～8.7mg/dl）；婴儿 2～2.75mmol/L（3.7～8.5mg/dl）；儿童 1.5～1.78mmol/L（4.5～5.5mg/dl）。血磷急性显著增高，可引起低钙血症而引起惊厥；但血钙变化常不影响血磷值。

磷在体内的平衡

（1）摄入及吸收：磷通过食物被肠道主动吸收入体内，吸收以空肠为主。奶及肉类食物含磷丰富，是磷的重要来源，每日儿童推荐的磷摄入量：1～10 岁为 880mg，＞10 岁为 1200mg。摄入的磷约 80% 可被吸收，1,25(OH)_2D_3 及 PTH 均可促进肠道吸收磷；肠内同时摄入能与磷酸盐结合的物质，如钙、镁或铝等，可减少磷从肠道吸收。

（2）由肾排泄：游离磷酸盐及复合磷酸盐均可滤过肾小球，90% 被肾小管回吸，其中大部分从近端肾小管，余约 10% 通过尿排出。PTH 作用于近端肾小管，使其减少磷的回吸，使尿排磷增加；而 1,25(OH)_2D_3 的作用正相反，它使近端肾小管回吸磷增加，尿排磷减少。尿排磷尚受血磷水平的影响，只要血磷水平超过肾阈，血

磷浓度越高,尿排磷越多。另外,细胞外液增多,利尿药尤其是碳酸酐酶抑制药的应用,高血糖及碱性尿时,尿磷也可增加。

(3)骨磷的调节:钙与磷均是组成骨骼的主要成分,细胞外液与骨磷间维持着动态平衡。$1,25(OH)_2D_3$ 及 PTH 均可使破骨细胞活性增加,促进骨吸收,使血磷增高,降钙素的作用则正相反。另外血游离钙及磷的浓度与骨盐形成密切相关,钙、磷(mg/dl)值的乘积＝40 时,有助于骨的矿化,当两者乘积＜20 或＞70 时,骨盐则不能形成。

三、镁的代谢平衡

体内镁约 50％位于骨骼,49％位于细胞内,分布在肌肉及肝组织较多,仅 1％存在于细胞外液。细胞外液含量虽少,但可与骨及细胞内镁进行交换,维持动态平衡。正常血镁稳定在 0.75～0.9mmol/L 这一狭窄范围内,其中 55％为游离镁,25％为复合镁,20％与蛋白质结合。血镁高低不一定能反映体内镁的营养状况。

镁是细胞内的主要阳离子,除了构成骨骼外,它的主要功能是激活细胞内各种酶系统,参与 ATP 酶的激活、葡萄糖的酵解、DNA 及 RNA 的转录、蛋白质的合成等;血镁可影响肌肉、神经的应激性及传导。

镁在体内的平衡

(1)摄入与吸收:绿色蔬菜、谷物、豆类、坚果、肉及鱼等含镁均较丰富,正常饮食的儿童,不会出现摄入不足每日镁摄入的推荐量为婴儿 50～70mg,1～6 岁 150～200mg,≥7 岁 250～300mg。摄入镁的 25％～55％在小肠上部被吸收,其余均随粪便排出。体内镁不足、维生素 D、PTH 分泌增加及肠吸收钠增加时,可促进肠吸收镁;体内镁过多、同时摄入过多钙或磷均可使肠镁吸收减少。

(2)肾排泄:游离镁及复合镁可从肾小球滤过,被滤过的镁 20％～30％由近端肾小管回吸,65％由亨氏袢,尤其是其升支粗段回吸,少量从远端肾小管及集合管吸收,仅不足 5％从尿排出。肾可根据每日镁从肠道吸收多少来调节其排镁量,以维持平衡。钙负荷增加、PTH 减少、细胞外液容量增加及利尿药的应用均可使肾小管回吸收镁受抑,尿排镁增多;导致镁缺乏、低钙、PTH、降钙素、细胞外液容量不足等均能促使肾小管回吸镁,使尿排出镁减少。

(3)骨及软组织的调节:细胞外液镁能与骨及细胞内镁进行交换,以维持动态平衡,使血镁保持稳定。PTH 可促进骨吸收,将骨钙与镁释放至细胞外液。

(张绍芬)

第2章 小儿水、电解质和酸碱平衡失调

第一节 水的平衡失调

一、脱水的程度

脱水是指体液,特别是细胞外液容量的减少。其原因是由于入水量不足,如供应不足,吞咽困难或昏迷时不能进食等;也可由于出水量过多如呕吐、腹泻、大量出汗、尿量过多、皮肤较大面积的损伤或烧(烫)伤使体液不断渗出,以及大出血等。

判断小儿脱水,应注意其摄入液体的成分和量;呕吐、腹泻、排尿的频率和多少;发热的程度和持续时间;已用药液的性质及是否有原发病等。如果知道最近的体重记录,对判断脱水程度很有帮助。估计脱水程度的重要临床表现有毛细血管充盈时间、血压和心率的改变,口唇、黏膜的干燥,泪少,仰卧时颈外静脉充盈不足,婴儿前囟凹陷,少尿,以及神志状态的改变等。小儿对循环血量的减少会有代偿反应,表现为出现脉搏增快,因此在严重脱水时一般可以维持正常血压。故一旦出现血压下降,在小儿就是休克的晚信号,应予紧急处理。主要的化验结果包括尿比重高,BUN升高比肌酐明显,尿 Na^+ 低($<15mmol$),因血液浓缩而致血细胞比容和血清蛋白增高等,脱水临床特征及程度见表2-1。

表 2-1　脱水的临床特征及程度

临床特征	轻度脱水	中度脱水	重度脱水
体重减轻	3%～5%	6%～10%	11%～15%
皮肤弹性	正常(或稍减低)	减低	显著减低
皮肤色泽	正常	苍白	灰暗
黏膜	干燥	干燥	干裂
脉搏	正常	稍增快	增快
毛细血管充盈	2～3s	3～4s	>4s
血压	正常	正常	下降
灌注	正常	正常	静脉塌陷
尿量	轻度少尿	少尿	无尿
泪水	减少	减少	无泪
尿比重	>1.020	>1.020	无尿
尿 Na^+	<20mmol	<20mmol	无尿

二、脱水的性质

由于钠占细胞外液阳离子总量的90%以上，因此钠的浓度是左右细胞外液渗透压的主要因素。一般可根据血浆钠的浓度将脱水分成等渗（等张）、低渗（低张）和高渗（高张）性三种。

1. 等渗性脱水　水和电解质（主要是钠）成比例损失。血清 Na^+ 浓度为130～150mmol/L（300～345mg/dl）。主要发生在一般的腹泻、呕吐、胃肠引流、肠瘘、及短时间的饥饿所致的脱水。此类脱水细胞内液的容量和电解质浓度变化不大，主要损失血浆区和间质区的液体。虽然腹泻、呕吐或引流所丢失的并非等渗液体，但人体的调节功能很强，在肾功能完好的情况下，肾脏可以有效调节水和电解质的平衡，使体液维持在等渗状态，因此临床所见脱水多属2类。

临床表现视脱水的程度而异，中度以上等渗性脱水可出现口渴、皮肤弹性减低，唇、舌干燥，眼窝和前囟凹陷；重度者可以出现血压下降，脉搏增快，四肢厥冷等循环衰竭症状。神经系统症状不多，重者有倦怠感。

2. 低渗性脱水　缺钠相对比缺水多，血清钠浓度在130mmol/L以下。可见于①营养不良小儿伴有长时间的腹泻；②腹泻时口服大量清水或静脉注射大量非电解质溶液；③慢性肾炎、肾病综合征或慢性充血性心力衰竭患儿，长期限制食盐入量，同时反复应用利尿药者；④肾上腺皮质功能不全，由于缺乏醛固酮使钠丢失过多；⑤大面积烧伤，损失血浆过多。

因血浆的低张性，为平衡渗透压，使细胞外液向细胞内转移，结果造成血管床空虚及循环受损，会进一步加重脱水。与同等程度的等渗性脱水或高渗性相比，低渗性脱水对组织灌注的损伤更大，脱水表现也更明显。因此临床表现多较严重。因细胞外液不减少，故初期可无口渴的症状，除一般脱水现象如皮肤弹性减低，眼窝和前囟凹陷外，多有四肢厥冷、皮肤发花、血压下降、尿量减少等休克症状。由于循环量减少，组织缺氧，低钠严重者又可以发生脑水肿，因此多有嗜睡等神经系统症状，甚至发生惊厥和昏迷。

3. 高渗性脱水　水的损失相对多于钠的损失，血清钠的浓度在150mmol/L以上。可见于①病程较短的呕吐、腹泻伴高热者；②病毒性肠炎大便中含钠较低，患儿吃奶较多而喝水少时；③重病或昏迷的患儿忽略了水分的供应；④口服或静脉输入过多的等渗或高渗溶液；⑤垂体性或肾性尿崩症；⑥使用大量脱水药，如尿素、甘露醇、葡萄糖等高渗溶液，产生溶质性利尿。

由于细胞外液钠的浓度过高，渗透压亦高，体内抗利尿激素增多，肾脏回吸收较多的水分，结果尿量减少。细胞外液增高，水由细胞内渗出以调节细胞内外渗透压，致使细胞内液减少。而细胞外液减少并不严重，故循环减少和肾小球滤过率减少较其他两种脱水轻。由于细胞内缺水,患儿常有剧烈口渴、高热、烦躁不安、肌张力增高等表现,甚至发生惊厥。由于脱水后肾脏负担加重既要回吸收水分,又要排出体内废物,如果脱水继续加重,将会出现氮质血症。

第二节　电解质平衡失调

一、钠的平衡失调

(一)低钠血症

血清钠低于 130mmol/L 称为低钠血症。

【病因】

临床上常见的低钠血症的原因有以下几方面。

1. 细胞外液钠过少(缺钠性低钠血症)

(1)钠入量过少:①低盐饮食;②液疗时用葡萄糖液过多。

(2)钠损失过多:①胃肠道损失:呕吐,胃、胆囊、胰腺等引流,腹泻,用清水灌肠(巨节肠),离子交换树脂治疗等;②泌尿道损失:肾内损失,慢性肾炎,急性肾小管坏死(恢复期),肾病综合征(利尿期),急性肾功能衰竭(多尿期);肾外损失,应用利尿药,肾上腺皮质功能不全,中枢神经系统疾患,肺疾患;输尿管造口。

(3)钠重新分布:①严重营养不良;②钾缺乏(钠渗入细胞内);③创伤。

2. 细胞外液容量扩大(稀释性低钠血症)

(1)水入量过多。①口服量过多(同时出量减少);②胃肠道液体疗法,葡萄糖输入过多。

(2)出量过少(入量正常)。①肾内原因:肾炎,肾病,肾小管坏死,急性肾衰竭少尿期;②肾外原因:抗利尿激素分泌过多(应急状态),急性中枢神经疾患,手术后,垂体加压素治疗,心力衰竭,心血管手术,营养不良,肝硬化;③皮肤原因:早产儿在高湿度环境中。

低血容量性低钠血症可因中枢神经系统受损导致的脑钠耗失而发生,此时因心房钠利尿因子(ANF)升高,引起尿量增加和尿 Na^+ 增多($>80mmol/L$)而造成。这必须同抗利尿激素分泌异常综合征(SIADH)相鉴别,后者在患神经系统疾病和肺部疾病时可发生。两者尿钠均升高,(在 SIADH 更明显),所不同的是后者并非脑钠耗失,而是 ADH 分泌过多导致水潴留,结果是尿量相对减少而血容量有所增加。需要注意两者在于治疗上完全不同,前者的治疗主要是补充因尿多丢失的水盐,而后者主要是限水。

在诊断低钠血症时需要注意在血浆存在高脂血症或高蛋白血症时会发生假性

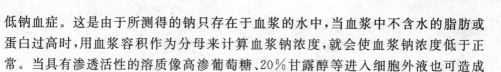

低钠血症。这是由于所测得的钠只存在于血浆的水中,当血浆中不含水的脂肪或蛋白过高时,用血浆容积作为分母来计算血浆钠浓度,就会使血浆钠浓度低于正常。当具有渗透活性的溶质像高渗葡萄糖、20%甘露醇等进入细胞外液也可造成低钠血症,原因是细胞内液的水外流至细胞外,使细胞外液的 Na^+ 被稀释而降低。

【临床表现】

1. 不同的病因可导致低渗性脱水(缺钠性低钠血症)或水中毒(稀释性低钠血症),它们可有不同的临床表现,见表 2-2。

表 2-2 低渗性脱水与水中毒的鉴别

	低渗性脱水	水中毒
细胞外液量	减少	增多
体重	减少	增加
循环量	不足	尚足
休克	重	无
尿量	减少或无尿	有尿、少尿或无尿
肾功能	不良(循环不足时)	正常
尿钠	无	多
血 BUN、NPN	增高	降低
血红蛋白、红细胞	增高	降低
血浆蛋白	增高	降低

2. Na^+ 有保持神经、肌肉应急性的生理功能,故低钠血症较严重时,可引起肌张力低下,腱反射消失,心音低钝及肠麻痹、腹胀。

3. 低钠血症时,细胞外液渗透压降低,为维持细胞内外液间渗透压平衡,细胞外液水进入细胞内,引起细胞内水肿,当脑细胞水肿时,可出现精神萎靡、嗜睡、面色苍白、体温低于正常,严重时可发生昏迷、惊厥、甚至发生脑疝,表现为呼吸节律不整,瞳孔不等大等。

【治疗】

对于低钠性脱水的病儿,钠缺失程度的估值可由下式计算得出

Na^+ 缺失 $=$(Na^+ 的期望值 $-Na^+$ 的实际值)$\times$ 体重(kg)$\times 0.6$

缺失量的一半应在治疗的前 8h 补充,余量则在之后 16h 补足。但血清钠上升的程度不应超过每小时 2mmol/L,纠正过快反有危险,如脑细胞脱水,以及细胞内液转移过快所致的损害。

累积损失量用 2/3 张～等张含钠液补充,开始用等张液,病情好转后改为 2/3 张液。在严重的低钠血症(血清[Na^+]<120mmol/L)伴 CNS 症状时,静脉给予 3%的 NaCl 在 1h 将钠升到 120mmol/L。如果用了 3%的 NaCl,最初估计的钠和

水的缺失要做相应调整,且如上述纠正的速度也不要太快。

SLADH 的治疗主要是限水。有症状时可用利尿药,但同时需注意补充由尿丢失的钠盐。脑症状严重时也可用 3% 的 NaCl 治疗。

高血容量性低钠血症出现于水肿性疾病时,如肾病综合征、充血性心力衰竭、肝硬化等,均有水钠潴留。治疗原则在于限水、限钠,并治疗原发病。而因水中毒引起的高血容量性低钠血症,其特征是排出极度稀释尿(尿比重<0.003),治疗也需严格限水。

(二)高钠血症

高钠血症是由于体内水丢失和(或)钠摄入过多所引起。当血钠>150mmol/L时,为高钠血症。

【病因】

1. 体内水缺失

(1)摄水过少。口渴是防止高钠血症的重要机制,无法表达口渴的人(意识不清者、婴儿、智能低下者),若不注意供给足量的水分,可引起高钠血症;新生儿喂奶及水不足;处在沙漠、航海等环境而得不到淡水供给者也常发生。

(2)丢失水或低渗液过多。①胃肠道:临床最常见,虽然腹泻常导致低渗性或等渗性脱水,但若同时有持续高热、水摄入不足或液体调配不当等也可发生高钠血症;②垂体或肾性尿崩症、用利尿药、脱水药或糖尿病患儿所引起的渗透性利尿、尿量过多时;③不显性失水增多:如高热,肺通气过度,新生儿蓝光照射,环境温度过高、湿度大、对流强等。

2. 高血容量性高钠血症(盐中毒)　其总体的盐和水均过剩,以医源性病因多见,常见的是纠正脱水酸中毒时补充含钠液(NaCl 或 NaHCO₃)过多,喂养调配不当的配方奶,原发性醛固酮增多症,溺水时吞入大量海水时偶可发生。

【临床表现】

1. 突发高钠时细胞外液渗透压高,为维持细胞内外液间渗透平衡,细胞内水外渗到细胞外,造成细胞内脱水,患儿表现为烦渴、超高热、口腔黏膜干燥及无泪等。除因肾排水过多引起的高钠血症外,其他病因引起的高钠血症有尿量减少,尿比重增加的症状。脑细胞脱水时意识障碍、烦躁不安、颈强直严重时角弓反张、肌震颤、局部或全身抽搐。严重时有脑出血或血栓形成而危及生命或留下后遗症。

2. 由于丢失水或低渗液过多引起的高钠血症,可有高渗性脱水的表现。而盐过多所引起的高钠血症细胞外液有不同程度增加,严重时引起心力衰竭、肺水肿。

3. 神经、肌肉应激性增高,患儿肌张力增加,腱反射亢进。

【治疗】

1. 单纯失水的治疗　患儿基本无钠的丢失,轻症只需多饮白开水;重症可静

脉输入 1/8～1/4 张含钠溶液,其中加 KCl,钾浓度 0.15％～0.3％,含葡萄糖浓度以 2.5％为宜,此类溶液的电解质张力相当于 1/3～1/2 张。累积损失量在 2d 内补足,即 1/2 累积损失量加每日生理需要量,共 2d 均匀输入。治疗高钠血症需要特别注意,如果血清钠下降过快,则细胞外液的渗透压下降会比 CNS 的快,结果为了平衡渗透压,细胞外液的水分就会向 CNS 转移。因此纠正高渗太快[Na$^+$]降低大于 0.5～1mmol/(L·h),就易诱发脑水肿、惊厥及神经系统损伤。

2. 丢失低渗液的治疗　患儿虽高钠,但体内却仍有钠。应首先设法恢复血循环及尿量,可较快的输入 1/2～2/3 含钠溶液 20～30ml/kg。如患儿血循环良好后经上述处理循环恢复后,可用 1/6～1/4 含钠液,其中可加入 KCl 容液,钾浓度为 0.1～0.3mmol/L。以补充累积损失量输液速度为 5～7ml/(kg·h);也如上述补液方案在 2d 内补充累积损失量。

3. 高血容量性高钠血症(盐过多)治疗　此类高钠血症,盐和水均过剩,治疗可用利尿药,如呋塞米,促进体内钠的排出,但利尿将带出更多的水,需同时补充低渗液,如 1/8～1/3 张电解质液。盐中毒严重或伴肾功能不良时,需用透析。

二、钾平衡失调

低钾血症

正常血清钾在 3.5～5.5mmol/L 之间,血钾低于 3.5mmol/L 时称为低钾血症。

【病因】

1. 钾的入量不足　长期禁食或进食减少。

2. 钾丢失过多　消化道丢失,如呕吐、腹泻胃肠引流,导泻或肠瘘等而未及时补充钾。肾脏排出过多而多尿,长时间用利尿药、渗透性利尿、急性肾衰竭利尿期;肾小管疾病如肾小管性酸中毒,间质性肾炎,Bartter 综合征;醛固酮原发增多如肾上腺瘤,肾上腺皮质增生 Cushing 综合征及大剂量用盐皮质激素等。醛固酮继发性增多如血容量减少,肾动脉狭窄,镁缺乏等。代谢性碱中毒时,远端肾小管 Na$^+$-K$^+$ 交换增加,使尿钾丢失。

3. 钾向细胞内转移　代谢性碱中毒时细胞外液 K$^+$ 进入细胞内与 H$^+$ 进行交换;周期性麻痹;胰岛素、β 肾上腺受体兴奋药也可以使钾进入细胞内。

【临床表现】

低钾血症的临床表现不仅取决于缺钾的程度,更取决于缺钾的速度。一般血钾低于 3mmol/L 时才引起症状,慢性低钾,血钾很低症状却相对较轻。

1. 低血钾可使神经肌肉兴奋性降低　轻症表现为四肢无力,腱反射减弱,严重时引起肢体瘫痪,腱反射消失,进一步可引起呼吸肌麻痹而危及生命。肠蠕动减弱可引起腹胀功能性肠梗阻,肠鸣音消失。心肌收缩力减弱心音低钝,低血压。严重者心律失常。

2. 心电图改变 ST段下降,T波低平、增宽、甚至双向或倒置;U波明显,Q-T间期延长。心律失常多为室性期前收缩、房性、结性或室性心动过速,以及室颤等。低血钾增加对洋地黄的反应性,导致发生洋地黄中毒。

3. 慢性低钾血症 长期低钾,可使肾小球上皮细胞发生空泡性改变,可致肾硬化及间质性纤维化,肾浓缩及稀释功能障碍,引起多尿、夜尿。慢性低钾影响蛋白质代谢,减少生长激素分泌,使病儿生长发育发生障碍,尤以Batter综合征为明显。

三、钙平衡失调

(一)低钙血症

血清钙<2.1mmol/L或离子钙<1mmol/L,称为低钙血症。

【原因】

1. 佝偻病、手足搐搦症:是儿科最常见的原因。

2. 肾病综合征:钙与蛋白质结合后从尿中大量排出。

3. 功能不全时,存在高磷血症及25-$(OH)D_3$合成障碍等。

4. 营养不良儿失水、酸中毒矫正后或碱中毒时。

5. 甲状腺功能减退症。

6. 药物的影响:如抗癫痫药、大量磷酸盐或枸橼酸。

【临床表现】

低钙可使神经兴奋性增高,临床表现为激惹、烦躁、疲乏、睡眠不安等,但主要症状有惊厥、手足搐搦、喉痉挛等,面神经和腓神经征阳性。血钙降低,常伴有血磷增高,心电图可见Q-T间期延长。

【治疗】

①补钙:10%葡萄糖酸钙1~2ml/kg,加等量葡萄糖液静脉缓慢注射。症状改善后,可按需静脉滴注。病情稳定后,改为口服补钙。②止惊:对有惊厥或喉痉挛的患儿,应立即用止惊镇静药,如地西泮,每次0.1~0.3mg/kg,肌内注射或静脉滴注;苯巴比妥钠5~10mg/kg,肌内注射;或10%水合氯醛,每次0.5mg/kg,加水后保留灌肠。对喉痉挛的患儿要保持呼吸道通畅,必要时,做气管插管或切开。③补充维生素D:有维生素D缺乏的应予补充,但应注意先补钙再补维生素D。④补镁:临床有低钙表现而补钙效果不满意时,很可能伴有低镁,应检查血镁浓度,确有低镁血症时,可以25%硫酸镁0.2~0.4ml/(kg·d),深部肌内注射,分2次补充。⑤原发病的治疗。

(二)高钙血症

血钙浓度高于或等于 2.75mmol/L(11.0mg/dl,5.5mEq/L)为高钙血症。当血钙高于或等于 3.75mmol/L(15.0mg/dl,7.5mEq/L)时称为高钙危象(也有人认为高于 14mg/dl 或高于 16mg/dl 者),系内科急症,需紧急抢救。

【原因】

1. 骨吸收增加　恶性肿瘤、甲状腺功能亢进。

2. 肠钙吸收增加　结节病、乳碱综合征。

3. 尿钙排出减少　噻嗪类利尿药。

4. 骨吸收和肠钙吸收均增加　维生素 D 过量。

5. 骨吸收、肠钙吸收均增加、尿钙排出减少　甲状旁腺功能亢进。

6. 其他　肾上腺皮质功能减退危象、特发性婴儿高钙血症、黏液性水肿、肢端肥大症。

【临床表现】

不同疾病所致的高钙血症有各自原发病的临床表现,高钙血症的征象决定于血钙增高的程度和速度,主要有①消化系统:食欲缺乏、恶心、呕吐为最常见,伴有体重减轻,便秘、腹胀、腹痛。高钙血症时胃酸和胃蛋白酶分泌均增加。②泌尿系统:高钙血症时,肾浓缩能力降低同时有溶质性利尿,患儿有多尿、烦渴、多饮。长期高尿钙可致肾钙盐沉着而发生肾结石,钙化性肾功能不全,进而发展为尿毒症。脱水是常见的,由于摄入不足、严重呕吐和多尿等因素所致。③神经系统:可损害神经传导,轻者情绪低沉。记忆力减退,注意力不能集中,失眠和表情淡漠等。重者有嗜睡、恍惚、幻觉、妄想、低张力、低反射、深腱反射消失、僵呆,甚至昏迷。Wilkins 提出每例原因不明的昏迷患儿都应急测血钙,排除高钙危象的可能。④心血管系统:高钙血症可增强心肌收缩,影响心脏传导血液,有心动过速或心动过缓,心律失常,传导阻滞,心电图示 Q-T 间期缩短,T 波增宽,血压轻度增高,易发生洋地黄中毒。⑤钙沉着于组织器官:眼的钙沉着多见于前房、球结膜和角膜,为一种白色的微细结晶沉着,急速发生时球结膜充血、角膜浑浊。钙也可沉着于肾、血管、肺、心肌、关节和皮肤软组织等。总之当血钙高于或等于 3.75mmol/L 时,多数患儿病情迅速恶化,十分凶险,如不及时抢救,常死于肾衰竭或循环衰竭。

【治疗】

一般治疗为限制钙的摄入,补充足量水分,纠正电解质与酸碱平衡失调,治疗肾衰竭等,通常采用 0.9% 生理盐水静脉滴注,它可补充血容量纠正脱水,又能抑制肾小管再吸收钙,随着尿钠排出增加,尿钙的排出亦增加。针对病因治疗原发性疾病,恶性肿瘤引起的严重高钙血症可静脉滴注或口服磷制剂;原发性甲状旁腺功能亢进症主要采用手术治疗;维生素 D 过量者停用之,必要时加服激素;结节病、多发性骨髓瘤、白血病、淋巴瘤等也可用激素治疗。

高钙危象的治疗原则和措施如下。

1. 预防钙的吸收减少饮食中钙和维生素 D 的摄入,停用维生素 D 和钙剂。如已用大量维生素 D 者可服泼尼松。

2. 增加尿钙的排出尿钠和尿钙一起排出,轻者增加液体量和口服含盐的饮食。重症大量补充 NaCl 200ml/h 静脉滴注。呋塞米 20～100mg,每 2～6h 一次静脉注入(最大量 1 000mg/d),它可作用于肾小管抑制钠和钙的再吸收。禁用噻嗪类利尿药。谨防液体过量和心力衰竭的发生,应监测血钾和血镁,注意低血钾和低血镁发生,必要时补充钾和镁。

3. 减少骨吸收和增加骨形成皮质激素对维生素 D 中毒、多发性骨髓瘤、结节病、淋巴瘤和白血病等恶性肿瘤均有效,泼尼松每日 40～80mg。普卡霉素为 25μg/kg 一次静脉注入,几小时之内即有抑制骨吸收、降低血钙的作用,可持续有效 2～5d,72h 后再重复应用。其毒性作用有血小板减少,肝肾损害。降钙素安全,有中等度的立刻降钙作用,静脉滴注 5～10U/(kg·d)6h 滴完,或将上述剂量分 2～3 次缓慢静注。少数患儿有恶心、脸部潮红等反应。磷可抑制内吸收,并与钙形成不溶性盐类沉着于骨,一般口服磷 1～4g/d,重症昏迷者可用 50mmol(1.5g 磷酸盐基质)6～8h 内静脉输入。肾功能衰竭和高血磷时禁用。

还可采用乙二胺四乙酸二钠(EDTA-Na₂),与钙结合成可溶性络合物而降低血钙浓度,每日静脉注射 1～3g,加入 5% 葡萄糖液中静脉滴注,对肾脏有毒性作用应加注意。危急状态下,也可做腹膜透析、血液透析等应用无钙透析液以降低血钙水平。

四、镁平衡失调

(一)低镁血症

血清镁的正常浓度为 0.80～1.20mmol/L。其调节主要由肾脏完成,肾脏排镁机制和排钾相仿,即虽有血清镁浓度降低,肾脏排镁并不停止。在许多疾病中,常可出现镁代谢异常。血清镁<0.75mmol/L 时即称为低镁血症。

【病因】

食物中有丰富的镁,只要饮食正常,机体即不致发生缺镁。常见原因有:①消化道丢失过多,因镁在小肠及部分结肠吸收,当严重腹泻、脂肪泻、吸收不良、肠瘘、大部小肠切除术后等均可致低镁血症;②肾脏丢失过多:如慢性肾盂肾炎、肾小管性酸中毒、急性肾衰竭多尿期,或长期应用袢利尿药、噻嗪类及渗透性利尿等使肾性丢失镁而发生低镁血症;③补充不足,在营养不良,某些疾病营养支持液中补镁不足,甚或长期应用无镁溶液治疗的;④甲亢患儿常伴低血镁和负氮平衡,原发性

甲状旁腺功能亢进可引起症状性镁缺乏症。

【临床表现】

缺镁早期表现常有厌食、恶心、呕吐、衰弱及淡漠。缺镁加重可有记忆力减退、精神紧张、易激动、神志不清、烦躁不安、手足徐动症样运动。严重缺镁时，可有癫痫样发作。因缺镁时常伴有缺钾及缺钙，故很难确定哪些症状是由缺镁引起的。

另外，低镁血症时可引起心律失常。镁是激活 Na^+-K^+-ATP 酶必需的物质，缺镁可使心肌细胞失钾，在心电图上可显示 P-R 及 Q-T 间期延长，QRS 波增宽，ST 段下降，T 波增宽、低平或倒置，偶尔出现 U 波，易与低钾血症或与血钾、血钙改变引起者相混淆。

【治疗】

轻度缺镁时，可由饮食或口服补充镁剂，可给予氧化镁 0.25g 或 10％氢氧化镁 0.5～1.5mmol/kg，此溶液 4ml 含镁 5.5 mmol。口服不能耐受或不能吸收时，可采用肌内注射镁剂，一般采用 20％～50％硫酸镁。

若低镁血症严重，出现手足搐搦、痉挛发作或心律失常等，应给予静脉注射。用量以每千克体重给 10％硫酸镁 0.5ml 计算，静脉给镁时需注意急性镁中毒的发生，以免引起心搏骤停。故应避免给镁过多、过速，如遇镁中毒，应给注射葡萄糖酸钙或氯化钙对抗之。

(二)高镁血症

高血镁系一种少见的生化异常，肾功能损害是发生高血镁最主要的原因。但大多数引起症状的高镁血症均与使用含镁药物有关。

【原因】

主要是肾功能不全患儿，尿镁排泄减少，而引起高镁血症。偶见于应用硫酸镁治疗子痫的过程中，母婴可发生高血镁。早期烧伤、大面积损伤或外科应激反应、严重细胞外液不足和严重酸中毒也可引起血清镁增高。

【临床表现】

血清镁浓度＞2mmol/L 时，才会出现镁过量的症状和体征。主要表现有疲倦、乏力、腱反射消失和血压下降等。血清镁进一步增高时，心脏传导功能发生障碍，心电图显示 P-R 间期延长，QRS 增宽和 T 波升高，与高钾血症的心电图变化相似。晚期可出现呼吸抑制，嗜睡和昏迷，甚至心搏骤停。

【治疗】

钙和镁之间有显著拮抗作用，可先从静脉输给 10％葡萄糖酸钙 10～20ml 或 10％氯化钙 5～10ml，以对抗镁对心脏和肌肉的抑制，同时要积极纠正酸中毒和缺水。如血清镁仍无下降或症状不减轻时，应及早采用腹膜透析或血液透析。

(刘灿霞)

第三节 酸碱平衡紊乱

一、代谢性酸中毒

代谢性酸中毒是儿科临床最常见的酸中毒类型。

(一)原因

由于氢离子(H^+)浓度增加或原发性碳酸氢根（HCO_3^-）丢失所致。①体内碱性物质经消化道或尿液大量丢失：见于腹泻、小肠、胰、胆管的引流或瘘管，肾小管性酸中毒，应用碳酸酐酶抑制剂（乙酰唑胺）或醛固酮拮抗药（螺内酯），某些先天性肾上腺皮质增生症及其他原因所致醛固酮缺乏症。②酸性代谢产物产生过多或排出障碍：见于进食不足和（或）吸收不良所致的饥饿性酮症、肾衰竭和各种原因（缺氧，失水，休克，心跳、呼吸骤停，先天性糖、氨基酸、脂肪代谢缺陷）所致的乳酸血症等。③摄入酸性物质过多：如长期服用氯化钙、氯化铵，滴注盐酸精氨酸或盐酸赖氨酸、复合氨基酸，水杨酸盐中毒。

(二)临床表现

根据血二氧化碳结合力（CO_2CP）不同，将酸中毒分为轻度（18~13mmol/L）、中度（13~9mmol/L）及重度（<9mmol/L）。轻度酸中毒的症状不明显，仅呼吸稍快，若不做血气分析，难于作出诊断。重度酸中毒时，出现呼吸深快、心率增快、厌食、恶心、呕吐、疲乏、无力、精神萎靡、烦躁不安，进而嗜睡、昏睡、昏迷。严重酸中毒（pH<7.20）时，心率转慢，周围血管阻力下降，心肌收缩力减弱和心排血量减少，发生低血压、心力衰竭和室颤阈降低。酸中毒时，HCO_3^- 浓度及 pH 降低，H^+ 进入细胞与钾离子交换，导致细胞内液 K^+ 降低，细胞外液 K^+ 增高，可促发心律失常。酸中毒时，血浆游离钙增高，在酸中毒纠正后下降，使原有低钙血症的患儿可能发生手足搐搦或惊厥。新生儿和小婴儿的呼吸代偿功能较差，酸中毒时，其呼吸改变不典型，往往仅有精神萎靡、拒食和面色苍白等。

(三)治疗

最重要的是去除病因。补充碱剂只是一种暂时的辅助疗法，以迅速减少严重酸中毒（酸血症）对机体的危害，改善循环、肾脏和呼吸功能，恢复机体的调节作用。

1. 轻度酸中毒 经病因治疗，通过机体代偿，常可自行恢复，亦可口服碳酸氢钠1~2g，3/d。一般不需静脉碱剂治疗。

2. 中、重度酸中毒 患儿常需静脉注射补碱。常首选碳酸氢钠，直接提供缓冲碱，也可以选用乳酸钠。在未知检验结果时，先以 5%碳酸氢钠 3~5ml/kg 或 11.2%乳酸钠 2~3ml/kg 补给，必要时，于 2~4h 后重复应用。已知检验结果，计

算碱剂需要量的公式为：

①按细胞内、外液二氧化碳结合力或碳酸氢根浓度减少的量计算：

碱剂需要量(mmol)＝(22－测得 HCO_3^-,mmol/L×0.6×体重(kg)

碱剂需要量(mmol)＝(18－测得 CO_2CP)mmol/L×0.6×体重(kg)≈(40－测得 CO_2CP)Vol％×0.3×体重(kg)

②按细胞外液二氧化碳结合力或碳酸氢根浓度减少的量计算：

碱剂需要量(mmol)＝(22－测得 HCO_3^-)mmol/L×0.3×体重(kg)

碱剂需要量(mmol)＝(18－测得 CO_2CP)mmol/L×0.3×体重(kg)

③按碱剩余(BE)计算：

碱剂需要量(mmol)＝(BE)×0.3×体重(kg)

儿科一般常用上述①计算方法。为了临床使用方便,需将毫摩尔数转为常用碱剂的毫升数。5％NaHCO₃1ml＝0.6mmol,11.2％乳酸钠 1ml＝1mmol,所以可简化公式为：

需补充 5％NaHCO₃(ml)＝(40－测得 CO_2CP)Vol％×0.5×体重(kg)或(18－测得 CO_2CP)mmol/L×体重(kg)

需补充 11.2％乳酸钠(ml)＝(40－测得 CO_2CP)Vol％×0.3×体重(kg)或(18－测得 CO_2CP)mmol/L×0.6×体重(kg)

上述计算仅供粗略指导,所用治疗剂量均须个体化,尤其是按①方法计算的量均偏大,一般先给予计算量的 1/2。对严重酸中毒要紧急处理,使血液 pH 恢复到 7.20～7.25。由于机体调节作用,大多数患儿无需给足总量即可恢复,故在静脉滴注 4h 后应再复查,决定是否继续用药。

在治疗过程中必须注意：①最好用等张液,避免频繁应用高张液,以免发生体液高渗状态的危险(新生儿尤其是早产儿还可能发生颅内出血)；②应避免过快完全纠正酸中毒,因为碳酸氢根进入细胞和血-脑屏障比二氧化碳慢,当血浆碳酸氢根浓度迅速增高时,二氧化碳仍继续由呼吸排出,动脉血二氧化碳分压仍低,可发生碱中毒；③有机酸酸中毒时,为避免脑细胞酸中毒和高钠血症,仅补充碱剂使血 pH 达 7.20 即可；④高血氯型酸中毒及低碳酸氢根血症时,只能借肾脏代偿调节,更需碱剂治疗,以纠正低碳酸血症；⑤在纠正酸中毒过程中需注意补充钾盐。

二、代谢性碱中毒

代谢性碱中毒儿科较少见,是由于代谢性因素致血浆碳酸氢根浓度原发性增高所致。血浆二氧化碳结合力＞27mmol/L,血气分析 pH 正常(代偿)或＞7.45,小于 2 岁者碳酸氢根浓度＞22mmol/L,＞2 岁者碳酸氢根浓度＞24mmol/L,为代谢性碱中毒。

(一)原因

①经胃肠道丢失盐酸:如剧烈呕吐或胃管吸引、先天性失氯性腹泻等;②长期应用利尿药如噻嗪类、呋塞米或依他尼酸等,排钾、排氯导致低钾低氯性碱中毒;③应用碳酸氢钠等碱性药物过多;④慢性高碳酸血症突然解除;⑤盐皮质激素分泌过多:见于原发性醛固酮增多症、先天性肾上腺皮质增生症(如Ⅱ β-羟化酶缺乏及17α-羟化酶缺乏);⑥缺钾:氢离子向细胞内转移,常见于严重低血钾时。

(二)临床表现

常出现倦怠、头晕、反应迟钝、嗜睡,甚至精神错乱或昏迷。代偿性碱中毒时,血中游离钙减少,使神经-肌肉兴奋性增加,可出现手足搐搦或惊厥。代偿性呼吸浅慢使肺泡通气量减少,可发生低氧血症。碱血症使血红蛋白与氧亲和力增加,氧离曲线左移,加重组织缺氧,但发绀较轻。严重碱中毒使心排血量减少,周围血管阻力增加;并易发生心律失常,在伴有低钾、低氧血症或应用洋地黄制剂时,更易发生。缺钾可引起碱中毒,碱中毒亦可引起缺钾、低氧血症。

(三)治疗

①去除引起代谢性碱中毒的病因:对剧烈呕吐引起丢失者应止吐,碱性药物应用过量者停用碱剂,有缺钾者均需补充氯化钾,对原发性醛固酮增多症给予螺内酯(安体舒通)等。②补充生理盐水:可纠正轻度碱中毒。通过纠正失水,恢复有效循环血量,同时补充氯化钾,大多数患儿经过肾脏代偿调节,数日后即可恢复。③重症病例(血 pH>7.60,碳酸氢根浓度>40mmol/L)可应用氯化铵。其需要量为:氯化铵(mmol) = $\left[测得\ HCO_3^- - 22(mmol/L)\right] \times 0.3 \times 体重(kg)$。其中 0.3 为计算系数,一般先给半量,配成 0.9% 的等渗溶液静脉滴注(1mmol 氯化铵为53.5mg)。也可按 3ml/kg 给予 0.9%氯化铵静脉滴注,可降低血碳酸氢根浓度约1mmol/L。但有肝、肾功能不全者禁用。而且所用剂量都应视治疗后临床症状和血气分析的改变予以调整。

三、呼吸性酸中毒

(一)原因

由于通气障碍导致体内二氧化碳潴留和碳酸氢根浓度增高所致。见于①呼吸道阻塞:如喉头痉挛或水肿、支气管哮喘、呼吸道异物、分泌物堵塞、羊水或胎粪吸入等;②肺、胸腔和胸部疾患:如严重肺炎、成人型呼吸窘迫综合征、肺不张、肺水肿、气胸、大量胸腔积液等;③心脏疾患:如心搏骤停、心室颤动、心力衰竭引起肺淤血和水肿等;④呼吸肌麻痹或痉挛:见于感染性多发性神经根炎、脊髓灰质炎、严重低血钾、破伤风等;⑤呼吸中枢抑制:见于脑炎、脑膜炎、脑外伤、安眠药和麻醉药过

量等；⑥呼吸机使用不当，导致体内二氧化碳潴留。

（二）临床表现

因产生呼吸性酸中毒的原发病不同，其临床表现也不一致，早期可有烦躁不安、多汗、肌震颤；高碳酸血症多有持续性头痛；二氧化碳分压过高引起神经精神症状，如呕吐、视物模糊、嗜睡、精神失常、惊厥和昏迷；也可出现呼吸加速、心率增快。急性呼吸性酸中毒或慢性呼吸性酸中毒的急性发作时，代偿性氢离子与钠离子进入细胞内交换出钾离子，可致血钾急剧升高，引起心室颤动而死亡。

（三）治疗

主要针对原发病，改善心肺功能及通气，以改善低氧血症和高碳酸血症，必要时，行机械通气。一般不需要应用碱性药物，但对病情严重并缺乏改善通气条件者，可应急给予碱性药物，也只能起暂时作用。碳酸氢钠有加重高碳酸血症可能，故不宜使用。常用 7.28% 氨丁三醇，因氨丁三醇是一种不含钠的强有力的有机缓冲剂，易透入细胞内，在细胞内外迅速起作用：能与氢离子结合而使 pH 上升，并且与碳酸作用，直接降低二氧化碳张力，生成碳酸氢根而增加缓冲碱，对代谢性和呼吸性酸中毒均有作用。

需补充 7.28% 氨丁三醇(ml) = (40 − 测得 CO_2 CP)Vol% × 0.5 × 体重(kg)。一般先给予计算量的 1/2。用时需用等量葡萄糖稀释后静脉滴注，滴速不宜过快，以免引起呼吸抑制、低血压等副作用。呼吸性酸中毒常易合并其他酸碱失调，因此，必须做血气分析，以及时对酸碱失调作出正确的诊断及治疗。

四、呼吸性碱中毒

呼吸性碱中毒由于通气过度，使血液二氧化碳过度减少，血碳酸降低所致。

（一）原因

①神经系统疾病，如脑炎、脑膜炎、脑肿瘤或外伤时，均可发生通气过度；②人工呼吸机使用不当，以致过度通气；③长时间剧烈啼哭、过度兴奋、癔症发作等；④高热、败血症；⑤水杨酸中毒时，水杨酸盐可直接兴奋中枢化学感受器而使通气增强；⑥低氧血症、一氧化碳中毒、严重贫血、肺炎、肺水肿、高山病等均可引起通气过度。

（二）临床表现

急性期可感胸闷、气急，呼吸深快；慢性期呼吸频率可正常。其他症状与代谢性碱中毒相似。

（三）治疗

主要是病因治疗。在二氧化碳排出过多时，可用纸袋盖于患儿口鼻上，使患儿呼出的二氧化碳部分回吸。呼吸改善后，碱中毒可逐渐恢复，症状改善。对呼吸性碱中毒延续几日者,必须注意补钾。对有手足搐搦症者给予钙剂。

五、混合性酸碱平衡失调

混合性酸碱平衡失调是指同时存在两种或两种以上的单纯性酸碱平衡失常。混合性酸碱失调时,原有代偿反应不复存在,而病理生理变化比较复杂,临床表现可能不典型。因此,要通过仔细询问病史,对血气分析结果的分析,作出初步诊断。混合性酸碱失调可有多种组合,但显然不可能有呼吸性酸中毒和呼吸性碱中毒的合并发生。当两种原发性障碍使 pH 向同一方向变动时,则 pH 偏离正常更为显著,例如代谢性酸中毒合并呼吸性酸中毒的患儿其 pH 比单纯一种障碍更低。当两种障碍使 pH 向相反的方向变动时,血浆 pH 取决于占优势的一种障碍,其变动幅度因受另外一种抵消而不及单纯一种障碍那样大。如果两种障碍引起 pH 相反的变动正好互相抵消,则患儿血浆 pH 可以正常,例如代谢性酸中毒合并呼吸性碱中毒。

(一)诊断

混合型酸碱平衡障碍情况比较复杂,必须在充分研究分析疾病发生发展过程的基础上才能做出判断。尽管如此,有少数混合型酸碱平衡障碍仍然难以确定。目前即使在国内设备先进的医院,临床不能作出肯定判断的仍达 2.2% 者。可见在判断酸碱平衡障碍的原理和技术方面还需进一步研究。

为了临床实用方便,一些研究酸碱平衡障碍的学者依据血浆 pH、$PaCO_2$ 和 $[HCO_3^-]$ 的数值之间的关系,设计了一系列线算图(Nomogram),知道其中两个值便可从图上查出有关的其他指标的数值,并可迅速判断酸碱平衡障碍的性质。其中 Siggaard-Anderson 所设计的列线算图比较常用,附后以供参考,见图 2-1。

(二)临床表现

混合型酸碱平衡障碍常见的有下列五种。

1. **呼吸性酸中毒合并代谢性酸中毒** 呼吸性酸中毒合并代谢性酸中毒见于:①慢性呼吸性酸中毒如阻塞性肺疾病同时发生中毒性休克伴有乳酸酸中毒。②心跳呼吸骤停发生急性呼吸性酸中毒和因缺氧发生乳酸酸中毒。此种混合型酸碱平衡障碍可使血浆 pH 显著下降,血浆 $[HCO_3^-]$ 可下降,$PaCO_2$ 可上升。例如患儿血浆 pH 为 7.0,$PaCO_2$ 为 11.3kPa(85mmHg),$[HCO_3^-]$ 为 14.4mmol(mEq)/L,BE 为 −12mmol(mEq)/L。

2. **呼吸性酸中毒合并代谢性碱中毒** 呼吸性酸中毒合并代谢性碱中毒见于慢性阻塞性肺疾患发生高碳酸血症,又因肺源性心脏病心力衰竭而使用利尿药如呋塞米、依他尼酸(利尿酸)等引起代谢性碱中毒的患儿。这也是呼吸、心肾科室中常遇到的情况。患儿血浆pH可以正常或轻度上升或下降,但 $[HCO_3^-]$ 和 $PaCO_2$

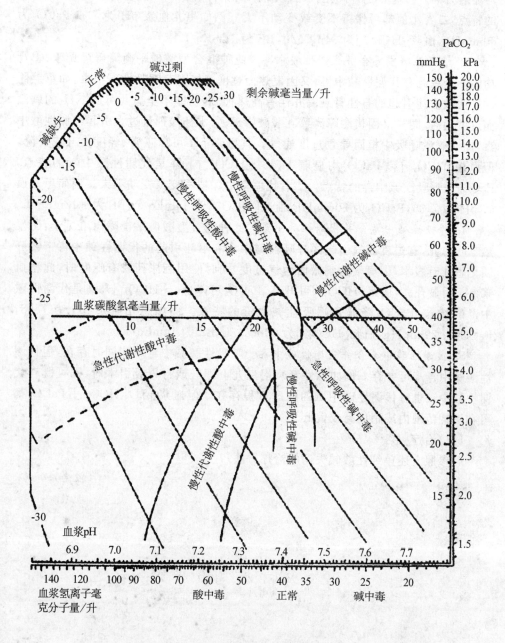

图 2-1　各种类型酸碱平衡紊乱时血浆 pH、PaCO₂、HCO₃⁻ 变化示意图

均显著升高。$[HCO_3^-]$升高是代谢性碱中毒的特点而 $PaCO_2$ 升高是呼吸性酸中毒的特点，二者比值却可保持不变或变动不大。例如患儿血浆 pH 为 7.4，$PaCO_2$ 为 60mmHg，血浆 $[HCO_3^-]$ 为 34mEq/L，BE 为 14mEq/L。

3. **呼吸性碱中毒合并代谢性酸中毒**　此种混合型酸碱平衡障碍可见于：①肾功能不全患儿有代谢性酸中毒，又因发热而过度通气引起呼吸性碱中毒，如革兰阴性杆菌败血症引起的急性肾衰竭并伴有高热；②肝功能不全患儿可因 NH_3 的刺激而过度通气，同时又因代谢障碍致乳酸酸中毒；③水杨酸剂量过大引起代谢性酸中毒，同时刺激呼吸中枢而导致过度通气。其血浆 pH 可以正常、轻度上升或下降，但血浆 $[HCO_3^-]$ 和 $PaCO_2$ 均显著下降。$[HCO_3^-]$ 下降是代谢性酸中毒的特点，$PaCO_2$ 是呼吸性碱中毒的特点。二者比值却可保持不变或变动不大。例如患儿血浆 pH 为 7.36，$PaCO_2$ 为 20mmHg，血浆 $[HCO_3^-]$ 为 14mEq/L，BE 为 -12mEq/L。

4. **呼吸性碱中毒合并代谢性碱中毒**　此种混合型酸碱平衡障碍可见于：①发热呕吐患儿，有过度通气引起的呼吸性碱中毒和呕吐引起的代谢性碱中毒。②肝硬化患儿有腹水，因氨气的刺激而通气过度，同时使用利尿药或有呕吐时，此型血浆 pH 明显升高，血浆 $[HCO_3^-]$ 可升高，$PaCO_2$ 可降低。$[HCO_3^-]$ 升高是代谢性碱中毒的特点，$PaCO_2$ 降低是呼吸性碱中毒的特点。例如患儿血浆 pH 为 7.68，$PaCO_2$ 为 29mmHg，血浆 $[HCO_3^-]$ 为 38mEq/L，BE 为 14mEq/L。

5. **代谢性酸中毒合并代谢性碱中毒**　呼吸性酸碱中毒不能同时存在，但代谢性酸碱中毒却可并存。例如急性肾衰竭患儿有呕吐或行胃吸引术时，则可既有代谢性酸中毒也有代谢性碱中毒的病理过程存在。但血浆 pH，$[HCO_3^-]$，$PaCO_2$ 都可在正常范围内或稍偏高或偏低。

(三)治疗

可参照上述单纯性酸碱失调的治疗方法。

（段金海）

第3章 液体疗法

第一节 常用的溶液

一、非电解质溶液

包括饮用水及5％～10％葡萄糖溶液等。其药理效应是：①补充由呼吸、皮肤所蒸发的水分（不显性失水）及由排尿丢失的水；②可纠正体液高渗状态；③不能用其补充体液丢失。

5％及10％葡萄糖是临床最常用的非电解质液。注射用水是禁忌直接由静脉输入的，因其无渗透张力，输入静脉可使红细胞膨胀、破裂，引起急性溶血。葡萄糖（$C_6H_{12}O_6$）的分子量为180。5％葡萄糖溶液渗透压为278mOsm/L，接近于血浆渗透压（289.3mOsm/L），红细胞不被破坏，可安全地作静脉输入。10％葡萄糖比5％葡萄糖供给更多热量，虽其渗透压比5％葡萄糖高1倍，如由静脉缓慢滴入，葡萄糖可迅速被血液稀释，并被代谢，其效果基本与5％葡萄糖液类似。葡萄糖输入体内后被氧化成水（约每小时1g/kg）及CO_2，或转变为糖原储存于肝脏、肌肉细胞内，失去渗透压性质，因此在输液时可视为无张力溶液，不能起到维持血浆渗透压的作用，仅用于补充水分和部分热量，也可作为载体输液使用。葡萄糖静脉输入速度应保持在每小时0.5～0.85g/kg，即每分钟8～14mg/kg，输入过快或溶液浓度过高，均可引起高血糖及渗透性利尿。

二、电解质溶液

（一）生理盐水和氯化钠溶液

1. 生理盐水　即0.9％氯化钠溶液，为等渗溶液，每升含Na^+、Cl^-各154mmol/L，渗透浓度为308mOsm/L，其Na^+含量与血浆相仿，但其Cl^-浓度远比正常血浆Cl^- 103mmol/L为高，不利于代谢性酸中毒的纠正，尤其婴儿肾排Cl^-功能较差时，大量输入易引起高氯性代谢性酸中毒，故临床常用等渗碱性液取代1/3量的生理盐水，即构成儿科常用的2：1溶液（见下文）。但急性呕吐所引起的脱水酸中毒及迁延性呕吐所致的低氯性碱中毒均可用生理盐水或其稀释液来纠正,因其可扩充血容量,补充呕吐所丢失的 Cl^-,只要恢复肾循环,前者可通过尿排出酸性代谢产物,纠正酸中毒;后者只要有尿后注意适当补钾,体内过多的 HCO_3^- 可由尿排出。

2. 葡萄糖氯化钠溶液　即含5%～10%葡萄糖的生理盐水,除葡萄糖能提供能量外,该溶液的效用与生理盐水完全相同。

3. 复方氯化钠溶液　即林格(Ringer)液,每100ml含氯化钠0.82～0.9g,氯化钾0.025～0.035g,氯化钙(结晶)0.03～0.036g,为含钠、钾、钙、氯的等渗溶液,渗透浓度同生理盐水,其 Na^+、K^+、Ca^{2+} 的浓度与血浆相近,Cl^- 的浓度同生理盐水,也明显高于血浆,同样存在不利于纠正代谢性酸中毒的缺点。目前市面上销售的乳酸钠林格注射液(有含5%葡萄糖和不含糖两种制剂)作了改进,各种电解质浓度均较接近血浆,且含有28mmol/L的乳酸根,有利于酸中毒的纠正。溶液中含有钙离子,与血中抗凝药混合可致血液凝固,故不适于输血时采用。另外,溶液所含钾及钙离子浓度不够高,常不足以纠正低钾或低钙血症。

4. 氯化钠乳酸钠溶液(2∶1溶液)　由2份生理盐水及1份1/6mmol/L乳酸钠或1.4%碳酸氢钠临时配制而成。溶液的渗透浓度与生理盐水相同为316mOsm/L,但所含 Cl^- 浓度为105mOsm/L,与血浆一致,且含 HCO_3^-,其浓度为53mOsm/L,显著高于血浆,可提供碱储备,纠正酸中毒。

5. 达罗(Darrow)液及改良达罗液(简称MD)　均为含钾、钠的等渗液,渗透浓度为314mOsm/L。无现成制剂时可临时配制,达罗液配方为:生理盐水450ml,1mmol(M)乳酸钠溶液54ml(或5%碳酸氢钠90ml),15%氯化钾17.5ml,加5%～10%葡萄糖液至1L;改良达罗液的配方是:生理盐水415ml,15%氯化钾20ml,1M乳酸钠溶液54ml(或5%碳酸氢钠90ml),加5%～10%葡萄糖液至1L。将达罗液中5mOsm/L的 Na^+ 改为即为 K^+ 改良达罗液。两者基本功能相同,后者含钾略高,临床较常用。这两种液体除能补充累积损失,纠正脱水外,主要用于纠正或防止发生低钾血症。为避免输液时引起高血钾,心脏骤停,脱水患儿首先应采用不含钾的电解质溶液,扩充血容量,待肾循环恢复有尿后,再输达罗液或改良达罗液,继续纠正脱水,且输液速度不宜过快。

(二)3%氯化钠溶液

为高渗溶液,用于纠正低钠血症,每毫升含 Na^+ 0.5mmol。

(三)碱性溶液

1. 碳酸氢钠($NaHCO_3$)　其相对分子质量是84。1.4%碳酸氢钠的摩尔浓度为167mmol/L,因为碳酸氢钠在溶液中可以解离为 Na^+ 及 HCO_3^-,所以其张力应为167×2=334mmol/L,所以是等张液。1.4%碳酸氢钠溶液为等渗碱性含钠液,能增加体液碱储备,中和 H^+,纠正代谢性酸中毒,但有呼吸衰竭和 CO_2 潴留者慎用。市售碳酸氢钠针剂一般为5%溶液,使用时应用5%~10%葡萄糖稀释3.5~4倍即为等渗液。5%碳酸氢钠溶液1ml/kg或1.4%碳酸氢钠4ml/kg约可提高 CO_2 结合力1mmol/L或2Vol%。在紧急情况下可直接静脉注射以迅速纠正酸中毒。

2. 乳酸钠($CH_3CHOHCOONa$) 乳酸钠针剂为11.2%溶液,相当于1M溶液,使用时需稀释6倍,使其成为1/6M(1.87%)等渗溶液。乳酸钠进入人体内需在有氧条件下,经肝代谢转变为 HCO_3^- 后才具有纠正酸中毒作用。当患儿缺氧、休克、心力衰竭、肝功能异常及是未熟儿时均不宜使用。

3. 三羟甲基氨基甲烷(THAM) 针剂为7.28%(0.6mmol)溶液,稀释1倍成为3.64%溶液,即等渗溶液后,才能由静脉缓慢滴入。本药是有机氨基酸,能进入细胞内与 H^+ 相结合,因此对呼吸性及代谢性酸中毒均有效,且不含钠,不增加体内钠负荷。药物高度碱性,pH=10,刺激性强,不适合小血管内注射,渗漏至皮下可引起皮下组织坏死。用药后若 $PaCO_2$ 下降过快,可抑制呼吸中枢。其他尚可引起低血糖、高血钾、低血钙等副作用。另外,由于药价较昂贵,儿科又缺乏用药经验,尤其近年机械通气逐步普及,已能有效地解决呼吸性酸中毒,故临床已很少应用。

(四)氯化铵(NH_4Cl)

为成酸性盐,NH_4^+ 在肝内与 CO_2 结合成尿素,释出 H^+ 及 Cl^-,使 pH 下降。用于纠正低氯性碱中毒。心、肝、肾功能障碍者禁用。0.9%为等张液。

(五)氯化钾(KCl)

用于补充钾。一般静滴用0.2%溶液(含钾27mmol/L),最高不超过0.3%(含钾40mmol/L)。含钾溶液不可静脉直接推注,因可抑制心肌功能而死亡。

三、混 合 溶 液

除严重脱水、休克或低渗脱水病儿,宜首先用等渗含钠液快速静脉输入,以迅速补充血容量、恢复肾循环外,一般脱水临床常用等渗电解液按不同比例配制成的混合溶液进行补液,如用5%~10%葡萄糖液将等渗含钠液稀释成1/2~2/3张溶液,这类溶液既能补充体液的累积损失,又可补充不显性丢失及肾排水的需要,有利于肾对水、电解质平衡的调节,及排出体内堆积的酸性代谢产物等,又可防止发生高钠血症。如将等渗含钠液稀释至1/3张左右时,可作为生理维持液或纠正高渗性脱水时使用。

(一)2∶1含钠等渗液

是2份生理盐水和1份等渗碱性液(1.4%碳酸氢钠或1.87%乳酸钠)配制成

的混合液。其中钠和氯的比例与血浆相似，纠正了生理盐水高氯的特点，有利于补充血容量。此溶液含弱酸根，呈碱性，能纠正酸中毒。

(二)2：3：1 混合液

是由 2 份生理盐水，3 份 5％～10％葡萄糖液及 1 份 1.4％碳酸氢钠或 1.87％乳酸钠组成。为 1/2 张溶液，是 2：1 溶液用葡萄糖稀释 1 倍的溶液。

(三)4：3：2 混合液

是由 4 份生理盐水，3 份 5％～10％葡萄糖液及 2 份 1.4％碳酸氢钠或 1.87％乳酸钠组成，此液实际上是 2/3 张的 2：1 溶液。

(四)1：4 溶液

是 1 份生理盐水和 4 份 5％～10％葡萄糖液配成的混合液。为 1/5 张含钠液，主要用以补充水及钠的生理需要。

上述临床常用的各种溶液成分见表 3-1。

表 3-1　临床常用溶液成分

溶　液	每 100ml 含溶质或液量	Na^+	K^+	Cl^-	HCO_3^- 或乳酸根	Na^+ / Cl^-	渗透压或相对于血浆的张力
血浆		142	5	103	24	3：2	300mOsm/L
①0.9％氯化钠	0.9g	154		154		1：1	等张
②5％或 10％葡萄糖	5 或 10g						
③5％碳酸氢钠	5g	595			595		3.5 张
④1.4％碳酸氢钠	1.4g	167			167		等张
⑤11.2％乳酸钠	11.2g	1 000			1 000		6 张
⑥1.87％乳酸钠	1.87g	167			167		等张
⑦10％氯化钾	10g		1 342	1 342			8.9 张
⑧0.9％氯化铵	0.9g	NH_4^+167		167			等张
1：1 含钠液	①50ml；②50ml	77		77		1：1	1/2 张
1：2 含钠液	①35ml；②65ml	54		54		1：1	1/3 张
1：4 含钠液	①20ml；②80ml	30		30		1：1	1/5 张
2：1 含钠液	①65ml；④或⑥35ml	158		100	58	3：2	等张
2：3：1 含钠液	①33ml；②50ml ④或⑥17ml	79		51	28	3：2	1/2 张
4：3：2 含钠液	①45ml；②33ml ④或⑥22ml	106		69	37	3：2	1/3 张

四、口服补液盐

(一)口服补液盐的定义

口服补液盐(ORS)是世界卫生组织(WHO)推荐用以治疗急性腹泻合并脱水

的一种溶液,经临床应用取得了良好效果,对发展中国家尤其适用。ORS中各种电解质浓度为 Na^+ 90mmol/L,K^+ 20mmol/L,Cl^- 80mmol/L,HCO_3^- 30mmol/L,葡萄糖 111mmol/L。其电解质渗透压为 220mmol/L(2/3 张),总渗透压为 300mmol/L。其成分是:氯化钠 3.5g、碳酸氢钠 2.5g、氯化钾 1.5g、无水葡萄糖 20g,用饮用水稀释至 1L 供口服。此液中葡萄糖浓度为 2%,有利于 Na^+ 和水的吸收;Na^+ 的浓度为 90mmol/L,适用于纠正累积损失量和粪便中的电解质丢失量;含有一定量的钾和碳酸氢根,可补充钾和纠正酸中毒。ORS 适用于轻、中度脱水无严重呕吐者,但新生儿宜慎用。也可将上述配方稀释至 1.5L,使之成为 1/2 张溶液补充"继续丢失液"。1984 年 WHO 又推荐一种新的 ORS 配方,用枸橼酸钠 2.9g 取代原配方中的碳酸氢钠,枸橼酸钠不易潮解,便于保存,且口味较好。近年也有用 50~80g/L 谷物(米粉、米汤)代替葡萄糖,制成谷物 ORS。由于谷物来源充足、价廉,有利于补充营养,适用于我国农村地区。

(二)口服补液盐的机制

在正常情况下小肠对水、电解质及营养物质的吸收是由小肠黏膜上皮细胞完成的,水的吸收是被动过程,钠和葡萄糖的吸收是通过载体系统进行的一种主动转动过程。有人提出 Na^+ 和葡萄糖存在共同的载体的学说,认为载体上具有葡萄糖及 Na^+ 两种受体,必须同时经葡萄糖及 Na^+ 才能转运,这样葡萄糖的吸收便促进了钠的吸收,由此改变了肠腔渗透压,同时也促进了水的吸收。葡萄糖对钠、水促进吸收作用随其浓度不同而不同,50~140mmol/L 浓度时作用最强。而 ORS 液中葡萄糖浓度为 111mmol/L,正符合上述浓度,但 ORS 能否奏效取决于小肠吸收功能。通常轮状病毒感染小肠黏膜上皮细胞,均存在一定损害,吸收功能相对减低。但经临床验证,ORS 治疗因病毒性肠炎所致脱水,效果也令人满意。

(三)家庭自制口服液

①米汤加盐溶液:配方为 5%米汤 500ml(0.5kg 装白酒瓶)加细盐 1.75g(1 个啤酒瓶盖的一半)。本溶液为 1/3 张且不含双糖,是预防脱水的最佳液体。②糖盐水:清洁水 500ml+白糖 10g(2 小勺)+细盐 1.75g,煮沸后服用。

第二节 液 体 疗 法

液体疗法的目的是纠正水、电解质和酸碱平衡紊乱,以恢复机体的正常生理功能。在治疗前要全面了解疾病情况,从病史、临床表现和化验检查等进行综合分析,判断水和电解质紊乱的性质和程度,制定合理的液体疗法,确定补液总量、组成、步骤和速度。在输液过程中,要密切观察病情变化,并及时对治疗进行必要的调整。在治疗过程中要充分估计机体的调节功能。在一般情况下,只要输入的液体基本适合病情需要,不超过肾脏的调节范围,机体就能留其所需,其余排出体外,恢复水和电解质的正常平衡。所以液体疗法要尽量简便而有效,不宜过于繁杂。但在某些肺、肾脏、循环系统、内分泌系统疾患引起的机体调节功能障碍时,则应根据其病理生理特点,严格掌握液体种类、输液量和速度。

一、补液的原则

补液必须从三方面的需要来考虑,即累积损失、继续损失和生理需要,以便根据不同的情况采取不同质量的溶液,以达到治疗的目的。例如,对于昏迷的患儿和空腹将接受外科手术的患儿,可能只需补充生理需要量和相应的电解质;对于胃肠减压或手术后有肠瘘的患儿,则需要补充由于引流而丢失的液体,即继续损失的量及生理需要量;而对于腹泻患儿则需补充累积损失量、继续丢失量和生理需要量。补液的总原则可概括为:①三定原则即定量、定性、定速;②先快后慢;③先浓后淡;④先盐后糖;⑤见尿补钾;⑥见痉补钙;⑦随时调整。

(一)定量

就是定补液总量,包括 3 部分,即累积损失量、继续损失量和生理需要量。

1. 累积损失量　主要根据病儿脱水程度及年龄确定补液量。婴幼儿轻度脱水,补充累积损失液量应为 30~50ml/kg,中度脱水为 50~90ml/kg,重度脱水为 100~120ml/kg;2 岁以上儿童分别为 <30ml/kg,中度 30~60ml/kg,重度 60~90ml/kg。临床上先按其 2/3 量补充。

2. 生理需要量　其涉及热量、水和电解质。维持液量和电解质直接与代谢率有关,代谢率的变化可通过糖类、脂肪和蛋白质氧化而影响内生水的产生。肾脏的溶质排出可影响水的排出。由于 25% 的水是通过不显性失水丢失的,能量的产生必然会影响到水的丢失,故正常生理需要量的估计可按能量需求计算,一般按每代谢 100kcal 能量需 100~150ml 水;年龄越小需水相对越多,故也可按简易计算表计算生理需要量(表 3-2)。

表 3-2　生理需要量简易计算

体　重	每天需液量(ml)
10kg	100ml/kg
11~20kg	1 000+超过 10kg 体重数×50ml/kg
>20kg	1 500+超过 20kg 体重数×20ml/kg

生理需要量的需求取决于尿量、不显性失水及大便丢失。大便丢失常可忽略不计,不显性失水占液体丢失的约 1/3,随体温升高而增加(体温每增加 1℃,不显

性失水增加 12%），肺不显性失水在过度通气如哮喘、酮症酸中毒时增加，在有湿化功能的人工呼吸机应用时肺不显性失水降低。在极低体重儿，不显性失水可多达每天 100ml/kg 以上。电解质的需求包括每日出汗、正常大小便、生理消耗的电解质等，变化很大。平均钾、钠、氯的消耗量 2～3mmol/100kcal。

3. 继续损失量 病儿在开始补充累积损失量后，大多数仍继续有不同程度的体液异常丢失，如腹泻、呕吐、皮肤出汗或渗出等。此种丢失量依原发病而异，且每日有变化，对此必须根据每一具体病儿及每日不同情况，作出具体的判断。表 3-3 综合文献报道的各种常见原发疾病体液丢失的性质，由于每一具体病儿存在较大差异，故这些数值只能作为参考，必要时可测定丢失液中的电解质浓度。腹泻丢失量实际临床不易收集测量，一般可按每天 10～40ml/kg 估计。

表 3-3 各种体液损失成分表

体 液	Na^+ （mmol/L）	K^+ （mmol/L）	Cl^- （mmol/L）	蛋白 （g/dl）
胃液或胃引流液	20～30	5～20	100～150	—
胰液	120～140	5～15	90～120	—
小肠液	100～140	5～15	90～130	—
胆汁液	120～140	5～15	50～120	—
回肠瘘液近期造口	103～143	6～29	90～136	—
回肠瘘液远期造口	46	3	21	—
盲肠瘘液	45～135	5～45	18～88	—
霍乱稀便	120±10	40±5	95±10	—
EPEC＊肠炎稀便	47±25	37±10	43±30	—
病毒性肠炎稀便	14±13	26±8	6±5	—
烫伤皮肤渗出液	140	5	110	3～5
汗液	10～30	3～10	10～35	—

＊ETEC 为致病性大肠埃希菌

三部分总和可简易计算如表 3-4。

表 3-4 不同程度失水的补液量（ml/kg）

	累积损失量	继续损失量	生理需要量	简易总量
轻度脱水	50	10	60～80	90～120
中度脱水	50～100	10～30	60～80	120～150
重度脱水	100～120	10～30	60～80	150～180

(二)定性

就是定输液的成分。根据失水性质和酸碱、电解质失调程度确定。通常生理需要量补 1/5～1/4 张含钠液,继续损失量补 1/3～1/2 张含钠液,累积损失量则根据脱水性质,决定所给液体的张力。

累积损失量的补充,按理是等渗性脱水用等张液,低渗性脱水用高张液,高渗性脱水用低渗液。但实际上等渗性脱水补等张液,低渗性脱水补高张液,短时间内输入钠盐太多,易致患儿水肿。因为失水时细胞内液(含钾液)亦损失,有一部分钠也进入细胞内液进行代偿,当补钾时,随着细胞内液钾的逐渐恢复,钠又重返细胞外液,故补充的含钠液不宜过多。

1. 低渗性脱水 钠的丢失在比例上大于水分的丢失,故其累积损失部分应用高渗液体补充,在临床上一般补等张～2/3 张含钠液。亦可以公式计算,即所需钠量(mmol)=(期望血清钠－测得血清钠)mmol/L×体液总量(L)。

2. 等渗性脱水 其钠、水按比例丢失,故这一部分应用 1/2 张含钠液补充。

3. 高渗性脱水 水分的丢失在比例上大于钠的丢失,因此其累积损失量应以低渗溶液补充,即补 1/5～1/3 张含钠液。

(三)定速

就是定输液的速度。依失水的严重程度来定,原则上先快后慢。一般累积损失量应于开始输液的 8～12h 内完成,输液速度相当于每小时 8～10ml/kg;中、重度脱水伴有外周循环障碍者应首先扩充血容量,20ml/kg 等渗含钠液,30～60min 内快速输入,以迅速改善血循环和肾功能。对低钠血症的纠正速度可稍快,出现明显水中毒症状如惊厥等时,需用 3% 氯化钠滴注,12ml/kg 可提高血清钠 10mmol/L,以纠正血清钠至 125mmol/L 为宜。对于高钠血症的纠正速度宜稍慢,否则容易发生惊厥,其原因是患儿脑细胞内液渗透压较高,输液后脑细胞内钠不易很快排出,致使水分进入脑细胞,容易发生脑水肿,故输液量不宜过多、过快,以每日降低血清钠 10mmol/L 为宜。

继续损失量应在 24h 内均匀滴入,但在实施过程中,往往于补完累积损失量后的 12～16h 内均匀滴入。若在观察过程中发现损失量增多,则应随时增加补液量并加快滴速。

生理需要量应在 24h 内均匀滴入,但在实施过程中,往往与继续损失量一起,在滴完累积损失量后的 12～16h 内均匀滴入。

二、补液的步骤及方法

(一)静脉补液

对脱水程度较重或不能口服补液的病儿采用静脉补液,可较快地纠正体内已

有的水、电解质及酸碱平衡,使机体恢复正常生理功能。输液步骤是首先补充累积损失量,接着补充继续损失量和生理需要量。补液分两个阶段进行。

1. 第一阶段

(1)快速扩容:有明显血容量及组织灌注不足症状的病儿,如面色苍白、四肢凉、脉细弱、尿显著减少等症状者,应立即静脉输入等渗含钠液,如2:1溶液,林格乳酸钠液或生理盐水(呕吐所致脱水)20ml/kg,在0.5~1h内快速输入,必要时可重复一次。在补液过程中,恢复肾脏循环及尿量具有十分重要意义,因为只有肾脏恢复功能后,才能对体液平衡进行调节,只要所给液体大致符合机体需要,肾脏便能保留所需,排出所余,保持体液平衡,使补液更为容易;肾循环未恢复前,过早给予低渗溶液容易引起体液发生低渗状态。高渗性脱水很少发生循环不良,一般不需补充等渗含钠液扩容,但脱水严重,引起循环不良时,也可补充等渗含钠液,应快速补给,不致使血钠更高(但如数小时内供给,则随着不显性丢失及继续丢失水,可使高钠血症加重)。

如患儿脱水不十分严重,无循环不良或循环不良症状、体征不很重时,可直接采用2/3张或1/2张含钠液扩容补充累积损失,不一定要用等渗含钠液扩充血容量。

(2)补充累积损失量:即脱水的纠正,需根据病儿脱水程度、张力、有无酸碱失衡及低钾等情况,有计划地进行。

①补液量:主要根据病儿脱水程度及年龄确定。婴儿轻度脱水,补充累积损失液量应为30~50ml/kg,中度脱水为50~90ml/kg,重度脱水为100~120ml/kg;婴儿期以后各少补1/3~1/2。上面所述快速扩容的输液量均包括在补充累积损失液量内计算。低渗性脱水细胞外液脱水严重,临床容易将脱水程度估计偏高,补充累积损失的液量可略减少,如估计为重度脱水时,可按中度脱水补充;反之,高渗脱水时,易将脱水程度估计偏低,补充累积损失的液量可略增加。②补充液体的张度及速度:补充累积损失量开始时,液体张度宜高一些,速度应快一些,以后张度及速度均可适当降低,但补充累积损失液体的总张度一般以等渗性脱水按1/2~2/3张液补充,低渗性脱水按等张~2/3张液补充,高渗性脱水按1/3~1/2张液补充。等渗及低渗性脱水累积损失宜在8~12h内补足。高渗性脱水体内仍缺钠,故应给低渗含钠液,如所补充液体张度过低(如输葡萄糖液),速度过快,血钠下降过快,会引起急性脑水肿而发生惊厥等症状。血钠下降速度以每小时不超过1~2mmol/L为宜。高渗性脱水病儿有尿后,在所输液体中,可加入适当的钾盐,既可提高所需液体的渗透压,又不增加钠负荷。例如对无血容量及组织灌注明显不足的患儿,可先输1/2张含钠液,如3:2:1液,患儿有尿后,再用1/4~1/6张含钠液内加氯化钾,使其浓度达到0.15%左右(0.1%~0.3%)继续补充累积损失,这种液体总的

渗透浓度相当于 $1/3\sim1/2$ 张液(渗透浓度为 $110\sim135\mathrm{mOsm/L}$)。补充累积损失输液速度为每小时 $5\sim7\mathrm{ml/kg}$。有人主张累积损失在 48h 内补足,这样每日输液量为 1/2 累积损失+每日生理需要。③酸碱失衡的纠正:补充累积损失的过程中,应同时纠正酸碱失衡,临床上以代谢性酸中毒最常见,多数病儿酸中毒可在输含 HCO_3^- 及 NaCl 溶液(如 2:1 液及其稀释液)的过程中被纠正,因为除溶液中的 HCO_3^- 有利于酸中毒的纠正,随着组织灌注及肾脏循环的恢复,葡萄糖的供给,体内酸性代谢产物经尿排出,酮酸及乳酸被代谢为 CO_2,酸中毒可进一步自行纠正。如片面按血[HCO_3^-]或二氧化碳结合力缺少程度,用公式计算出所需补充碳酸氢钠来补液,往往可引起高钠血症或代谢性碱中毒。由于呕吐严重引起的代谢性酸中毒,或迁延性呕吐引起的代谢性碱中毒,均可用生理盐水或其稀释液补充累积损失,以补充所丢失的 Cl^-(参见第 2 章第三节酸碱平衡紊乱)④钾的补充:脱水患儿由于较长时间(如≥3d)饮食不足或丢失钾,如腹泻、呕吐及糖尿病酸中毒等,体内常有钾缺少,如不补充钾,患儿可在补液过程中出现低钾血症症状,严重时可危及生命。故对这类患儿在补充累积损失时要进行补钾。可静脉输入氯化钾,溶液浓度不宜超过 0.3%,必须待患儿有尿后缓慢滴入,否则易引起高钾血症。快速从静脉注射钾盐,可致心搏骤停,必须绝对禁忌。一般可在患儿有尿后,用改良达罗液或其稀释液继续补充累积损失,也可口服 10%氯化钾溶液,每日 $200\sim250\mathrm{mg/kg}$,分 6 次,每 4h 1 次,口服较安全,适用于不十分严重的病例。钾是细胞内电解质,缺钾完全纠正常需数日,待病儿进食热量达到其基础热量时,即可停止补充钾盐。

2. 第二阶段

(1)补充继续损失量:在开始补充累积损失时,腹泻、呕吐、胃肠道引流等损失大部分仍继续存在,以致体液继续丢失,这部分液体如不给予及时补充,又会发生新的脱水、电解质紊乱。补充继续丢失的原则是异常丢失多少及时补充多少。这就需要根据每一具体患儿、每日不同情况、作出具体的判断。腹泻丢失量一般可按每天 $10\sim40\mathrm{ml/kg}$ 估计,用 $1/3\sim2/3$ 张电解质液补充,呕吐液(包括胃引流液)一般用 3 份生理盐水,1 份 0.15%氯化钾溶液补充。继续丢失液可每 $4\sim6\mathrm{h}$ 估计一次,加入补充累积损失的液体或生理维持液补给,一般不宜晚于丢失后 6h 再补充。

(2)补充生理需要量:正常人体不断通过皮肤蒸发汗液、呼吸、排尿及粪丢失一定量水及电解质。这些丢失需及时补充,称为体液的生理需要。机体的生理需要与其代谢热量相关。每代谢 $100\mathrm{kcal}(418.4\mathrm{kJ})$ 热量约需水 150ml。由于食物代谢或组织消耗尚为可内生水(约为 $20\mathrm{ml}/100\mathrm{kcal}$),故实际需外源补充水可按 $120\sim150\mathrm{ml}/100\mathrm{kcal}$ 估计,但最低也不能低于 $100\sim120\mathrm{ml}/100\mathrm{kcal}$。环境温度、湿度、对流条件改变(如新生儿蓝光照射),或机体情况变化(如体温升高、呼吸增快等)均可影响上述生理需要量。例如体温高于 37℃,每超过 1℃需增加生理需要液量 12%;

通气过度需增加液量 10～60ml/100kcal,多汗增加 10～25ml/100kcal。

每日电解质的生理需要量:Na^+ 为 3mmol/100kcal,K^+ 为 2mmol/100kcal,以氯化钠、氯化钾供给即可满足 Cl^- 的生理需要。

患儿饮食不足需进行液体疗法时,所需热量可按基础代谢计算,即每日1 000 kcal/m²体表面积计算,按上述每消耗 100kcal 热量需水 120～150ml 计算,则每日需生理维持液 1 200～1 500ml/m²,至少 1 000～1 200ml/m²。儿科习惯用体重 (kg)来计算液量,生理维持液理可按婴儿每日 70～90ml/kg,幼儿 60～70ml/kg, 儿童 50～60ml/kg 计算。静脉输入液量也可通过调整输液速度加以控制,每小时输入速度婴儿为 3ml/kg,幼儿为 2.5ml/kg,儿童为 2ml/kg 左右为宜(表 3-5)。

表 3-5 基础代谢时所需生理维持液量

| | 每日所需液量 | | 每日所需液量低限 | | 输液速度 |
	ml/m²	ml/kg	ml/m²	ml/kg	ml/(kg·h)
婴儿	1 200～1 500	70～90	1 000～1 200	50～55	3
幼儿	1 200～1 500	60～70	1 000～1 200	45～50	2.5
儿童	1 200～1 500	50～60	1 000～1 200	40～45	2

患儿如能部分进食,进食液量应计入生理需要量中。如病儿肾脏功能正常,尿量可作为观察补液量是否恰当的参考。尿量过多常说明输液过多。尿量维持在每小时婴儿 2～2.5ml/kg,幼儿 1.5～2ml/kg,儿童 1～1.5ml/kg 为宜。

单用静脉输液维持生理需要时,一般难以满足患儿热量的需要,如输液持续时间较短(3d 以内),患儿又无营养不良,一般只需输 5％葡萄糖液就能满足 20％以上热量需要,又可防止发生酮症及满足体内自身蛋白质的消耗,待病儿恢复进食后,即能迅速补足体内的营养缺失。如较长时间不能进食,尤其是营养不良患儿,则需通过静脉营养或鼻饲补充营养需要。静脉输入葡萄糖浓度不宜过高,否则可引起高血糖及渗透性利尿,以每小时输入不超过 0.5～0.85g/kg,即每分钟 8～14mg/ kg 为宜。

(二)口服补液

口服补液是最简便、经济、安全,又符合生理特点的补液途径。世界卫生组织推荐使用的口服补液盐溶液因其对失水患儿有良好疗效。

1. 适应证 适用于轻、中度脱水而无呕吐或呕吐较轻的患儿,也常用于脱水纠正后继续损失的补充及预防脱水。

2. 方法 直接饮用或喂饮即可。进行口服补液时无需禁食。补充液量为:轻度脱水 50ml/kg,中度脱水 50～80ml/kg,于 4～6h 内少量多次口服完,一般每 2～

3min 喂一次,每次 10～20ml(2～3 匙)即可。补充继续损失量及生理需要量的口服补液盐需加 1/3 量水或自由饮水,以防引起高钠血症。

在实际补液时要进行综合分析,分别计算,混合使用。应先纠正累积损失,再补充生理需要和异常继续损失量。但 3 方面的需要常不能截然分开。临床医师不要机械地执行事先制定的补液方案。实施时应根据当地条件及病情变化予以及时、适当调整。若治疗顺利,脱水在第 1 天已纠正,则第 2 天以后的补液可根据该日的继续损失和生理需要量来补充。相反,脱水第 1 天未能纠正,则按前述脱水治疗方法治疗,直至脱水纠正为止。

三、临床常用的补液方案

(一)静脉输液

1.轻、中度脱水的输液

(1)总液量:120～150ml/(kg·24h)。

(2)输液的成分:等渗性脱水用 1/2 张液,低渗性脱水用 2/3 张液,高渗性脱水用 1/3 张液。

(3)输液速度:液量的一半于 8～10h 内以 10ml/(kg·h)的速度输入。剩余的一半于 14～16h 内输入。

对一般病例,脱水基本纠正后,不再呕吐,即可停止静脉补液,改为口服补液。

2.重度脱水的输液

(1)总液量:150～180ml/(kg·24h)。

(2)输液的成分:等渗性脱水用 1/2 张液,低渗性脱水用 2/3 张液,高渗性脱水用 1/3 张液。

(3)输液速度:液量的一半于 8～10h 内输入,使用扩容用 2∶1 液或生理盐水 20ml/kg,于 1/2～1h 内输入。接着以 10ml/(kg·h)的速度输入,剩余的一半于 14～16h 内以 5ml/(kg·h)的速度输入。注意见尿补钾,纠正酸中毒,脱水纠正后不再呕吐,可停静脉补液,改口服补液。

【病例举例】

体重 10kg 婴儿,重度低渗性脱水,中度代谢性酸中毒,其补液方案如下

第一天补液主方案

(1)总液量:180×10＝1 800ml。

(2)第一阶段。①定量:总液量的一半即 900ml;②定性:低渗性脱水用 2/3 张液,可用 4∶3∶2 液;③定速:重度脱水,应先扩容,用 2∶1 等张液,按 20ml/kg,即总量 200ml,于 1/2～1h 内静脉输入。本例有酸中毒,亦可用等张碱性液扩容,既可扩容又可纠正部分酸中毒。余量(900－200)＝700ml,用 2/3 张液(4∶3∶2 液)按每小时

10ml/kg 速度静脉滴注,于 7～9h 内输完。补液后有尿则补钾,10%氯化钾 3ml/kg 加入补液中,浓度不超过 0.3%。出现低钙或低镁表现,应予补充钙或镁。

(3)第二阶段。①定量:900ml;②定性:以 1/4～1/3 张液补充,可用 1:2 含钠液。可加适量氯化钾(氯化钾的浓度一般为 0.1%～0.15%);③定速:按 5ml/(kg·'h),本例为 50ml/h 速度输入,在后 14～16h 均匀补充。也可依病情改为口服补液。

(4)纠正酸中毒:本例为中度酸中毒,经上述补液后酸中毒已纠正,无需另行补碱。否则应按前述方法补碱,约需补充 5%碳酸氢钠总量 60ml。

(5)注意补钾:经上述补液及纠正酸中毒后血钾可能降低,治疗后应复查血生化,有低钾时应见尿补钾。

(二)口服补液

1. 口服补液盐(ORS)的应用　2 种配方:①NaCl 3.5g,NaHCO₃ 2.5g,KCl 1.5g,葡萄糖 20g,加水至 1L。方中各成分的浓度为 Na^+ 90mmol/L,K^+ 20mmol/L,Cl^- 80mmol/L,HCO_3^- 30mmol/L,葡萄糖 111mmol/L,共 331mmol/L,为等渗液,进入体液后葡萄糖转化为肝淀粉进入细胞内,成为 2/3 张。②碳酸氢钠改为枸橼酸钠 2.94g,葡萄糖改为蔗糖 40g,称为新 ORS 液。优点是口味好,孩子愿意喝,粉剂较稳定,不潮解,不变色,易于保存,建议采用新配方。

2. 服法　①预防脱水:<2 岁者每 1～2min 喂 1 小勺约 5ml;>2 岁者可直接用杯子喝。如果 3d 内患儿病情不见好转或出现下列任何一种症状,应找医生诊治:腹泻次数和量增加、频繁呕吐、明显口渴、不能正常饮食、发热、大便带血。②ORS 液一般限于轻或中度脱水(约占 90%)时应用,也只用于补充累积丢失和异常及生理继续丢失的水和电解质。小量多次频繁口服,宜在 8～12h 时将累积损失补足。继续丢失可用 ORS 液或稀释半倍的 ORS 液补充。生理需要则通过早期喂养及饮白水解决。补液量:轻度脱水需补充 50～80ml/kg,中度脱水需补充 80～100ml/kg。ORS 液治疗轻、中度脱水的方案为最初 4h 内液体的用量,可用以下公式计算:体重(kg)×75ml。<6 个月人工喂养患儿,在此期间应额外给 100～200ml 白开水。脱水纠正后把 ORS 液加等量水稀释使用。要求每隔 2～3min 即喂 1 次,每次 10～20ml,以防止量多而引起呕吐。在补液过程中,口服液量和补液速度应根据大便量和脱水恢复情况适当增减。不禁水,并应根据患儿要求,随意饮水,以防高钠血症。ORS 溶液含 KCl 0.15%,一般需适量额外补充。有明显酸中毒者,需另用碳酸氢钠纠正。母乳喂养者应让患儿进乳,人工喂养者在纠正脱水期间,暂禁食 4～6h,以后再恢复喂养,开始应将牛奶适当稀释,幼儿则可食用一些易消化的食品如稀粥、面片等,逐渐过渡到正常饮食。

3. 口服 ORS 注意事项　①如果患儿想喝比表 3-6 中所示量还多的 ORS 液则可多给,若出现呕吐,应于吐后停喂 10min 后再每 2～3min 喂 5ml,如患儿眼睑出现水肿,应停用 ORS 液,改用白开水或母乳,水肿消除后按预防脱水的方案继续用 ORS 液;②对无脱水的患儿仅需维持补液,以补偿生理需要量和腹泻的损失液量。预防发生脱水,可将 ORS 溶液加等量水稀释使用,每天 50～100ml/kg,少量频服,根据大便量适当增减;③ORS 液在重度脱水时的应用:如呕吐严重、口服补液有困难、又无静脉输液和转运条件者,可采用 ORS 液鼻饲或胃管补液,如果患儿反复呕吐或腹胀,应放慢鼻饲滴注速度,6h 后再重新评估病情,选择合适治疗方案;④不宜用口服补液的情况:腹泻严重、大量丢失水、电解质者,有严重腹胀、休克、心脏、肾脏功能不全及其他较重并发症以及新生儿;⑤病毒性肠炎水样便的钠含量极少超过 45～50mmol/L,而 ORS 溶液含钠 90mmol/L,在口服补液时应适当增加水量,或将该配方中的 NaCl 量减半;⑥心肾功能不全的患儿以及新生儿,仍要谨慎预防高钠血症。为避免小婴儿发生高钠血症,可采用 2 份 ORS 液和 1 份开水合用(用法同上),并自由饮水,及早喂 1:1 稀释牛奶,纠正脱水后停用 ORS 液;⑦除给母亲足够完全纠正脱水用的 ORS 液外,按方案再给 2d 的 ORS 液,并向母亲示范如何配制 ORS 液,儿童 ORS 用量见表 3-6,腹泻最初 4h 内 ORS 用量见表 3-7。

表 3-6　各年龄段儿童 ORS 用量

年龄(周岁)	每次腹泻后服用 ORS 液的量(ml)	应供应 ORS 液的量(ml/d)
<2	50～100	500
2～10	100～200	1 000
>10	能喝多少给多少	2 000

表 3-7　腹泻最初 4h 内 ORS 液用量

年龄	<4 个月	4～11 个月	12～23 个月	2～4 岁	5～14 岁
体重(kg)	<6	6～9	9.1～12	12.1～16	16.1～35
用量(ml)	200～400	400～600	600～800	800～1 200	1 200～2 200

4. 其他补液及配制方法　米汤加盐口服液:配方:①500ml 米汤加 1.75g 食盐。本液体为 1/3 张,而且不含双糖,是预防脱水的最佳液体。②25g 炒米粉(约 2 满瓷汤勺)+食盐 1.75g+水 500ml,煮 5～8min。服用方法:腹泻开始即服用。预防脱水用 40～60ml/kg,轻到中度脱水用 60～80ml/kg,于 4～6h 内服完。以后随时口服,服用量以病人需要为准。

糖盐水:配制方法为清洁水 500ml+白糖 10g(两小勺)+细盐 1.75g,煮沸后服用,服法同前。

(魏菊荣)

第 **4** 章 新生儿液体疗法

第一节 概 述

新生儿液体疗法应用范围广,临床常用于各种新生儿内外科疾患、体液丢失、早产儿喂养困难及静脉给药等情况。新生儿体液总量相对多,基础代谢率高,体表面积相对大,神经内分泌及肾脏调节功能差,因此一旦有病理因素或单纯的进水过量或不足,很容易导致液体失衡,所以临床医生应了解这些特点,根据不同治疗目的进行细致和精确的计算。

一、新生儿体液量、分布及其成分

胎儿 3 个月时,水约占体重的 94%,随着胎龄增加水的含量逐渐减少,胎龄 32 周的早产儿体液占体重的 80%,足月儿占 78%。细胞内液和细胞外液占体重的比例也随胎龄而改变。细胞内液在胎龄 5 个月时占体重 25%,足月儿增至 33%。而细胞外液在胎龄 5 个月时占体重 60%,足月出生时占 45%,出生后数小时进一步减少。胎龄 32~34 周的低出生体重儿,出生 1 周后,细胞外液由 45% 减至 39%,故在静脉输液时,应估计胎儿到新生儿体液的正常变化,如果在出生第 1 周输入过多的液体和电解质,细胞外液不能正常缩小,可发生水肿、充血性心力衰竭、动脉导管开放及左至右分流、坏死性小肠炎等。另一方面,由于新生儿间质液较多,每天水的转换量大,如发生呕吐或腹泻,则很易发生脱水。

二、新生儿水代谢特点

新生儿生理需水量主要包括补充不显性失水量、尿量及大便失水。

1. 不显性失水 是指弥散到皮肤和呼吸道表面而蒸发丢失的水分;其中通过肺和皮肤蒸发的水量分别占 1/3 和 2/3。新生儿成熟程度、外界环境温度、湿度、体温变化、活动量及光疗等都可影响不显性失水量,详见表 4-1。

表 4-1　新生儿各种特殊情况下不显性失水量

婴儿状况及环境	不显性失水量
体重>2 500g	20～30ml/(kg·d)
体重 1 500g～2 500g	15～35ml/(kg·d)
体重<1 500g	30～60ml/(kg·d)
体温升高 1℃	增加约 12%
呼吸增快	增加 20%～30%
活动	增加约 30%
光疗	增加约 100%
开放暖箱	增加约 100%

2. 尿液排出的水分　新生儿肾脏稀释浓缩功能均差,如给水过多、进水不足或失水过多,易出现水肿、脱水及代谢产物潴留,新生儿每日尿量为:体重 2 500g 以上者 25～60ml/kg,2 500g 以下者 50～100ml/kg。

3. 粪便失水　新生儿消化道分泌大量消化液,其中绝大部分被再吸收,仅少量由粪便排出,新生儿粪便失水量约为每日 5～10ml/kg。但在腹泻时,水分丢失可增加数倍。

以上三方面失水量总和体重<1 500g 者补液量为 80～170ml/(kg·d);体重 1 500～2 500g 者为 70～145ml/(kg·d);体重>2 500g 者为 50～100ml/(kg·d)。

4. 新生儿生理需水量　根据 Moises D 资料,不同体重新生儿和早产儿生后头 3 天需水量见表 4-2。

表 4-2　生后头 3 天不同体重新生儿需水量

	<1 500g ml/(kg·d)	1 500～2 500g ml/(kg·d)	>2 500g ml/(kg·d)
生后第 1 天	80～100	60～80	50～60
生后第 2 天	110～130	90～110	60～80
生后第 3 天	140～180	120～140	80～100

三、新生儿电解质代谢特点

新生儿肾浓缩功能差,尿的排水量大于排钠量,如进入钠盐过多,易出现高钠血症;出生后新生儿由于红细胞大量破坏,血钾也偏高,故一般生后头 2、3 天可不给补钠和钾。新生儿 3 天后每日 Na^+ 及 K^+ 的需要量见表 4-3。

表 4-3　新生儿生理所需 Na^+、K^+ 量

	Na^+ (mmol/L)	10％NaCl[ml/(kg・d)]	K^+ (mmol/L)	10％KCl[ml/(kg・d)]
早产儿	3～4	1.1～1.7	2～3	1.5～2.3
足月儿	2～3	1.7～2.4	1～2	0.8～1.5

生后 4 天以内血浆氯、磷酸盐、乳酸盐以及其他有机酸均偏高,肾脏对酸碱平衡的调节功能差,分泌氨少,故新生儿易发生酸中毒,其电解质代谢有以下特点。

1. 血钠异常　新生儿头几天血钠偏低,肾小管回收钠的能力差、碱储备差。由于摄入液体过多、腹泻、呕吐、肾小管功能异常均可引起低钠。但如液体摄入不足、不显性失水过多、光疗、辐射热等可导致水损失,糖尿和氨基酸尿也可引起水丢失,导致高钠血症。据 851 例患病新生儿血钠检查结果:低钠血症发生率 34.7％,高血钠者 14.8％,正常血钠 50.5％,可见低血钠较高血钠者多。

2. 血钾高　新生儿血钾可高至 5～7mmol/L,其原因为①出生头数天有大量红细胞破坏,钾自细胞内释放入血中。②肾脏对溶质排泄功能低,钾自尿排泄减少。③新生儿血液偏向酸中毒状态,故有代偿性细胞内外离子转移,即 2 个 Na^+ 和 1 个 H^+ 进入细胞内,换出 3 个 K^+ 至细胞外液,同时肾内 H^+ 与 Na^+ 交换大于 K^+ 与 Na^+ 交换,故血钾升高。

3. 血氯高　出生后 4d 内足月儿与未成熟儿血氯为 104～112mmol/L,其原因:①肾小管排泄功能低、溶质排泄速度慢,排氯功能低,NH_4^+ 与 Na^+ 交换功能低,不能迅速以 NH_4Cl 形成将 Cl^- 由尿排泄,故血氯高;②新生儿 HCO_3^- 含量低为 20～22.5mmol/L,机体为了维持血液中阴阳离子平衡,故血氯相应升高。

4. 血磷高　新生儿肾脏排泄溶质功能低,磷酸盐离子清除不足,故血磷偏高。人工喂养儿因牛奶含磷量高,也可致血磷高。

5. [HCO_3^-]低　新生儿碱储备量低,血浆碳酸氢盐 20～22.5mmol/L,因肾脏不能迅速产生 NH_4^+ 与 Na^+ 交换,而碳酸氢盐被排泄,机体处于代偿性代谢性酸中毒状态。血氯、磷酸盐、乳酸和其他有机酸较高,未成熟儿则更明显,可持续数周,有发生严重酸中毒的危险。如在产程和产后有窒息和缺氧,还可合并呼吸性酸中毒。

6. 血钙低　新生儿可有暂时性甲状旁腺功能不足现象,因在胎儿期母亲甲状旁腺功能加强,不需胎儿甲状旁腺发生作用,出生后数天,因没有母亲甲状旁腺素的供给,血钙降低,可发生新生儿手足搐搦症。

四、新生儿液体疗法特点

新生儿体液调节功能尚未成熟,中枢神经系统发育不够健全,缓冲能力差,呼吸中枢敏感度低,肺代偿功能不足,肾脏稀释、浓缩、酸化尿液及保碱能力均较低,体液丢失情况较多,丢失量相对较年长儿大,因而较易发生水、电解质紊乱,既易发生脱水,又易因输液过量而发生肺水肿、心力衰竭或水中毒。新生儿血清钾、氯、磷酸盐、有机酸、乳酸含量偏高;血钠、血浆碱储备量及 pH 偏低,电解质波动范围较大,因此容易发生酸中毒。新生儿不管是发生酸中毒或碱中毒,症状均不典型,常需要作血气分析及电解质检查才能确诊。

1. 新生儿脱水的表现　新生儿发热、拒食、呕吐、腹泻均易发生脱水,其表现与幼儿有所不同,缺乏典型症状,仅表现为精神萎靡、低温、面色灰白、软弱、呼吸加快、前囟下陷、皮肤弹性差。故应细心观察,必要时做血液化学检查。

2. 新生儿脱水程度的估计　新生儿脱水程度分类与幼儿相同,仍分为轻、中、重三度,但脱水率估算方法稍有不同,应将体重损失的百分数减去生理体重下降(细胞外液正常收缩)的百分数,否则会使脱水程度估计偏高,发生输液过量的危险,生理体重下降根据出生体重而不同(表 4-4)。

表 4-4　新生儿体重损失及其持续时间

出生体重(g)	体重损失(％)	持续时间(d)
<1 000	15～20	10～14
1 001～1 500	10～15	7～10
1 501～2 000	7～10	5～8
2 001～2 500	5～7	3～5
>2 500	3～5	2～3

通常足月新生儿生理体重下降按 5％估计,故可用下式计算脱水率:新生儿脱水率=[(出生体重－脱水后体重)/出生体重]－0.05。例如新生儿出生体重为 3.2kg,脱水后体重为 2.8kg,其脱水率=[(3.2－2.8)/3.2]－0.05=0.125－0.05=0.075=7.5％。故患儿为中度脱水,如果不注意减去生理体重下降量,就会估计为重度脱水,导致输液过量。

3. 新生儿脱水性质的估计　新生儿肾脏排泄盐类能力差,皮肤和不显性失水量大,故如由于发热、拒食、喂水过少,发生脱水则多为高张性。如由于呕吐或腹泻引起者,脱水可为等张性或低张性。

4. 新生儿维持液的需要　新生儿生理需要量包括不显性失水,尿、粪损失和组织生长需要的液体四部分。粪便水损失平均约 10ml/(kg·d)。而生长组织增加 30g/(kg·d),其中 70％为水,故生长需要的水为 20ml/(kg·d)。新生儿最初 10d 粪便损失少,婴儿体重增加不大,且有细胞外液减少,故只要计算不显性失水

(IWL)和尿损失两部分即可。足月儿通常情况 IWL 约 20ml/(kg·d),婴儿约摄入钠和钾各 2~3mOsm/(kg·d),故估计摄入溶质约 15mOsm/(kg·d)。新生儿尿浓缩范围为 280~300mOsm/L(比重 1.010),通常婴儿排泄溶质为 10~30mOsm/418.4kJ。假如每天排泄溶质 30mOsm,为了形成足够的尿量以排泄溶质,需供给水 50ml/(kg·d),故足月儿第一天液体需要量为 70ml/(kg·d),第 3、5、7 天应各增加为 80、90、120ml/(kg·d)。以后由于喂养,摄入溶质增加,生长需要的水分增加,维持液需要可增加至 125~150ml/(kg·d),但应注意在静脉输维持液时,用量应减去口服喂养量,否则有输液过量危险(表 4-5)。

表 4-5 新生儿和早产儿基础代谢需水量

项 目 体重(kg)	<1 500	1 500~2 500	>2 500
不显性失水 ml/(kg·d)	30~60	15~35	20~30
尿 ml/(kg·d)	50~100	50~100	25~60
粪 ml/(kg·d)	5~10	5~10	5~10
总量 ml/(kg·d)	85~170	70~145	50~100

有围生期窒息的婴儿,最初 48h 内,由于缺氧所致的肾脏损害,或由于中枢神经系统损害,ADH 分泌增加,造成尿少或无尿,则应减少维持液量,在 2~3d 尿量恢复后再增加维持液量。

新生儿生后 1~2d 由于肾排钠功能差,应仅给 5%葡萄糖液。又因出生后红细胞破坏较多,血钾偏高,生后 7 天内可不给钾盐,应使用去钾维持液。以后每日所需的电解质应与尿、粪损失的电解质相平衡,即应给钠、钾、氯各 2~3mmol/(kg·d),可用维持液。

5. 低出生体重儿维持液的需要 出生体重在 1 500~2 500g 的新生儿为低出生体重儿(LBWI),出生体重低于 1 500g 者为极低出生体重儿(YLBWI),这些婴儿对水和电解质的需要与足月儿稍有不同。

低出生体重儿水的需要应根据代谢率估计,主要决定于 IWL。早产儿对环境温度特别敏感,保温箱的温度改变可影响婴儿代谢率和 IWL,故应使环境温度维持在中性温度,即婴儿耗氧量最小的温度。低出生体重儿所需的中性温度约 32℃,IWL 与出生体重关系密切,体重愈低 IWL 需要量愈大。低出生体重儿在中性温度和湿度 30%~60%的环境基础代谢所需水量见表 4-6。

表 4-6　低出生体重儿液体需要量 ml(kg·d)

体重(克)	1~2d	3d	15~30d
2 000~25 000	70	80	80~120
1 751~2 000	80	110	130
1 501~1 750	80	110	130
1 251~1 500	80	110	130
1 001~1 250	160	130	140
751~1 000	165	140	150

此外发热、加热水袋或光疗也增加水损失。光疗损失约 20ml/(kg·d),光疗时胆红素分解产物常诱发腹泻,其损失量 15~20ml/(kg·d)。用热辐射器损失为 30ml/(kg·d)。婴儿出生后有生理体重损失,足月儿损失体重约 5%,早产儿损失体重比例更大可达 20%,这种婴儿如不及时喂养或水分供给不足,可引起脱水和高钠血症。如在出生后 4~6h 供给水、钠及葡萄糖,可使 LBW 儿体重损失减少至 10%,VLBW 儿体重损失减少至 15%。

低出生体重儿对电解质和葡萄糖的需要亦与足月儿不同,LBW 儿排泄钠量相对较大,因肾小管对钠的重吸收差,需要 3mmol/(kg·d)才能维持血钠浓度,VLBW 儿有时需钠量更大,甚至大至 10~15mmol/(kg·d),故生后第一天即可供给钠盐,但血钾高,不宜补钾,最初 7d 可用去钾维持液。

LBW 儿没有储备大量葡萄糖的能力,故输入葡萄糖超过 4~6g/(kg·d)即易引起高血糖,特别是处于应激状态如呼吸窘迫综合征、缺氧、休克、感染、颅内出血时。因应激状态皮质醇分泌增加可致血糖升高,缺氧由于肾上腺能受体兴奋,降低胰岛素反应,败血症时胰岛素反应受抑制,均可使血糖升高。血糖高可引起渗透性利尿,发生脱水和消瘦,引起新生儿颅内出血,高危儿有高血糖者预后不良,血糖升高 1mmol/L(18mg/dl)可增加血渗透性 1mOsm/L,如超过血浆正常范围,水可移至细胞外,引起脑细胞脱水,甚至颅内出血。血浆糖浓度超过 8.12~8.4mmol/L(145~150mg/dl)者为高血糖,为了预防高血糖,输液应随时监测,维持液中葡萄糖浓度为 5%,注射率为 5mg/(kg·min),由于 VLBW 儿需要较大量的水,注射速度应为 6ml/(kg·d)。

低出生体重儿水、电解质需要常有变化,应定期观察以下项目。①体重:每天测量 1~2 次;②临床症状;③血液生化:电解质、尿素氮、肌酐、血糖、血气等;④尿比重、渗透压、尿糖,如婴儿体液正常,尿量应为 2~3ml/(kg·h),尿渗透压为 150~400mOsm/L。

第二节　新生儿窒息

新生儿出生后 1min 仅有心跳而无呼吸、或仅有不规则、间歇的浅呼吸,出现缺氧症状者,称为新生儿窒息。

一、病理生理

新生儿发生窒息与胎儿在子宫内的环境及分娩过程有密切关系。

1. **出生前因素**　①母亲低氧血症:如妊娠中毒、急性失血、严重贫血、严重心肺疾病等,其中以妊娠中毒症最常见,发生率高达 21%～28%。②脐带血流中断:脐带受压、脱垂、打结、绕颈等。1/3 的窒息胎儿有脐带并发症。③胎盘血流循环障碍:胎盘早期剥离、前置胎盘、胎盘功能不全、多胎、羊水过多等。

2. **出生时因素**　产程过长、产力异常、头盘不称、难产(臀位、使用产钳)、产程中应用镇痛麻醉药。

3. **出生后因素**　羊水或胎粪吸入、呕吐物吸入、颅内出血、肺发育不良、膈疝、先天性紫绀型心脏病等。

二、体液紊乱特点

1. 正常新生儿出生后 2s 即开始喘息,5s 后开始啼哭,10s 至 1min 出现规律的呼吸。若由于某种原因使呼吸中枢处于抑制状态,呼吸迟迟未建立,即称窒息。窒息可造成缺氧,缺氧初期血管收缩,随后出现血管扩张,血管壁通透性增加,血浆外渗,使有效循环量减少,故发生脱水和休克。

2. 由于气体交换障碍,体内代谢产生的 CO_2 不能排出,可引起呼吸性酸中毒。

3. 缺氧时组织进行无氧酵解,产生乳酸、丙酮酸和其他有机酸,加上循环不良,酸性产物不能排泄,产生代谢性酸中毒。

4. 缺氧使细胞膜钠钾泵功能障碍,钠进入细胞内,钾排出于细胞外,使血浆钠低、钾高,还可发生低血钙、低血糖。

三、临床表现

在胎儿娩出前,由于宫内缺氧,出现胎动增加,母亲感觉到胎儿在子宫内挣扎,早期胎儿心音加快至 >160/min,既而发生改变,心率减慢至 <100/min,心律不规则,最后心音消失。胎儿窒息时肛门括约肌松弛,排出胎粪,羊水可被胎粪污染呈黄绿色。

新生儿娩出时,根据其窒息程度不同而有不同表现。如窒息程度轻,有全身青紫、呼吸表浅不规则，肌张力增强或正常，为青紫窒息；如窒息较重，皮肤呈苍白色，呼吸微弱或无呼吸，肌肉松弛，称为苍白窒息。窒息严重程度可用 Apgar 评分法估计。Apgar 为创立此评分法的学者，但也有人以此代表观察的项目，以便于记忆，即 a(apearance)表示皮肤颜色、p(pulse)表示心率、g(grimace)表示刺激出现的皱眉动作、a(activity)表示肌张力、r(respiration)表示呼吸情况，现将评分标准列于表4-7。

表 4-7　新生儿 Apgar 评分法

观察项目	评分标准		
	0	1	2
皮肤颜色	青紫或苍白	身体红，手足青紫	全身红
心率(次/分钟)	无	<100	>100
弹足底或插鼻管反应	无	弱，如皱眉	强，啼哭
肌肉张力	松弛、柔软	四肢略屈对被动伸展无抵抗	四肢能活动对被动伸展有抵抗
呼吸	无	慢，不规则	强，有规律

Apgar 评分法总分为 8～10 分时，表示新生儿基本情况良好，无需特殊处理；4～6 分提示轻度窒息；0～3 分提示重度窒息。通常出生后 1min 应作第一次评分，如不正常应在 5min、10min 再次评分，以观察其预后。

窒息病儿如及时抢救，多数能很快好转，呼吸恢复规律，皮肤颜色转红。少数严重者呈休克状态，四肢苍白发凉，体温不升，呼吸表浅不规律，吸气时有三凹征，听诊肺部有粗湿啰音或捻发音，心音弱，四肢肌张力低，有震颤样动作。胸部 X 线照片可见有肺不张，血气分析显示呼吸性酸中毒伴代谢性酸中毒。

窒息可并发吸入性肺炎、颅内出血、黄疸加深，易发生坏死性小肠炎。缺氧可使脑血管运动障碍、血管渗出增加，可引起颅内压增高。

缺氧使水、钠进入细胞内，细胞肿胀，可发生脑水肿。窒息可使脑细胞缺氧，造成不可逆的脑损害，留下各种后遗症如智力低下、癫痫、脑性瘫痪。

四、液体疗法

1. **纠正酸中毒**　酸中毒可抑制心脏功能，窒息超过 15min 可产生中枢神经系统不可逆性损伤或死亡，故应立即处理。呼吸性酸中毒应改善通气。代谢性酸中毒可用 5%碳酸氢钠 3ml/kg，加 10%葡萄糖配成 1:1 液，由脐静脉或周围静脉注射，可提高血浆[HCO_3^-]5mmol/L，不但可纠正酸中毒，且能扩张血容量、改善肺循

环、增加血红蛋白携氧力。注射速度宜慢,以免引起颅内出血,如半小时后未见好转可重复应用。

2. 扩张血容量 在给氧和纠正酸中毒后,如血压偏低、四肢冰凉、皮肤有网状花斑,脉搏微弱,为周围循环不良和休克,可给平衡盐溶液 20～30ml/kg,静脉滴注,或输白蛋白 1g/kg、血浆或全血 10～20ml/kg,以维持有效血循环。

3. 维持液 第 1 天可用 5％～10％葡萄糖液 70ml/kg,第 2 天用去钾维持液 70ml/kg,以后每天加 10ml/kg,直至 120ml/kg,静脉滴注速度为 5ml/(kg·h)。

4. 预防低钙血症 酸中毒纠正后有发生手足搐搦症的可能,可给 10％葡萄糖酸钙 10ml,加于维持液内滴注。

五、其 他 治 疗

1. 建立呼吸 新生儿娩出后立即用纱布抹去口、鼻腔分泌物,继而用负压球吸出口鼻内黏液、羊水、胎粪等。用手指弹击婴儿足底,促使其啼哭。如仍无呼吸,可口对口吹气或用面罩复苏,苏生囊压力以 1.96～2.94kPa 为宜,压力过度有发生气胸危险。

有以下特征者应做气管插管。①重度窒息需要较长时间加压给氧。②应用气囊面罩复苏器胸廓不扩张、效果欠佳或心率 80～100/min 不增快者。③胎粪黏稠或声门下有胎粪颗粒需吸引清除者,疑有膈疝者。在直接喉镜观察下做气管插管,连接复苏器,加压给氧,观察胸部起伏,听诊两侧呼吸音是否对称,胃部如无进气声,则证明插管成功。

2. 胸外心脏按压 在气管插管加压给氧后如心率＜80/min 可用双拇指并排置于患儿胸骨体中下 1/3 交界处,其他手指围绕胸廓,进行心脏按压,每分钟 100～120 次。

3. 促进循环 如心跳过慢或停止,应立刻用 1∶1 000 肾上腺素 0.3～0.5ml 加生理盐水 0.5～1ml 由气管滴入,或做静脉注射,心跳可在 1～3min 内恢复。如心跳缓慢可用阿托品 0.3mg/kg,或 654-2 0.1～0.3mg/kg 加生理盐水 2ml 后静脉注射,15～20min 一次,直至瞳孔扩大,面色转红,心跳加快为止。或用地塞米松 0.3mg/kg 稀释后静脉注射,也有改善心肌传导,增加心率的作用。如心肌收缩无力,可用 10％葡萄糖酸钙 2ml/kg 加等量 5％葡萄糖液稀释后静脉注射。如血容量已补足,经以上治疗仍面色苍白,四肢冰凉,血压不升,心跳缓慢者,可用多巴胺5～10μg/(kg·min)静脉滴注。

4. 兴奋呼吸 可用洛贝林 1mg/kg、尼可刹米 30～50mg、枸橼酸咖啡因 10～20mg/kg 肌注或氨茶碱 5mg/kg 加于维持液中滴注。纳洛酮可消除内啡肽对中枢的抑制效应、兴奋呼吸可用 0.01～0.1mg/kg,肌内注射或静脉注射,每日 2～3 次。

5. **降低颅内压** 缺氧可并发脑水肿,故在呼吸循环改善后可用呋塞米 $1\sim$ 2mg/kg,加于维持液中滴注,或用 25％甘露醇 10ml 静脉缓慢注射,可使颅内压降低。

6. **体外膜氧合疗法** 能迅速改善缺氧,详见新生儿呼吸窘迫综合征。

7. **温水溶疗法** 近年来国外应用温水治疗法抢救新生儿窒息获得良好疗效,即将 42℃ 左右的温水 400ml 置于浴盆内,将婴儿仰放于温水中,仅面部五官及脐带露出于水面之上。用手或毛巾轻擦婴儿全身,经 $1\sim5$min 便会由苍白或青紫变为红润,心跳、呼吸恢复。因婴儿原生活在温暖的羊水中,出生后不能适应环境的突然改变。温水浴有助于婴儿的顺利过渡。温水给婴儿良性刺激,能提高其神经系统和呼吸中枢的兴奋性,解除毛细血管痉挛,促进血液循环,改善缺氧状况,水的浮力可减轻体重造成的负担,有利于肢体活动。个别在温水浴后可出现一过性体温升高,无其他不良反应。

8. **高压氧治疗** 新生儿窒息抢救成功率已有明显提高,但缺氧缺血性脑病也随之增多。1981 年第七届国际高压氧会议上,肯定了包括高压氧在内的综合治疗对新生儿窒息后遗症的预防效果,前苏联已将高压氧治疗列为新生儿窒息的治疗常规。方法是每日进高压氧舱一次,氧浓度为 90％～100％,压力为 2 个大气压,每天 2h,可连续 $5\sim10$d。在 2 个大气压下吸纯氧比常压下吸空气,肺泡氧分压和血液中氧物理溶解量要增加 10 多倍,向各脏器组织弥漫的氧随之显著增加。可改善脑缺氧缺血状态,使窒息所致的酸中毒、脑细胞肿胀、间质水肿、颅内压升高、脑功能障碍等一系列病理变化得以恢复。

（段金海）

第三节 新生儿呼吸窘迫综合征

新生儿呼吸窘迫综合征(RDS)是指生后不久出现进行性呼吸困难、青紫和呼吸衰竭的疾病。多见于 32～35 周的早产儿,有窒息病史,母亲有糖尿病或妊娠中毒症者。因病理发现肺泡壁及细支气管壁上附有嗜酸性透明膜和肺不张,故曾称为肺透明膜病。现已知此膜是肺损害的非特异性反应,是许多疾病病理生理学过程的结果,在其他疾病死亡的新生儿中也可发现,故现已不用肺透明膜为病名。而是根据临床和 X 线表现命名为 RSD。

1959 年 Avery 和 Mead 发现未成熟儿肺表面活性物质(PS)缺乏是此病原因,最近观察应用 PS 可使症状改善,使此学说得到进一步证实,故有人称此病为肺表面活性物质缺乏病。

一、病理生理

肺表面活性物质含有卵磷脂、蛋白质及糖类,在胎龄22周由Ⅱ型肺泡上皮产生,在35～38周时迅速增加,其作用是能使肺泡表面张力降低,有利于肺泡张开。缺乏此物质肺泡在吸气时不易张开,造成呼气性萎陷,肺泡内不留残气,再次吸气时又需用很大负压才能张开,造成呼吸极端困难,气体交换减少,出现缺氧和二氧化碳聚积,导致呼吸性酸中毒。缺氧时葡萄糖进行无氧代谢,血中乳酸增多,又可发生代谢性酸中毒。缺氧时肥大细胞及肺毛细血管内皮释放组织胺,使肺血管收缩,右心压力增高,引起血流经卵圆孔和动脉导管由右向左分流,使发绀加重。由于肺血流量不足,肺组织缺氧,肺泡上皮损伤,毛细血管壁通透性增加,血浆及纤维蛋白渗出,使肺泡表面形成一层透明膜,影响气体交换,加重缺氧和呼吸困难。

二、体液紊乱特点

胎儿生活在子宫内的液体环境中,有较多的细胞外液,出生后生活在大气环境中,为了适应环境,细胞外液须减少,故生理性体重降低,早产儿可降低体重5%～15%,可见出生后第1天并不易发生脱水。

由于缺氧,血红蛋白及红细胞增高,PaO_2低,$PaCO_2$增高、pH低、血浆[HCO_3^-]低,血钠亦低,有明显酸中毒。由于组织破坏细胞内钾析出,故血钾高。

三、临床表现

此病在出生后1～3h出现症状,开始时呼吸浅而快、鼻翼扇动、呼气有哼音、呼吸频率在60/min以上、面唇青紫、吸气时有三凹征及肋间退缩。病情进行性加重,出现呼吸不规律或暂停,面呈灰白色,四肢发凉,体温不升,脉搏细弱,肌张力低,肺呼吸音弱,在深吸气时可听到细湿啰音或捻发音,因缺氧可致循环衰竭,心音弱而无力,重者休克、昏迷,可在72h内死亡,如能度过72h则多能存活。

胸部X线照片两肺透明度降低,内有均匀细小颗粒或网状阴影,晚期萎缩肺泡互相融合变实,呈毛玻璃状,仅气管及支气管有含气影。

气管吸出物做卵磷脂/鞘磷脂(L/S)比值测定,正常母亲羊水中L/S≥2,1.5～2为过渡值或可疑值,<1.5表示肺未成熟。但在糖尿病、胎盘功能不全、母婴血型不合溶血病时,L/S比值不可靠,L/S达2～3.5时仍可发生RSD。

四、液体疗法

液体疗法分三期。

1. 开始复苏期 治疗目的是建立静脉通路、处理休克、供给适量糖以防止低血糖。生后第 1 天婴儿有细胞外液过量,很少发生高渗性脱水。对 RDS 早产儿也不宜过早喂养,因其胃肠耐受力差,易引起吸入性肺炎。对面色苍白、四肢冰凉、血压低、心率快(＞180/min)者可输平衡盐液 10～20ml/kg,速度为 10ml/(kg·h),或输 5％人白蛋白溶液。当呼吸道通畅后,PaO_2 和 $PaCO_2$ 可恢复正常,酸中毒可改善。但如严重酸中毒 pH＜7.20 时,可给碳酸氢钠 1～2mmol/kg(即 5％碳酸氢钠 2～3ml/kg),每日量不超过 6～8mmol/kg(即 5％碳酸氢钠 10～l3ml/kg)。在呼吸循环改善后,用 5％葡萄糖液 3～4ml/(kg·h),维持血糖在 2.7～5mmol/L(45～90mg/dl)之间,如血糖低于 2.7mmol/L(45mg/dl),可用 10％葡萄糖液,并使输液速度加倍,但应避免用 25％葡萄糖液。

呼吸性酸中毒处理:呼吸性酸中毒可引起高碳酸血症,故主要治疗为改善通气,可给予氧吸入,应用人工呼吸器,使血中过多的 CO_2 呼出。虽然三羧甲基氨基甲烷(THAM)能对 CO_2 起缓冲作用,可用于治疗呼吸性酸中毒,但 THAM 减少血浆 CO_2 的效果是暂时的,须持续应用,这样应用量会大大超过其安全范围,容易发生中毒,出现呼吸暂停、内脏出血、低血糖等。而且由于此药的腐蚀性,如渗于皮下,可使局部组织发生坏死,故很少应用。

2. 限制维持液期　在血糖正常后液体量应限制,因早产儿有细胞外液收缩,故常发生尿量增多。此期液体疗法的目的是应用少量液体和电解质防止脱水、维持电解质平衡,可给 5％葡萄糖 3ml(kg·h),小心监测摄入量、排出量、体重改变、尿比重、血清电解质测定等。尿比重应维持在 1.008～1.012。尿量不可靠,因有些 RDS 婴儿利尿期前虽有液体过量,尿量仍少。反之,有些婴儿在利尿期限制液体,仍有大量尿排泄。在利尿后可给钠、氯各 2～3mmol/(kg·d),即 0.9％氯化钠 15～20ml/(kg·d);氯化钾 2～3mmol/(kg·d)即 10％氯化钾 1 ml/(kg·d),此期可持续数天。

3. 放宽液体期　经利尿后肺功能改善,婴儿临床表现有脱水,钠升高至正常,尿量开始减少,营养供给是此期液体治疗的目的。供给液量应适于生长的需要。维持液量可增至 125～l40 ml/kg,如经口喂养困难者可供给静脉营养。

五、其他治疗

1. 一般处理　体温不升者应置于保温箱内,使腹部皮肤温度保持在 36～37℃,温箱内相对湿度在 50％以上,以减少不显性失水。给氧吸入,氧浓度不超过 40％,因氧浓度高或持续时间长可并发晶状体后纤维增生症。当出现呼吸微弱或频发呼吸暂停时可进行人工呼吸,并肌注咖啡因 10mg/kg,尼可刹米 0.1～0.2ml、洛贝林 1mg/kg 等。氨茶碱能兴奋呼吸中枢,并有强心利尿作用,剂量为 5mg/kg,可稀释后静脉滴注。地塞米松能兴奋心肌传导,ATP、辅酶 A、细胞色素 C 等是能

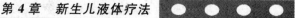

量合剂,能改善细胞代谢,可加入维持液中滴注。

2. **给氧** 用开放式喷射呼吸机,连接鼻导管,将鼻导管插入婴儿鼻腔1.5～2cm,驱动氧压为0.125kg/cm²,喷射频率在150～300/min,每次高频喷氧1～3h,后用普通鼻导管给氧,每1～2h交替一次,待病情稳定或PaO_2在8kPa(60mmHg)以上,改为普通鼻导管或面罩给氧。此外还可用机械呼吸器做持续气道正压通气(CPAP)、间歇正压呼吸(IPPY)、呼气末正压呼吸(PEEP)等。但需做气管插管且合并症较多是其缺点。

3. **肺表面活性物质替代疗法** 肺表面活性物质可防止肺不张和促进肺泡液体清除,肺泡易于扩张。肺泡开放可减少肺血管阻力,增加血流量,改善气体交换,防止继发肺损害,甚至可增强对微生物的防御力。由人类羊水、猪肺、牛肺提取表面活性物质(磷脂)置于－20℃低温中保存,用前加温至37℃,用量为100～200mg/kg溶于0.9%氯化钠3～5ml/kg,以细硅胶管作气管插管,注入婴儿气管内,轻摇患儿头由一侧转至另一侧,由头侧转至尾侧,后用气囊加压呼吸纯氧1min,使此物质能均匀进入下气道,每隔24～48h可重复,至病情稳定,近年来有人应用肺表面活性物质雾化吸入治疗,疗效尚待进一步评估。

4. **利尿药** RDS和支气管肺发育不全已证明伴有肺水肿,在肺部病变改善时有水和盐的生理性利尿,尿排泄量超过液体摄入量能使RDS改善,故可用利尿药治疗。呋塞米能改善氧合作用,使气道阻力减少,是治疗新生儿肺水肿最常用的药物,用量为1 ml/(kg·d),分3次静注,此外可用氢氯噻嗪和螺内酯联合治疗,也有同样效果,但应注意可引起脱水、电解质紊乱和酸碱失调。呋塞米可引起代谢性碱中毒,诱发肺泡通气不良,加重呼吸性酸中毒。呋塞米也可增加尿钙排泄,故应补充钙盐。

5. **肺水肿处理** 重症RDS易并发充血性心力衰竭和肺水肿。如液体过量使动脉导管开放,引起左至右分流,可用盐酸苄唑啉1～2mg/kg或酚妥拉明0.1～0.2mg/kg加呋塞米1 mg/kg于葡萄糖液中滴注,使利尿和解除肺血管痉挛,减轻肺水肿,必要时也可静脉注射毒毛旋花子苷K 0.007～0.01mg/kg,12h后如未好转可重复应用。

6. **维生素E** 早产儿RDS有肺发育不全,需给氧吸入,而高浓度氧易损伤眼内血管,引起晶状体后纤维组织增生。动物实验证明缺乏维生素E时,肺对氧、臭氧和二氧化碳敏感性高,肌注大量维生素E可改善呼吸窘迫征,缩短早产儿输氧时间,预防高氧对视网膜的损害。

7. **体外膜氧合** 将静脉血引出经体外膜氧合器使血液氧合后,再回输给患儿,可代替肺的换气功能,迅速改善缺氧,过去用静-动脉膜氧合需作颈或股静脉插管,在新生儿不易固定而未能推广。近年来改用静-静脉体外膜氧合,只要插入一根静脉,应用单一导管交替流入和流出的方法即可,更加适用于新生儿,对新生儿呼吸窘迫综合征有良好疗效。

(段金海)

第四节　新生儿流行性腹泻

新生儿流行性腹泻是在婴儿室或新生儿病室内暴发的腹泻,迅速蔓延,形成流行,有时甚至可由一个产院或医院传至另一产院或医院,引起大面积流行。因此必须严格预防和控制扩散。

一、病理生理

不少细菌和病毒可引起新生儿流行性腹泻。如①大肠埃希菌:以致病性大肠埃希菌(EPEC)最多见,国内报道的有 O127、O111、O55、O128 等引起的流行,也有产毒性大肠埃希菌(ETEC)引起的暴发流行的报道;②沙门菌:20 世纪 80 年代国内有些地区多次发生鼠伤寒沙门菌引起的暴发流行性腹泻,病情相当严重,但也有阿哥纳沙门菌引起的极轻型小流行;③其他细菌如空肠弯曲菌、铜绿假单胞菌、变形杆菌等虽可引起新生儿腹泻,但很少引起大流行;④轮状病毒(Rotavirus)是病毒性腹泻中最常见的病原,在新生儿中可以引起流行性腹泻。还有轮状病毒样因子如微型轮状病毒偶也可以引起流行性腹泻。其他如冠状病毒、柯萨奇 B 型病毒和埃可病毒虽都可引起腹泻,但未引起流行。

二、临床表现

潜伏期 2～5d,最短可能只数小时。病情轻重不一,轻型表现为不愿吃乳、吐乳、大便次数增多,一日 3～5 次,稀薄,不带脓血。重型热度高,呕吐频繁,腹泻一日十余次,大便血样,不久即出现脱水和酸中毒、尿少或无尿。

几种常见病原所致腹泻的特点:①致病性大肠埃希菌引起的腹泻,各次流行的症状轻重不一,但同次流行的症状相仿。大便无脓血,较易并发坏死性小肠结肠炎。②沙门菌腹泻,依菌种症状轻重不一。鼠伤寒沙门菌感染症状重,热度高,常伴沙门菌败血症。阿哥纳沙门菌感染病情轻,有时无症状,但大便培养阳性,带菌时间可能很长,达数周或数月。③轮状病毒腹泻,潜伏期约 2d,可能合并上呼吸道感染,体温不一定高,3～4d 后下降。腹泻 5～10d 内自愈。

三、液体疗法

新生儿消化系统发育不够成熟,消化酶分泌少,对食物耐性差,若遇喂养不当,卫生稍差,均可导致新生儿的腹泻,加之免疫功能差,对感染防御能力低,很容易导致肠道感染而引起腹泻呕吐,导致水电解质紊乱及酸碱平衡失调。临床表现为不同程度的脱水与酸中毒状态。新生儿腹泻除针对不同病因进行治疗外,液体治疗亦十分重要。新生儿腹泻所致脱水,一般不采用口服补液而用静脉补液,其液体疗法必须遵循以下步骤。

1. **判断脱水程度** 新生儿脱水程度较难估计,尤其对早产儿,因为缺乏皮下脂肪,用皮肤弹性估计脱水并不准确,故最好有连续的体重测量资料。轻度脱水,失水量为体重的 2%～6%(一般为 5%),此时血容量未减,皮肤弹性改变不明显,仅有眼窝及前囟稍凹陷;中度脱水,失水量为体重的 7%～8%(有估计为 10%),病儿软弱无力,眼眶、前囟明显凹陷,尿量减小,此时血容量减少约为体重的 1%;重度脱水,失水量为体重的 9%～14%(有估计为 15%),病儿精神极度萎靡,眼眶前囟极度凹陷,无泪,此时血容量减少达体重的 2%,可发生周围循环衰竭,出现四肢厥冷,脉搏细弱等休克的表现。

2. **判断脱水类型**

(1)高渗性脱水:水分丢失相对的较电解质多,血清钠＞150mmol/L,细胞外液渗透压高,细胞内水分转移到细胞外,造成细胞内脱水,使血容量减少不明显,周围循环改变不明显,可有惊厥,新生儿偶见,常于脱水补液时入钠过多所致。

(2)低渗性脱水:电解质的丢失相对较水分多,血清钠＜130mmol/L,由于细胞外液渗透压低,水分向细胞内转移,使血容量明显减少,脉搏细弱,皮肤弹性差,可见于早产儿,系肾保钠功能差所致。

(3)等渗性脱水:水和电解质丢失的比例大致相等,血清钠 130～150mmol/L,主要丢失细胞外液,细胞内液无明显变化,表现为一般脱水症状,如皮肤弹性差,尿量减少。等渗性脱水临床最常见,一般为轻、中度脱水,新生儿多见。

3. **处理原则** 输液内容为先盐后糖,输液速度为先快后慢,钾的补充为见尿补钾,酸中毒纠正为宁稍酸勿过碱。

(1)液量适度:轻度脱水,输液不必操之过急;中、重度脱水(有血容量下降),输液旨在矫正失水的同时,既不增加心脏负担,又能改善肾血流量及恢复肾功能。有周围循环衰竭者宜先用 2:1 等张液 20ml/kg,30min 内静注,然后再用血浆 10ml/kg 静注,以提高血浆渗透浓度,伴心衰者用低盐白蛋白优于用血浆。

(2)选液适当:根据不同脱水类型,选取适当输液配方。入钠过多超过肾脏浓缩功能,可能致高渗性脱水并引起脑损害;入水过多超过肾对水的廓清能力,可导致低渗性脱水并引起水中毒。

4. **输液量及输电解质量**

(1)输液量:包括累积损失量(新生儿因吐、腹泻而失去的液量),继续损失量

(液体治疗当天因吐、腹泻而继续所需液量),它们所需的液体补充量见表4-8。对早产新生儿及低出生体重儿,由于脱水程度不易准确判断,须特别注意防止输液过多,即使足月儿,因不同体重,不同日龄,实际生理需要量也有所差异。出生＞2周的足月儿,生理需要量亦有较大个体差异,此外,即使重度脱水,一般输液也不宜超过200ml/(kg·d)。

表4-8 新生儿腹泻液体补充量(ml/kg)

脱水程度	累积损失量	继续损失量	生理需要量	合计
轻度	40～60	10	80～100	120～160
中度	60～80	20	80～100	160～200
重度	80～100	40	80～100	200～240

(2)输电解质量

①由于临床上多为等渗性脱水,故血钠的补充量见表4-9。

表4-9 新生儿腹泻血钠补充量(mmol/kg)

脱水程度	累积损失量	继续损失量	生理需要量	合计
轻度	2～4	0.02～0.1	1～3	3～7
中度	7	0.02～0.2	1～3	8～10
重度	11	0.04～0.8	1～3	12～15

②新生儿腹泻所致中、重度脱水,常伴低血钾,故可于有尿后补钾。由于血中钾离子需在数小时至20h后才能进入细胞内,故补钾不必操之过急。因此一般当血钾＜3.5mmol/L时,可给予氯化钾1.5～3mmol/L(kg·d)补充,通常用10%氯化钾1～2ml/(kg·d),稀释成0.15%～0.2%,持续静脉滴注6～8h,连续4～5d,必要时监测血清钾或心电图,输液量须从累积损失量中扣除。

5.选择恰当输液张力

(1)所需输液张力:见表4-10。

表4-10 新生儿腹泻常用输液张力

脱水程度	累积损失量	继续损失量	生理需要量
等渗	1/2张	1/3张～1/2张	1/5张
低渗	2/3张	1/2张～2/3张	1/5张
高渗	1/3张	1/3张	1/5张

（2）常用液体张力数：见表 4-11、表 4-12。

表 4-11 新生儿腹泻常用液体张力数

种 类	内 容	Na$^+$（mmol/L）	Cl$^-$（mmol/L）	HCO$_3^-$（mmol/L）	张力
NS	NS	154	154	—	等张
5％SB	SB	595	—	595	高张
1.4％SB	SB	167	—	167	等张
4：1	GS：SB	33	—	33	1/5 张
2：1	NS：SB	158	102	56	等张

NS 代表 0.9％氯化钠，SB 代表碳酸氢钠，GS 代表 5％～10％葡萄糖，混合液中的 SB 浓度为 1.4％。下表同

表 4-12 新生儿腹泻常用张力液体配方表

种类	内容	Na$^+$（mmol/L）	Cl$^-$（mmol/L）	HCO$_3^-$（mmol/L）	张力
2：1	GS：NS	77	77	—	1/2 张
3：2：1	GS：NS：SB	79	51	28	1/2 张
4：3：2	NS：GS：SB	105	68	37	2/3 张
6：2：1	GS：NS：SB	53	34	19	1/3 张

6. 确定输液速度　除必要的扩容外，所有液体均应匀速输入。其中输液总量的一半，足月儿按 8～10ml（kg·h）静脉滴注（约需 8h），另一半按 5～6ml（kg·h）速度滴注，早产儿滴注速度应≤7ml（kg·h）。故一般第 1 个 24 h 补充 2/3 量，第 2 个 24h 达到水平衡。

7. 纠正酸中毒　脱水所致代谢性酸中毒（代酸），一般不必补碳酸氢钠，因纠正脱水并维持水电解质平衡后，代酸可于 24～48h 内自行纠正。重度脱水多伴有重度酸中毒，可用 1.4％碳酸氢钠代替 2：1 等张液扩容，兼有扩容和加快纠正酸中毒的作用。对中度代酸（BE 10～20 或［HCO$_3^-$］9～13mmol/L）或重度代酸（BE 15～20 或 HCO$_3^-$＜9mmol/L），可根据 5％SB（ml）＝BE×体重（kg）×0.5 或 5％SB（ml）＝［22 一测得的［HCO$_3^-$］（mmol/L）］×体重（kg）×0.5。先用计算量的 1/2，根据血气分析值决定是否再用及使用的剂量。当血 pH 达到 7.20～7.25 即止。日总量应＜6mmol/kg（相当于 5％SB 10ml/kg）。所用 SB 液量，应从输液总量的生理盐水量中扣除。

8. 脱水矫正后的输液　经 1～2d 输液，脱水得到矫正。此后的继续损失量根据血钠值或脱水类型选用不同张力含钠液补充，生理需要量用 1/5 张含钠液体补充。液体总量 120～150ml/kg。

四、其他治疗

抗菌药物除严重鼠伤寒杆菌腹泻选用阿米卡星或头孢哌酮(或其他第三代头孢类)外,其他不一定要用抗菌药物,而用微生态制剂,内含双歧杆菌、乳酸杆菌或粪链球菌(如培菲康、回春生、乳酶生),以婴儿肠道正常菌种替代过多繁殖的其他微生物,维持肠道正常生态平衡。还可试用思密达,每天 1g,分 3 次口服,疗程 3～6d。该品对病毒、细菌及其毒素有较强吸附作用,且对胃肠黏膜有保护作用。

(段金海)

第五节　新生儿围手术期

一、新生儿围手术期代谢特点

新生儿的各项生理功能在产后发生显著政变。包括心肺功能调整、细胞内外津液的转移、肾脏调节、经肺和皮肤的不显性水分丢失等。新生儿体内营养储备少,早产新生儿则更少,同时又有代谢率高、生长速度快和需自身经肠道摄取营养等特点。诸多器官、组织的发育和功能尚不成熟,尚未完全适应环境,疾病引起的体液和电解质紊乱等内环境变化,再加上手术创伤,使幼小的机体常处于应激状态,由此常引起呼吸、循环、代谢、免疫及营养物质的合成和利用受抑制等多种改变。由于检测手段不够敏感、取血量受限及连续观察的某些困难,至今对上述变化的了解仍然很少,但初步认识到外科手术创伤和感染引起的应激反应可导致神经内分泌变化。造成胰岛素抵抗(表现为高血糖)、蛋白质分解和机体组织耗竭等高分解代谢状态。这些改变与白细胞介素 1 和 6、肿瘤坏死因子等细胞因子的产生均有关。有研究证明新生儿对疼痛反射神经通道已在妊娠 20 周时发育完成,其密度已等同于成人,且已具有对刺激的反应能力,表现为儿茶酚胺和脑啡肽水平升高,从而调节激素对手术应激的反应,以提供足够能量满足代谢要求和术后合成组织所需。另有研究证实术后减轻疼痛可减少新生儿氨的丢失,并缩短术后恢复期。

外科新生儿因疾病引起摄入奶量少导致的营养缺乏和因手术创伤及围手术期感染所致的营养代谢改变可同时存在。有学者观察到新生儿经历较大腹部手术后耗氧量反而较低,认为这可能与摄入量减少对机体的影响大于手术应激的影响有关。近来有多家机构研究表明外科危重新生儿的术后静息能量消耗与一般术后组分别为 (55 ± 20) kcal/(kg·d) 和 (53 ± 51) kcal/(kg·d) $(P=0.83)$,两组间差异无显著意义。研究者们对外科新生儿的静息能量消耗值不因代谢性应激而反应性增高的解释是:可能是新生儿用于活动及生长的能量转用于应激了。并不需要热量

过度供应,这样反而会使 CO_2 蓄积,导致脂肪肝及净蛋白分解反常地增高。上海新华医院对无术后并发症的新生儿静息能量消耗进行了观察,术前为(43.7 ± 4.27) kcal/(kg·d),术后 $1\sim6d$ 平均为(45.46 ± 9.68)kcal/(kg·d),说明了同样的道理。

二、围手术期液体疗法

1. 目的 新生儿脱水依不同分类方法可分为急性或慢性。低张、等张或高张性及轻、中或重度。治疗与病种、病情、日龄及环境条件有关。为平稳度过新生儿围手术期,液体疗法的目的有二:①纠正水和电解质紊乱,即维持足够的血容量、血浆电解质成分稳定、血浆渗透浓度正常和酸碱平衡。②减轻或预防手术期营养不良、早日恢复正常的营养代谢,从而减少和减轻术后并发症和降低病死率。

2. 纠正水和电解质紊乱 新生儿体液总量占体重的80%。细胞外液占45%,患外科疾病的新生儿易发生脱水和低钠(120mmol/L 左右)、即低张性脱水,胃肠液丢失或胆瘘易造成低钾,但严重感染、组织创伤、缺氧和酸中毒时钾容易升高,初生 10d 内新生儿血钾会自然偏高,因生长发育所需,应随时注意新生儿钙和磷的补充。

(1)术前。①轻度低张性脱水:用 2:1 液(2 份生理盐水和 1 份 1.4%碳酸氢钠)加等量的 5%~10%葡萄糖溶液,按 30~50ml/kg,先于 1~2h 内静脉滴入。

②中度和重度低张性脱水:应先静滴(0.5~1h 内)2:1 液或生理盐水 20ml/kg。再根据血生化或血气分析结果调整含钠液的补充量,以使血清钠达到 130mmol/L。继之用 4:1 液(4 份 5%~10%葡萄糖和 1 份生理盐水)30~50ml/kg。再根据实验室检查和诊断酌情继续补充。经过 3~5h 准备,临床生命体征基本平稳后即可手术。有明显急性贫血或是失血性休克时,当即补充新鲜全血,血红蛋白回升至 80~100g/L,生命体征基本平稳时即应抓紧时间手术。

③慢性脱水:如肥厚性幽门狭窄伴轻度代谢性碱中毒时,除每日生理需要量外,可使用生理盐水 50~100ml 缓慢静脉点滴额外补充即可。切忌快速补给定量含钠液,试图一次性补足慢性低钠脱水状态可造成急性心力衰竭。

④有些疾病,如横膈疝、食管闭锁、肺囊肿等经胸或胸膜外手术者,因术前患儿多已合并肺炎,往往无脱水,故术前一般不需特殊补液,术后早期还需限制入量。

(2)术中:在同时进行体温、呼吸、脉搏、血压甚至血气分析等监测条件下由麻醉师根据手术情况具体掌握输液种类和速度,一般每小时 6~8ml/kg,手术进行中可略增快至 8~10ml/kg,以葡萄糖为主,如用 4:1 液。术中失血时,应及时等量并稍多补给新鲜全血,防止输血前后加入过多生理盐水。大量腹水或腹腔渗液排出时血压可能下降,应加快补液。手术时间在 2h 左右者,术中可不监测尿量,因为留置尿管会增加感染的机会。

（3）术后

①小型手术：如会阴肛门成形术、腹股沟斜疝疝囊高位结扎术、赘生物切除术等，术毕麻醉清醒后 3～4h 之内继续手术中静脉滴注的 4∶1 液，但需加入抗生素。术后当天 70～80ml/kg 静脉补液，4～6h 后可试行饮水，不吐则可以进奶，术后次日常无需补液。②中型手术：如巨大淋巴管切除术、肠旋转不良时 Ladd 手术、肠切除吻合术、中小型脐膨出修补术等，术后反应稍大，尤其腹部手术后肠麻痹致腹胀，需禁食 3～4d，并胃肠减压，此期间每日生理需要量按 70～100ml/kg，逐日加量补给 4∶1 液，术后 1～2d 内不应给钾，术后第 3 日起每日可补 100ml/kg 补充含 0.15％氯化钾 4∶1 液。又称维持液。早产婴视病情需要可补充这 100～120ml/（kg·d）。③大型手术：胸部手术如食管吻合术、肺囊肿切除术、右横膈疝修补术等；腹部手术如大型脐膨出修补术、巨结肠根治术、胆道闭锁肝门肠吻合术、后矢状入路肛门直肠成形术等。如术后应激反应较明显，或影响呼吸，常需胃肠减压数日，尤需注意水和电解质平衡。胸部手术后宜稍限制入量，每日补给生理需要量，仅 4∶1 液 70～80ml/kg。3～4d 后根据体温、呼吸功能、血气分析结果增至每日维持液 100ml/kg 静脉滴入。腹部手术后当日按 50～70ml/kg 补充 4∶1 液，1～2d 后每日补充生理需要量增至 100～120ml/kg。此外，还应根据晨间开医嘱时的脱水程度和性质补充累积丢失量，一般可用 2∶1 液或 5％葡萄糖生理盐水 30～50ml/kg，还需参考前 1 天体液丢失情况，估计未来 24h 内可能的损失量，即继续丢失量，预先达到补给，如胃肠减压用 3∶1 液（3 份生理盐水和 1 份 0.15％氯化钾）、腹腔渗出液用 2∶1 液、严重腹泻用改良 Darrow 液或 3∶1 液中的氯化钾增至 0.3％后分别等量补给。注意，除累积丢失液可单独较先、较快补给外，生理需要量和继续丢失量的液体均应于 24h 内分批静脉滴入。

新生儿围手术期纠正水和电解质紊乱应随时结合患儿情况（日龄、病种和严重度，手术日和手术方式，有无高热、出汗、使用暖箱，环境湿度，是否人工呼吸及心脏功能等），并参考动态的血生化和血气分析结果调整输液速度和种类。开始阶段补液量及钠、钾、碱性液量宜根据实验室检查结果计算，并稍偏少补给，因为不应忽视机体自身的调节能力。

3. 营养支持　在新生儿围手术期液体疗法的重要目的是争取部分改善已存在的蛋白质营养不良，防止进行性的蛋白质和热量消耗，减少并发症和缩短住院时间。营养支持开始和持续应有的时间与手术种类、原有营养不良的程度及估计术后达到足量进奶的日数有关。实施时应注意下列原则：严格掌握适应证并且进行营养评价，这是因为此项疗法的技术要求较高，且有一定危险性，价格也较贵。营养评价包括体检（体重、身高、头围、三头肌皮褶厚度、上臂围、胸围等）、常规检查

（末梢血象、血生化等）及特殊检查（前白蛋白或转铁蛋白、氮平衡、血氨基酸等）。在一般医院，非研究情况下每日正确的体重测量和定期的常规血生化检查简单易行，尿糖监测也很重要。尤其在开始实施全肠外营养1～2周内需切实加强各项监测。适应证可归纳如下：①急症手术前无法应用，必要时适量输全血或血浆；选择性中或小型手术，患儿仅有轻或中度营养不良，估计术后3～5d可正常进奶者可不进行营养支持。选择性大型手术前，又伴有中或重度营养不良者，应肠外营养支持7～10d待术后病情平稳后继续支持至可以部分经口进奶后减量。近年介绍新生儿如有肠短型或严重梗阻型巨结肠时，生后早期确诊后即禁奶并肠外营养，可简化术前准备和缩短住院时间。术后应早期开始肠外营养，一般术后估计5d内不能正常进食者；或中、重度营养不良术后3d仍不能达到足量营养时均应早期开始肠营养，但需在术后3d内病情平稳后进行。②肠外营养途径应正规，可经中心或周围静脉进行。应首选周围静脉静注，比较安全。最好使用输液泵24h匀速滴注。营养支持时供给的液体内营养成分要全面，不能只给氨基酸或只间断给些脂肪乳，营养成分要包括葡萄糖、脂肪乳剂（10%或20%，中、长链更好）、氨基酸（最好用小儿专用型）、电解质、微量元素、维生素、足够热量和液量。氨基酸、脂肪乳剂应用应从少量开始，于3～5d内达到需要量。葡萄糖和脂肪应分别提供所需总热量的35%或50%，两者的和应为总热量的85%。氨基酸提供额外15%的热量。争取尽早过渡到部分肠外营养。③切记新生儿围手术期的营养支持方式仍应以肠内营养为首选，母乳永远是新生儿的最佳营养品。

（段金海）

参 考 文 献

1　叶蓁蓁. 新生儿围手术期的液体疗法. 实用医学杂志,2001,17(9):791－792
2　陈桂琴,曹培林. 临床军医杂志. 2002,30(4):86－87

第5章 消化系统疾病

第一节 急性胃炎

胃炎是由于物理性、化学性和生物性有害因子作用于人体，引起胃黏膜、甚至胃壁(黏膜下层、肌层、浆膜层)发生炎症性改变的一种疾病。若合并有肠道炎症称之为胃肠炎。按病程分为急性胃炎和慢性胃炎。本节主要介绍急性胃炎。

一、病理生理

1. 微生物感染或细菌毒素 进食被细菌、细菌毒素或病毒污染的食物可引起急性胃炎。常见的致病细菌及病毒有沙门菌属、嗜盐杆菌属、幽门螺杆菌、金黄色葡萄球菌、轮状病毒、诺沃克病毒严重感染时病毒、细菌及其毒素可通过血循环进入胃组织导致急性胃炎。

2. 化学因素

(1)药物：水杨酸盐类药物可抑制细胞线粒体内的氧化酶酸化，从而抑制细胞膜上 Na-K-ATP 酶和其他离子的主动运输系统，导致黏膜的渗透性增加，细胞肿胀脱落，另水杨酸制剂还可渗入浅表上皮细胞和颈黏液细胞，使其分泌的碳酸氢盐及黏液减少，破坏胃黏膜屏障，使前列腺素合成减少，胃酸分泌相对增加；洋地黄、利血平、金霉素及某些抗癌药物均可刺激胃黏膜，损害胃黏膜屏障。

(2)误食毒蕈、砷、汞、灭虫剂、灭鼠药等化学毒物刺激胃黏膜引起炎症。

(3)酗酒、服烈性酒以及浓茶、咖啡等一些饮料增加了 H^+ 向黏膜内的渗透，损伤黏膜内和黏膜下的毛细血管，也可使胃酸分泌增加。

3. 物理因素 进食过冷、过热或粗糙食物以及进行胃内冷冻、放疗治疗均可损伤胃黏膜而引起炎症。

4. 其他因素 某些全身性疾病如尿毒症、肝硬化、休克及颅脑损伤、严重烧伤、呼吸衰竭可作为内源性刺激因子，引起胃黏膜急性炎症。

二、临 床 表 现

症状轻重不一,表现为上中腹部不适、疼痛,以至剧烈的腹部绞痛;厌食、恶心、呕吐、伴有肠炎者可有腹泻;呕吐剧烈者可有不同程度的上消化道出血,吐出咖啡渣样物、呕血或黑粪。体检时可有上腹部或脐周压痛,肠鸣音亢进。

三、体液代谢的特点

1. 总液体量减少 由于呕吐不能进食水进,时间稍久易引起脱水,使有效循环量减少,表现为口渴、尿少,严重者血压下降。

2. 电解质紊乱 当呕吐发生时骨内丢失大量的胃酸,血中氢离子和氯离子明显减少,碳酸氢盐增加,另也丢失钾和钠,所以严重呕吐的患儿,常伴有总电解质减少。但如呕吐物中水丢失超过电解质的丢失,血中电解质的浓度可升高。

3. 酸碱平衡紊乱 由于呕吐丢失胃液,血中氢、氯离子减少,而碳酸氢盐增加,易发生代谢性碱中毒。如呕吐严重、吐出较多的胆汁、病程稍长、加上不能进食,脂肪分解代谢增加,产生酮体过多,引起酮中毒;另外脱水使尿量减少,酸性代谢产物在血内潴留,此时代谢性碱中毒可转变为代谢性酸中毒。

四、液 体 治 疗

对无明显脱水者可调节饮食及对症治疗。对不能进食及脱水者应注意以下几点。

(1)维持生理需要量:不能进食但无明显代谢紊乱补充每日生理需要量。

(2)纠正脱水:本病引起的脱水多属于等渗性,补液原则为对轻度脱水原则为病情轻呕吐不剧烈者可口服补液,如剧烈呕吐则改用静脉补液。补液量为24h补液总量:生理需要量和总丢失液体量(包括累积丢失和当天继续丢失)的总和。液体的选择可按"先盐液、后糖液"的原则进行。

对中度脱水原则为如无呕吐可采用口服法补液,因呕吐不能接受口服补液或口服补液疗效不佳者,应立即改行静脉补液。补液量为24h补液量的计算方法同轻度脱水者。已丢失液体量(累积丢失液)较大,在总补液量中应加入继续丢失量。液体的选择基本同轻度脱水者。

对于重度脱水原则者病情较重均伴有不同程度的休克及代谢性酸中毒,因此必须立即给予静脉补液。补液量同轻、中度脱水者。补液总液量=累积损失量+生理需要量+继续损失量液体的选择应根据病情及补液目的而定。纠正低血容量性休克及代谢性酸中毒可用平衡盐液及生理盐水。

(3)纠正代谢性酸中毒:多数经过适当补液纠正脱水、电解质紊乱后,酸中毒可自行缓解,少数严重者需要补充碱性液体。

(4)纠正代谢性碱中毒:一般情况只需用生理盐水或其 $1/2 \sim 2/3$ 张的稀释液静脉滴注即可。

(5)防治低钾血症:补钾时必须有尿后再补。

(罗宏英)

参 考 文 献

1 王守义,王勤英,池肇春,等.急性胃肠感染时水电解质失衡.见:池肇春,周长宏,杨南.胃肠病水电解质和酸碱失衡的诊断与治疗.第一版.北京:军事科学出版社,2005:152—162

2 江正辉.胃肠道疾病代谢性酸中毒.见:池肇春.实用临床胃肠病学.北京:中国医药科技出版社,2001:158—164

3 操寄望.急性胃炎.见:于皆平,沈志祥,罗和生.实用消化病学.北京:科学出版社,1999:223—228

4 吴明昌.小儿水电解质的平衡和失衡.见:樊寻梅.实用儿科急诊医学.北京:北京出版社,1993:201—319

第二节 婴幼儿腹泻

婴幼儿腹泻是一组由多病原、多因素所引起的以腹泻为主的消化系统疾病。容易引起脱水、电解质紊乱及酸碱平衡失调。它对婴幼儿的健康危害很大,是造成其营养不良、生长发育障碍及死亡的重要原因之一。在许多发展中国家婴幼儿腹泻是致小儿死亡的第一危险因素,由于其发病率之高、危害之大,WHO 把对婴幼儿腹泻的控制列为全球性战略,我国也把其作为重点防治疾病之一。

一、病 理 生 理

(一)非感染性腹泻

多为进食不当所致。所进食物不能被充分消化和吸收,加上酸度降低,使肠道下部细菌上移及繁殖,从而使积滞于小肠上部的食物产生发酵和腐败,使消化功能发生紊乱;分解过程中产生的短链有机酸如乙酸、乳酸等使肠腔内渗透压增高,并协同腐败性毒性产物如胺类等刺激肠壁,使肠蠕动增加,引起腹泻脱水和电解质紊乱;毒性产物被吸收进入血循环后可能出现不同程度的中毒症状。

(二)感染性腹泻

病原微生物进入肠道后能否引起肠道感染,决定于宿主的防御功能的强弱,感染数量的多少及微生物的毒力(粘附性、产毒性、侵袭性、细胞毒性)等因素。根据

病原体对肠黏膜的作用,可将腹泻分为侵袭性腹泻(渗出性腹泻)、肠毒性腹泻(分泌性腹泻)、吸收障碍性腹泻(渗透性腹泻)。

1. **侵袭性腹泻(渗出性腹泻)**　病原菌可侵入肠黏膜上皮细胞,在细胞内增殖引起充血、水肿、炎症细胞浸润、溃疡和渗出等病变,排出含大量白细胞和红细胞的痢疾样粪便。此溃疡一般浅表,不穿透肠壁。

2. **肠毒性腹泻(分泌性腹泻)**　病原菌进入肠道后不侵犯肠道上皮细胞,而是粘附在肠黏膜上,进行繁殖和产生肠毒素 LT 和 ST,LT 激活肠壁细胞的腺苷酸环化酶使 cAMP 增多,ST 则激活肠壁细胞的鸟苷酸环化酶使 cGMP 增多,两者均可抑制肠壁对水盐的吸收,同时分泌大量肠液,超过结肠的吸收限度时则发生腹泻。患儿粪便中极少发现炎症细胞,易发生脱水。

3. **吸收障碍性腹泻(渗透性腹泻)**　病原体进入肠道后在小肠顶端的柱状上皮细胞上复制,使细胞发生空泡变性、坏死,其微绒毛不规则和变短,Na^+-K^+-ATP酶减少,小肠黏膜回吸收水分和电解质能力受损而形成腹泻;同时刷状缘表面的双糖酶的活性降低,双糖不能水解为单糖,致食物中的糖类不能完全消化而积滞于肠腔内并被细菌分解成小分子的短链有机酸,使肠腔内渗透压增高,进一步造成水电解质的丧失。

同一病原体可有多种腹泻机制的参与,既有侵袭性也有毒素的产生,既能引起分泌也能产生细胞毒性。

二、临 床 表 现

不同的病因所引起的腹泻具有相似的临床表现,但根据其发病年龄、季节、起病快慢、大便性状及实验室检查又各有其特点。

(一)轻型腹泻

主要为胃肠道症状,主要表现为食欲缺乏,偶有溢奶或呕吐;大便次数增多,每日可达 10 余次;可为稀水样便、呈黄色或黄绿色,有酸味,常见有白色或黄白色奶瓣和泡沫、少许黏液。大便镜检可见大量脂肪球或少许白细胞。无明显全身症状,精神尚好,体温大多正常或有低热,无脱水症状,多可在数日内痊愈。

(二)重型腹泻

常起病急,也可由轻型腹泻逐渐发展而来。除有较重的胃肠道症状外,还可有较明显的水和电解质紊乱及全身中毒症状。

1. **胃肠道症状**　食欲低下,常有呕吐,严重者可吐出咖啡渣样液体。腹泻频繁,每日 10 次至 10 多次,大便呈黄绿色、黄色或微黄色,每次量多,呈蛋花样或水样,可有少量黏液甚至脓血便,镜检可见脂肪球或大量白细胞及不同程度的红细胞,甚至可见吞噬细胞。

2. 水电解质紊乱和酸碱平衡失调症状

(1)脱水:因吐泻丢失体液或摄入量不足,可使液体总量尤其是细胞外液减少,导致不同程度的脱水,脱水量一般根据前囟、眼窝、皮肤弹性、末梢循环情况及尿量等临床表现进行估计。一般分为轻度、中度、重度三种脱水。由于呕吐及腹泻时水、电解质丧失比例不同,从而引起体液渗透压的改变,造成等渗性、低渗性、高渗性脱水,其临床表现各不相同,参见第 2 章。

(2)代谢性酸中毒:由于腹泻丢失大量的碱性物质;进食少和肠吸收不良,摄入热量不足,体内脂肪的氧化增加,酮体生成增多,血液浓缩,组织灌注不良和缺氧,乳酸堆积;肾血流量不足,肾功能减低,尿量减少酸性代谢产物潴留等,绝大多数患儿都有不同程度的酸中毒,脱水越重,酸中毒也越重(参见第 3 章)。

(3)低钾血症:由于胃肠道分泌液中含钾较多,(腹泻的大便中含钾为 17.9mmol±1.8mmol/L),呕吐和腹泻可大量失钾;进食少,钾的摄入不足;肾脏保钾的功能比保钠的功能差,在缺钾时仍有一定的钾继续排出,因此腹泻的患儿都有不同程度的缺钾,尤其是腹泻时间较长和营养不良的患儿更易发生缺钾。由于脱水所至的血液浓缩、在酸中毒时钾可由细胞内向细胞外转移以及尿少致钾的排出相对减少,钾的总量虽然减少,血钾却可多数正常。而当输入不含钾的溶液时,随着脱水的纠正,血钾被稀释;酸中毒被纠正和输入的葡萄糖合成糖原,使钾由细胞外向细胞内转移;有尿后钾的排出增加及大便继续失钾等,血钾迅速下降。一般当血清钾低于 3.5mmol/L 时即可出现缺钾的临床症状(参见第 2 章)。

(4)低钙和低镁血症:腹泻患儿进食少,吸收不良,从大便丢失钙、镁,可使体内钙、镁减少,但一般不严重。但如腹泻较久或有活动性佝偻病的患儿则血清钙较低,由于脱水和酸中毒,血液被浓缩和离子钙增加,可不出现低钙症状。随着脱水、酸中毒被纠正,血清钙浓度降低,离子钙减少。易出现手足搐搦或惊厥。极少数腹泻时间较长和营养不良的患儿偶有缺镁症状,多在血清钠、钾都恢复正常以后出现,当输液后出现震颤、手足搐搦或惊厥,用钙剂治疗无效时,应考虑缺镁的可能。

(5)低磷血症:原因多为进食少、吸收不良、腹泻失磷(腹泻时大便含磷量为 3.7～33.6mmol/L),腹泻的患儿多有缺磷,尤其是腹泻时间较长、营养不良或活动性佝偻病的患儿,轻、中度低磷血症多无症状,严重者可出现症状,如嗜睡、精神错乱或昏迷、乏力、心音低钝、呼吸变浅、溶血和糖尿。由于一般缺磷不重,进食后可恢复,无需另外补充。

(三)几种常见类型肠炎的临床特点

1. 轮状病毒肠炎 轮状病毒是秋冬季小儿腹泻最常见的病原。本病多见于 6～24 个月的婴幼儿,潜伏期 1～3d,病程 5～8d,由于病毒有多个血清型,故部分患儿可能有 2 次以上的感染。一般起病急骤,常伴有发热和上呼吸道症状,多数患儿病初有呕吐,常先于腹泻。大便次数增多,每日数次至数十次,量多,黄稀水样或蛋花汤样,无腥臭味,腹泻可因进食而加重,常出现脱水和酸中毒。本病为自限性疾病,不喂乳类饮食的患儿恢复更快。大便常规检查偶有少量白细胞。感染后 1～3d,大便中即有大量病毒排出,最长可达 3 周,血清抗体一般在感染后 3 周上升。

2. 诺沃克病毒肠炎　全年均可发病,以秋、冬季较多。诺沃克病毒并非婴幼儿肠炎的主要病原,多见于 1～10 岁小儿,潜伏期为 1～2d。可有发热和呼吸道症状。出现轻重不等的腹泻和呕吐,伴有腹痛,儿童以呕吐多见,本病为自限性疾病,病程 1～3d,大便排毒时间短。

3. 肠腺病毒肠炎　肠腺病毒是最近发现导致婴幼儿腹泻的较常见的病毒。本病可全年发病,夏季稍多,常累及 2 岁以下婴幼儿,潜伏期 3～10d,最主要表现为水样便,持续时间长,可达 14d,可有呕吐,半数患儿有脱水和酸中毒表现,无呼吸道症状,粪便可持续排毒 1～12 周。

4. 致泻性大肠埃希菌肠炎　致泻性大肠埃希菌是小儿细菌性肠炎的主要病原之一,本病多发生于气温较高的季节,以 5～8 月份为多,潜伏期 1～2d,病情轻重不等,由于其致毒性及发病机制不同所以其粪便及临床表现又各有特点,EPEC 肠炎为黏液便;ETEC 和 EAEC 肠炎为水样便为主;EIEC 肠炎为黏液脓血便,且伴有里急后重感,类似痢疾;EHEC 肠炎以血便为主,患儿还可出现其他系统表现如发热、烦躁或萎靡、肝大、黄疸、肝功能受损。10%EHEC 肠炎可发生溶血性尿毒综合征,有时出现血小板减少性紫癜,不同程度的脱水、电解质紊乱及代谢性酸中毒。大便检查 EPEC 和 ETEC 肠炎可见脂肪球和少量白细胞;EIEC 肠炎有红白细胞或脓细胞,可布满视野;EHEC 肠炎以红细胞为主。

5. 空肠弯曲菌肠炎　空肠弯曲菌肠炎为小儿腹泻常见的病原之一,本病 2 岁以下婴幼儿发病率高。潜伏期 3～5d,起病急骤,除呕吐、腹痛、腹泻血便外,还伴有发热、畏寒等全身不适症状。腹泻早期为水样便,继而转为黏液、脓血或血便。60%～90%患儿因有血便易误诊为肠套叠,腹痛以右下腹为主者易误诊为阑尾炎。重症者可并发败血症、肺炎、脑膜炎、心内膜炎、心包炎。

6. 耶尔森菌小肠结肠炎　本病近年来发病率有逐渐增多趋势,多发生于冬春季节,各年龄组均可发病,以婴幼儿多见。临床表现多样化,与年龄有关,一般可分为肠炎型、类阑尾炎型、关节型及结节红斑型。婴幼儿以肠炎型多见,5 岁以上以类阑尾炎型多见。

7. 鼠伤寒沙门菌小肠结肠炎　是小儿沙门菌属感染中最常见者。全年均可发病,以 6～9 月份发病率最高。绝大多数患儿为 2 岁以下婴幼儿,<1 岁者占1/3～1/2,易在婴儿室中流行。常由污染的水、牛奶和食物经口感染。潜伏期一般8～48h。起病急,病情轻重不一,年龄越小越重,并发症也多。主要症状为发热、腹

泻。轻者大便数次随后痊愈；重者大便数十次，多为黄绿色或深绿色水样、黏液样或脓血便，镜检可见多量白细胞及数量不等的红细胞。一般病例症状在 3～5d 消退，部分患儿发热和腹泻可持续 2 周。有败血症者发热可持续数周，半数患儿病后排菌约 2 周，少数达 2 个月以上。

8. **难辨羧状芽胞杆菌肠炎** 有使用抗生素病史，一般在用药一周内或迟至停药后 4～6 周发病，主要症状为腹泻，轻者为水样便，停用抗生素腹泻很快痊愈；重者可见伪膜排出、少数大便带血，对可疑病例可做直肠镜和乙状结肠镜检查，大便可作厌氧菌培养，组织培养法检测细胞毒素，如检测到细胞毒素多有该菌存在。

9. **真菌性肠炎** 多为白色念珠菌感染所致。常伴有鹅口疮。大便次数增多，泡沫带黏液，有时可见豆腐渣细块，镜检可见真菌孢子和假菌丝，可做真菌培养。

10. **迁延性和慢性腹泻** 病程在 2 周至 2 个月者为迁延性腹泻，病程在 2 个月以上者为慢性腹泻。引起迁延性腹泻、慢性腹泻的原因包括营养不良时胃酸及消化酶分泌减少、酶活性降低、消化功能障碍、肠下部细菌易于上移和繁殖、分解食物产生发酵和腐败过程；严重营养不良时肠黏膜萎缩及感染性腹泻对肠黏膜上皮细胞的损害使双糖酶缺乏；厌氧菌可使同甘氨酸或牛磺酸结合的胆酸解离，导致胆酸性腹泻；全身和消化道免疫功能低下，肠内原有感染不易清除，常伴发其他部位感染，加重腹泻或使腹泻迁延不愈；长期滥用抗生素引起菌群失调也可致发生慢性腹泻。

三、体液代谢的特点

成人的体液占体重的 60%，小儿的体液相对比成人多，新生儿占体重的 80%，婴儿占体重的 70%，1 岁以上的小儿则基本与成人接近，婴儿细胞外液相对比成人多，因此，小儿对水的耐受性比成人差，更易发生脱水。胃肠液中含有大量的电解质，胃液中 H^+ 为主要的阳离子，Cl^- 为主要的阴离子，在小肠中 Na^+ 为主要的阳离子，HCO_3^- 为主要的阴离子。胃肠道各段的分泌液中都含中有一定量的 K^+，一般胃液中的 K^+ 浓度比血液中高 2～5 倍，小肠液中 K^+ 浓度则与细胞外液的 K^+ 浓度大致相等。由于胃肠道各段分泌液中电解质浓度很不一致，因此丢失不同部位的消化液时，发生电解质紊乱的差别很大。失去大量肠液时，损失过多的 HCO_3^-，Na^+，故多发生酸中毒，低钠血症，也可发生不同程度的钾缺乏症。

四、诊断与鉴别诊断

根据发病季节、病史（包括喂养史和流行病学资料）、临床表现和大便性状可做出临床诊断，在未明确病因前统称为婴幼儿腹泻。明确病因的则称为肠炎。

（一）病程分类

1. **急性婴幼儿腹泻病** 病程＜2 周。

2. 迁延性婴幼儿腹泻病 2 周<病程<2 个月。

3. 慢性婴幼儿腹泻病 病程>2 个月。

(二)病情分类

1. 轻型 无脱水和无感染中毒症状。

2. 中型 有轻至中度脱水或有轻度感染中毒症状。

3. 重型 有重度脱水和酸中毒及明显感染中毒症状。

病原学诊断比较困难,即使经过系统全面检查仍有相当数量患儿的病因不明。某些实验方法在一般临床实验室难以做到。实际上从临床出发,也无需对每一位患儿都做大便病原学检查,除非是进行流行病学调查。但有条件的医院可尽量进行病原学检查。

(三)鉴别诊断

1. 生理性腹泻 多见于 6 个月以下婴儿,婴儿多虚胖,常有湿疹。生后不久即出现腹泻,但一般无临床症状,不影响生长发育,添加辅食后大便逐渐正常。

2. 非感染性腹泻 如乳糖酶缺乏、蔗糖-异麦芽糖酶缺乏、葡萄糖-半乳糖吸收不良,先天性失氯性腹泻、短肠综合征等,牛奶蛋白过敏、大豆蛋白过敏,小麦蛋白过敏等多属于慢性腹泻,去除有关食物可缓解。

五、液 体 治 疗

1. 补液的原则 能口服补液尽量口服补,严重脱水或频繁呕吐不能口服补液者可考虑静脉补液,补液前应先明确脱水的程度,然后定输液量、输液种类、输液速度;先快后慢,先盐后糖,先浓后淡,见尿补钾。另外还应注意:①及早恢复血容量及组织灌注。②补充累积损失量和体液所失液量及电解质,纠正酸碱失衡。③防止新的脱水及电解质紊乱的发生,包括补充生理需要量及继续丢失量;密切观察患儿病情变化,随时调整补液方案。

2. 具体治疗方案

(1)静脉补液

第 1 天补液

总量应包括累积损失量、生理需要量、继续损失量。累积损失量:轻度脱水约 50ml/kg,中度脱水 50~100ml/kg,重度脱水 100~120ml/kg,生理需要量:婴儿每日 70~90ml/kg,幼儿每日为 60~70ml/kg,儿童每日为 50~60ml/kg。继续损失量:可按实际丢失补充,可有时无法准确估计丢失量,可按每日丢失在 10~40ml/kg 计算,约补充 30ml/kg。

种类则一般根据脱水的性质具体实施。等渗性脱水用 1/2 张含钠液;低渗性脱水用 2/3 张含水钠液;高渗性脱水用 1/3 张含水钠液。如判断脱水性质困难可先按等渗性脱水处理。

输液速度要取决于脱水的程度及继续丢失量与速度。

扩容阶段：对重度或中度脱水有明显周围循环障碍者，用2：1等张液20ml/kg，于30～60min内静脉推注或快速滴注，以迅速增加血容量，改善循环和肾脏功能。适用于任何脱水性质的患儿。

补充累积损失量为主要阶段：对中度脱水无明显循环功能障碍者可直接从本阶段开始补液。一般为每小时8～10ml/kg。

维持阶段：只补充生理的异常的继续损失量，输液速度可稍放慢，一般约每小时5ml/kg如患儿无呕吐，腹泻减轻，可酌情减少补液量或改口服补液。

纠正酸中毒时要注意轻、中度酸中毒无需另行纠正，因为在输液溶液中含有一部分碱性液体，经过输液后，循环和肾功能的改善。酸中毒随即纠正。如只根据血HCO_3^-不足，用碱性液体纠正，可造成如下危害：高钠血症，血容量扩充过快造成心力衰竭、肺水肿，使组织缺氧特别缺氧是脑组织，低血钾，游离钙下降，纠正酸中毒中发生碱中毒；酸中毒应用碱性溶液的指征：HCO_3^-丢失过多或肾小管HCO_3^-产生不足，酸中毒严重，pH<7.2是用碱性溶液的指征。

碳酸氢钠mmol数＝－BE×0.3×体重（kg），此剂量先用半量，余量根据具体情况而定。多数情况下碱性液体量按每次1～2mmol/kg计算，可提高血浆HCO_3^- 3～6mmol/L然后再根据情况而定，即相当于用5％碳酸氢钠2～4ml/kg以2倍的葡萄糖稀释成1.4％的等渗溶液。也可用11.2％乳酸钠1～2ml/kg以5倍的葡萄糖稀释成1.8％的等渗溶液，如缺氧，肝功能受损时不宜用乳酸钠。

电解质紊乱

①低钠血症：细胞外液容量减少者（低渗性脱水），开始可用等张液20ml/kg，以后再给2/3张液，细胞外液增多者，用3％氯化钠溶液12ml/kg在2～3h内缓慢静脉给予，可提高血钠10mmol/L，数小时后可重复一次。如发生脑疝时，先补甘露醇，再补钠。②高钠血症：液体张力不宜过低；给部分钾盐，即可提高张力又不增加钠的负担，同时还可纠正细胞内脱水；输液速度不宜过快。单纯失水者可先给1/5张含钠液，其中加0.15％～0.3％氯化钾，高钠血症时常伴有高血糖，所以液体糖果的浓度宜为2.5％，每日输液量为累积损失量和生理需要量的1/2在24h内均匀输入，每日可降低血钠10～15mmol/L，如为高渗性脱水者，先恢复血容量及尿量，先给1/2～等张含水量钠液20ml/kg，仍无尿者，继续给白蛋白或血浆，循环恢复后再按上述方法输液。盐过多者先利尿排钠，同时输入1/8～1/3张液。③低钾血症：见尿补钾。口服补钾最安全，最常用的制剂为氯化钾，每日200～250mg/kg配成10％的氯化钾溶液分6次均匀给予。重症低钾者静脉补充，浓度不超过0.3％，补钾一般持续4～6d。④低钙低镁血症：对合并营养不良或佝偻病者应早

期给钙。如在输液过程中发生抽搐，可给 10％葡萄糖酸钙 5～10ml 缓慢静脉滴注，必要时重复使用。个别患儿用钙剂治疗无效时应考虑低镁血症的可能，可测定血清镁，并用 25％硫酸镁每次 0.1ml/kg，深部肌内注射，每 6h 一次，每日 3～4 次，症状缓解后停用。

第 2 天及以后的补液

经第一天的治疗后脱水及电解质紊乱基本纠正，如能口服则改为口服补液，若腹泻仍频繁发生或口服补液量不足时可继续静脉补液，主要补充生理需要量和继续损失量，继续补钾并供给热量。①补充生理需要：生理需要量按每日 60～80ml/kg，用 1/5 张含水量钠液补充；②补充继续损失量：丢失多少补多少，用 1/3～1/2 张含水量钠液补充。将以上两种液体量均匀在 12～24h 内静滴。

(2)口服补液：适用于无呕吐症状的轻、中度脱水的患儿，其他病症不能达到口服补液的治疗目的。

口服补液配方

口服补液配方(ORS)是四十年代提出来的。通过科学研究和临床实践口服补液配方已日趋完善，目前国外的配方已发展到 20 多种，WHO 推荐的口服补液配方电解质总含量220mmol/L 为 2/3 张溶液，配方中葡萄糖浓度为 2％，有利于促进钠和水的吸收。

口服补液的具体步骤

①累积损失液：补液量为轻度脱水 50ml/kg 中度脱水 50～100ml/kg，重度脱水 100～200ml/kg。要求在 4～6h 服完。坚持少量多次口服，应每 5～10min 喂一次，每次喂 10～20ml，脱水的患儿一般均感口渴，口服 ORS 时如一次口服量过多易发生呕吐，导致补液失败。因此用小勺慢慢喂入比用奶瓶更好。②继续丢液：原则为丢失多少补多少，随丢随补。也可按每日 30ml/kg 补给。国外介绍按照每次大便补充 ORS 10ml/kg，每次呕吐补充 ORS 2ml/kg，液体张力为 1/2 张为宜，但 ORS 为 2/3 张液，故患儿在补充 ORS 同时可自由饮水，以防止发生高钠血症的可能。③生理需要量：此部分液体不需 ORS 补充，可用母乳、稀释奶粉或不含乳糖的配方奶等。

3. **常见的失败原因** 液体疗法是治疗小儿腹泻的关键措施，但用之不当可致医源性水电解质紊乱，甚至造成死亡。常见失败原因有。

(1)第 1 个 24h 的液疗所需达到目的不明确：第 1 个 24h 液疗极为关键。其目的是纠正休克、纠正脱水、纠正电解质紊乱(包括适当补钾)、纠正酸碱紊乱。故第 1天液疗方案要紧紧围绕上述目的来制定，不能顾此失彼。

(2)液疗方案实施不力：多为补液速度太慢，虽经第 1 天液疗仍未能达到预期目的，因此液疗开始即应建立通畅的静脉补液途径，计算出滴速，按时将计划液体补入。

（3）扩容液体选择不当：对伴有休克者须首先扩容，应用 50g/L 碳酸氢钠溶液并不能起到纠酸与扩容双重效果，反可造成细胞内脱水，继而水、钠透出血管进入细胞内引起细胞水肿甚至脑水肿。

（4）原发病治疗措施不力：小儿腹泻病因复杂，应结合发病季节、年龄、临床表现（包括大便性状）及有关实验室检查确定病因，采取相应措施。

（5）补钾不及时：此类患儿在脱水、酸中毒基本纠正后必然出现低血钾，严重者可发生低钾危象甚至死亡，故应强调及时补钾。钾是低肾阈物质，血钾浓度升高后将从肾排出，故对严重低钾者单纯补钾常无效，补时可给极化液或苯丙酸诺龙，以促进糖原或蛋白质合成，使钾转入细胞内纠正组织内缺钾。

（6）对病情缺乏细致观察，未能以变应变：液疗时应密切观察治疗反应及继续丢失量，有无低钾、低钙、低镁、心衰表现。若患儿由烦躁转为安静，呼吸平稳，心率由快渐降至正常，皮肤弹性恢复，尿量适中（过少多为补液量不足，过多则多为补液张力过低）是液疗确切的表现，否则应寻找原因，采取相应措施。

4. 需纠正的几种错误观念

（1）饮食问题：传统观点认为急性婴儿腹泻时早期或继续原有喂养可能并发糖类吸收不良，加重脱水及酸中毒、肠黏膜损伤及大分子蛋白吸收引起变态反应，因此主张治疗时使开始禁食，轻症禁食 8～12h，甚至禁食 24h 饥饿疗法，这种观点认为既然已从静脉补给水分、葡萄糖和电解质，使可以防止发生失衡情况。其实这种让胃肠"休息"的概念与措施，缺乏病理生理依据，据观察急性腹泻时，胃肠道消化吸收功能虽然受到影响，但其仍可吸收摄入糖的 80% 以上、蛋白质及脂肪的 60% 左右。多数病儿在禁食期常因饥饿而哭闹不安，禁食不但使患儿，尤其是营养不良患儿营养状况恶化，更可影响肠黏膜修复，减少小肠双糖酶及胰液的分泌，降低消化吸收功能，使腹泻迁延不愈，造成孩子体重明显下降，免疫力减弱，引起反复感染，甚至引起明显的营养不良，并与腹泻形成恶性循环。

因此现在观点认为小儿腹泻治疗方案中应首先强调继续喂养。早期进食者食欲恢复快，体力恢复早，体重增长快，可大大缩短腹泻的康复时间，对小儿有极大好处。实际经验也证明早日喂哺者呕吐、腹泻不但并未加重，反而恢复较快。

主张继续饮食治疗的理论基础为肠道内营养可刺激绒毛增殖，增加吸收功能，通过刺激肠 APUD 细胞（胃肠胰系统内分泌细胞），诱导胃肠道激素分泌，如胃泌素、胰高血糖素、肠高血糖素、胰泌素、缩胆囊素对肠黏膜的营养作用，使肠襞细胞在数日内恢复功能。所以，在腹泻期间和恢复期适宜的、合理的、科学的营养供应对促进肠黏膜损伤、胰腺功能、微绒毛上皮细胞等的恢复及双糖酶的产生，减少体重下降和生长停滞的程度，预防营养不良都是很重要的。急性腹泻患儿继续饮食

虽然大便量增加,但其体重增长率可接近正常,而进食少者则增加少或下降。

(2)滥用抗生素的危害:乱用抗生素不但造成经济浪费,更重要的是使耐药性增强,抗生素失效,造成菌群失调,危害小儿健康,使患儿抵抗力减弱,食欲减退,导致腹泻迁延不愈。

(3)滥用止泻药:在急性感染性腹泻的小儿,使用像氯苯哌酰胺、复方樟脑酊、苯乙哌啶等止泻药,不但没有必要且有一定的危险性。

(4)关于碱性液的应用:近年来主张减少应用碱性液,原因是配液中已有$NaHCO_3$,机体自身会调节而恢复。如用量过多可发生低血钾,并能引起反常性脑脊液和脑细胞的酸中毒。

其机制是:由于输入了$NaHCO_3$后血浆中HCO_3^-浓度升高,血 pH 恢复,于是减少对化学感受器的刺激,呼吸的代偿作用便减弱,结果可使 $PaCO_2$ 升高,CO_2 容易通过血脑屏障而使脑脊液 pH 又进一步降低,产生昏迷等神经症状。

六、其他治疗

1. 饮食治疗　继续饮食,不滥用禁食。由于婴幼儿腹泻多数由轮状病毒引起,易发生双糖酶缺乏,故治疗宜采用不含乳糖的饮食喂养,可采用豆浆(每 100ml 豆浆加 5～10g 葡萄糖)、去乳糖奶粉喂养,大便正常后逐渐过渡到正常饮食;有些患儿采用去乳糖饮食后,仍有腹泻者需考虑蛋白质过敏危险,改用猪肉泥、鸡肉泥或鱼肉泥。

2. 药物治疗

(1)抗生素应用:对侵袭性肠炎一般需用抗生素治疗。有条件者根据药敏结果选用。滥用抗生素可加重肠道菌群紊乱使腹泻加重。

(2)微生态制剂:肠道正常微生态环境对外来的致病菌及条件致病菌的入侵具有生物拮抗作用,对机体的免疫、营养等方面也有重要意义。因此恢复肠道正常菌群,重建肠道天然生物屏障保护作用是非常重要的。但必须注意一定是活菌的制剂才是有效的。

(3)肠黏膜保护剂:是当前治疗急慢性腹泻病疗效较好的药物。能与黏液蛋白结合保护肠道黏膜,增加黏膜的屏障作用,从而消除病原,起到止泻作用。

(罗宏英)

第三节　复发性呕吐

复发性呕吐又称为习惯性呕吐、周期性呕吐,是一种以顽固性呕吐为主要症状的疾病,多见于 5～12 岁的小儿,一般至青春期即不再发病,过去常有同样发作病史,家族中可能有同样患者。

一、病 理 生 理

呕吐发作诱因可能与上感、受凉、疲劳、精神刺激有关。也有认为由脂肪代谢障碍、醋酮血症引起或由于小儿自主神经功能失调,迷走神经张力增加,使咽部及上消化道对刺激敏感所致。有些小儿易发生此病,多与体质因素有关。

二、体液紊乱特点

呕吐损失胃液,不但易发生脱水,且易致酸碱平衡失调。因正常在胃黏膜腺体中,H_2CO_3 经碳酸酐酶作用产生 H^+ 和 HCO_3^-,H^+ 被分泌入胃中,与胃液中的 NaCl 作用,形成 HCl 即胃酸,而 Na^+ 被吸收与 HCO_3^- 结合形成 $NaHCO_3$,进入血液循环。

在小肠黏膜分泌的肠液中,含有大量 $NaHCO_3$,胃液进入小肠后,胃液中的HCl 即与肠液中的 $NaHCO_3$ 起作用,形成 NaCl 和 H_2CO_3,上述反应逆转进行,故酸碱平衡不变,称为胃肠循环。本病由于呕吐损失了大量 HCl,破坏了胃肠循环。使血液中的 $NaHCO_3$ 增加,H_2CO_3 减少,故产生代谢性碱中毒。碱中毒时血液中的离子钙易形成钙盐,使离子钙减少,故易发生手足搐搦症。

胃液中钾浓度高($10\sim35mmol/L$),为血浆钾的 $2\sim5$ 倍,大量损失胃液可引起低钾血症。因水分、氯和钾均同时大量损失,很易发生碱中毒,严重脱水可发生休克,因尿少,代谢酸不能排出又可发生酸中毒。

三、临 床 表 现

呕吐起病时,先吐食物,后吐胃液及胆汁,剧烈呕吐使胃黏膜受损,故呕吐物也可带血或为咖啡色。呕吐后常有口渴或饥饿感,但饮水或进食后又引起呕吐,形成恶性循环。频繁呕吐可致上腹部不适。患儿精神萎靡、软弱、皮肤脱水征明显、眼球下陷。由于血容量减少、周围循环不良,发生休克、四肢冰冷、面色青灰。因呕吐损失胃酸而引起碱中毒,代谢性碱中毒由呼吸代偿,故呼吸浅而慢。碱中毒时离子钙减少,故发生手足搐搦症,表现为两手腕关节屈曲,拇指内收,其余四指伸直,形成所谓"助产士手"。足部踝关节伸直,足趾下弯呈弓状,状似"芭蕾舞足"。面神经反射、腓反射、陶瑟征阳性。呕吐可持续数天。呕吐需与颅内压增高疾病及急腹症鉴别。

实验室检查显示血清钠、钾、钙、氯均可降低、血浆 HCO_3^- 升高,pH 升高,血和尿酮体增高。

四、液体治疗

复发性呕吐常引起严重的脱水和电解质紊乱,而电解质紊乱如低钾、低钠又可加重呕吐,成为恶性循环,因口服液体常引起呕吐,达不到补液目的。故静脉输液为重要治疗措施,当补充液体和电解质后,机体内环境的恢复阻断了恶性循环,呕吐即可停止。

(1)一次输液法:适用于轻至中度脱水患儿,在门诊进行一次输液,仅补充其累积损失量,生理需要量由其饮水和进食补充,用呕吐补充液。用量分三个年龄组:6个月以下 125～250ml,6 个月至 3 岁为 250～500ml,3 岁以上 500～1 000 ml。液体配法见表 5-4。输液速度为 10～15ml/(kg·h),输完后如呕吐未止,脱水尚未纠正,可继续输同样液体。

表 5-4 呕吐脱水输液配法

年　　龄 ＼ 液体成分	10％葡萄糖(ml)	10％氯化钠(ml)	5％氯化钾(ml)
<6 个月	125～250	8～15	3～7
6 个月～3 岁	250～500	15～30	7～15
>3 岁	500～1 000	30～60	15～30

(2)分期输液法:首先确定脱水程度和性质,然后分四步输液。补充血容量用生理盐水代替平衡盐溶液。补充细胞外液用呕吐补充液,因其含有氯化钾,有利于补充钾盐和纠正碱中毒。补充生理需要用维持液。补充继续损失量用呕吐补充液。应用以上治疗,常在补充累积损失量后呕吐即停止。随着脱水的纠正,碱中毒也可纠正。碱中毒时常伴有缺钙,故在输维持液时加入 10％葡萄糖酸钙 10m1 滴注,使手足搐搦症能迅速治疗。

五、其 他 治 疗

剧烈呕吐应暂禁食,可饮淡盐水,不宜饮糖水或白开水,以免加重呕吐。抗胆碱能药有良好的止吐作用,可用阿托品(0.01mg/kg)或消旋山莨菪碱(0.3～0.5mg/kg)加于输液中滴注,口服可用复方颠茄片,维生素 B_1、B_6 有辅助治疗作用,由上呼吸道感染诱发者应同时用抗生素治疗。

第四节　中毒性痢疾

细菌性痢疾是小儿常见的肠道传染病,由痢疾杆菌引起,因饮用污染的水和食物而传播。本病多发生于夏秋季,在气候炎热、人口密集、环境和饮食卫生不良地区可发生流行,以发热、腹痛、腹泻脓血便为特点,有些患儿在未发生腹泻前即出现高热、昏迷、惊厥、休克症状,称为中毒性痢疾。

一、病 理 生 理

痢疾杆菌属志贺菌属、革兰染色阴性。根据其生化反应和抗原组成分为四组:即志贺、福氏、波氏、宋内痢疾杆菌,每型又可分为不同的血清型,相互间无交叉免疫力,故容易发生再感染。各型疾病引起的症状严重性不同,志贺菌引起者最重,宋内菌最轻。

痢疾杆菌自口进入,部分可被胃酸破坏,残存的少量细菌到达小肠即可致病。实验发现少至 10~100 个细菌即可使志愿者 10%~40% 发病。细菌可产生内毒素,使人体产生强烈反应。对中枢神经系统可致脑水肿和颅内压增高,神经细胞变性,发生昏迷和惊厥。对心血管系统可使周围血管痉挛,造成微循环障碍,心肌损害,发生休克,临床表现为中毒型痢疾。毒素可刺激腺苷环化酶使小肠细胞内 cAMP 浓度增高,引起小肠分泌增加。细菌侵入肠黏膜使黏膜充血、水肿、炎症渗出。坏死组织形成灰色假膜,假膜脱落可见溃疡,黏膜下血管破坏,故有黏液脓血便,肠病变使其运动失调,产生肠痉挛和腹痛。黏液脓血可刺激直肠括约肌,产生里急后重感。

二、体液紊乱的特点

由于腹泻可使小肠液大量损失,故可发生脱水。早期脱水轻,多为等张性或高张性。如病情严重或已持续数天,患者不能进食,可发生严重脱水,其脱水可为等张或低张性。由于饥饿使体内脂肪分解,产生大量酮体,加上尿少致使酸性代谢物不能排泄,可并发代谢性酸中毒。

三、临 床 表 现

本病潜伏期为数小时至 7d,起病有发热、腹痛和腹泻。腹泻轻者每日数次,重者 10~20 次,有黏液脓血,腹泻前先有腹痛,排便时有里急后重感,便意频繁而无粪质排出,精神疲乏、食欲减退,高热者可发生惊厥,病程超过 2 个月称为慢性痢疾。

中毒性痢疾多发生于 3~5 岁小儿,起病急,可分两型,分别为脑类型和循环衰竭型。脑炎型临床表现有高热、嗜睡、谵妄直至昏迷、反复发生惊厥,颈强直、有脑膜刺激征,瞳孔散大,两侧不对称,对光反射消失,心率快,呼吸快而不齐,继而出现呼吸暂停、双吸气。最后由呼吸衰竭而致死亡。

循环衰竭型中毒性痢疾以休克为主要表现，体温不升，四肢冰凉、皮肤发绀或呈斑驳状，面色青灰、血压低、继而发生休克和昏迷，心率慢而弱，终至心跳停止而死亡。由于中毒症状常发生于腹泻之前，容易发生误诊，故在流行季节对发热、精神改变、中毒症状明显者，可用肛管取粪便检查。

实验室检查显示周围血白细胞增多，常在 $(10\sim30)\times10^9/L$，中性粒细胞比例增高，严重者出现核左移及中毒颗粒。粪便外观有大量黏液及脓液，且带鲜血，显微镜检查可见大量脓细胞及红细胞，并有巨噬细胞，培养可得痢疾杆菌。脱水严重者可做血清电解质测定及血气分析。

四、液体治疗

疾病早期因发热、进食减少，加上腹泻黏液、脓血便，故可发生轻至中度脱水，多为高张性，可用维持液补充血容量及细胞外液。用量可根据脱水程度给予。如腹泻频繁或已持续数日，加上病情重不能进食，可致中度或重度脱水，多为等张性甚至低张性，可按脱水性质和程度分批分期补液。

脑炎型中毒性痢疾发病急，尚未发生腹泻前已进入昏迷状态。患者高热、呼吸加快，肺部和皮肤蒸发的水分较多，可发生轻度脱水、常为高张性，可供给维持液，先供给累积损失量 $30\sim50ml/kg$，按中速输入，然后供给生理需要量按 100ml/418.kJ 供给。发热者体温升高 $1℃$ 输液可增加 12%，应按慢速度输液，以免发生液体过量而加重脑水肿。在液体中可加入氯霉素或氨苄青霉素，并加地塞米松 $0.3\sim0.5mg/kg$，有退热、解毒、降低颅内压作用。如高热、惊厥者可用氯丙嗪或异丙嗪 $0.5\sim1mg/kg$，肌注或静注，有退热、解痉、减低氧耗量作用。如前囟隆起、视神经乳头水肿，有颅内压增高者给 20% 甘露醇 $1g/kg$，快速滴注，有利尿和降低颅内压的作用。同时查血电解质，如为低钠血症引起的脑水肿，可根据血钠值计算所需钠量后用 3% 氯化钠及 5% 碳酸氢钠补充。如系由低血钙引起的惊厥，可给 10% 氯化钙或葡萄糖酸钙 $10ml$ 加于输液中滴注。如呼吸不规则，两侧瞳孔不对称、颈项强直示有脑疝，应加强脱水治疗。

循环衰竭型中毒性痢疾表现为周围循环衰竭和休克，体内水和电解质分布不均，血液大量停留于静脉血管床内，使有效血循环量减少。治疗可按重度脱水分批补液，用平衡盐溶液，先快速补充血容量，后用中速补充细胞外液，并做血电解质及血浆 $[HCO_3^-]$ 测定，如有酸中毒即应补碱，可用 5% 碳酸氢钠 $5ml/kg$ 滴注，如出现心跳有力、血压上升、循环改善则说明治疗见效。如实际 $[HCO_3^-]$ 仍低，4h 后可重复应用。为了兴奋微循环、扩张血管、解除心脏的抑制，可用副交感神经阻滞药东莨菪碱或阿托品，654-2 用量为 $0.3\sim0.5mg/kg$、阿托品用量为 $0.03\sim0.05mg/kg$，用葡萄糖液 $2ml$ 稀释后静脉注射，$10\sim15min$ 一次，直至瞳孔扩大、面色转红、手足温暖,循环改善。为了提高机体应激能力、改善心肌传导、抵抗休克,可给地塞米松 0.3～0.5mg/kg 加于输液中滴注。如有呼吸衰竭可用呼吸兴奋药,如尼可刹米 10 mg/kg,洛贝林 3～6mg,哌醋甲酯 20mg。对血容量已补足而血压未恢复者,要注意继续纠正酸中毒,也可给异丙肾上腺素或多巴胺等血管活性药物。

五、其 他 治 疗

注意消化道隔离护理,病人排泄物应做消毒处理,口渴者可多饮水或果汁,食物以清淡及半流质为宜,忌食多渣、油腻及刺激性食物,有高热者可温水擦浴或服阿司匹林。抗菌药可选用复方新诺明 50mg/(kg·d)、呋喃唑酮 10mg/(kg·d)、红霉素 30mg/(kg·d)、氧氟沙星 10mg/(kg·d)、羟氨苄青霉素 30mg/(kg·d)、氯霉素 30mg/(kg·d),严重病例可用氯霉素或氨苄青霉素 0.1/(kg·d)加于输液中滴注。

(罗宏英)

参 考 文 献

1 罗佩珍.急性腹泻治疗.见:王继山,陈俭红.实用小儿胃肠病学.北京:北京医科大学,中国协和医科大学联合出版社,1997;398－404
2 吴 奎.体液与外界的交流.见:池肇春,周长宏,杨南.胃肠病水电解质和酸碱失衡的诊断与治疗.北京:军事医学科学出版社,2005;24
3 王凤文.液体疗法.第三版.北京:人民卫生出版社,1998;355－373
4 何 梅.203 例乳糖酶缺乏和乳糖不耐受.国外医学卫生学分册,1999,26(6):339－242
5 Carroccio A,ontalto G,Cavera G,et al intolerance and self-reported mild intolerance. relationship with lactose maldigestion and nutrient intake. J Am Coll Nutr,1998,17:631－636

第五节 营 养 不 良

营养不良是因缺乏热量和(或)蛋白质所致的一种营养缺乏病症。主要见于 3 岁以下婴幼儿,是发病率及死亡率均很高的儿科疾病之一。其临床特征为体重下降、渐进性消瘦或水肿、皮下脂肪减少或消失,常伴有各器官不同程度的功能紊乱。急性者常伴有水肿、电解质紊乱,慢性者常有多种营养素缺乏。在发达国家营养不良的患儿通常可以通过治疗原发病、提供适当膳食,对家长进行教育和仔细的随访而治愈;但在许多第三世界国家,营养不良则是儿童死亡的主要原因。由于营养不良常与生活习惯、环境和急、慢性感染之间存在复杂的交互影响,以致给治疗带来一定的难度。

一、病 理 生 理

(一)新陈代谢异常

1. 蛋白质　由于蛋白质摄入不足,使体内蛋白质代谢处于负平衡。当血清总蛋白浓度<40g/L、白蛋白<20g/L 时,便可发生低蛋白性水肿。

2. 脂肪　机体动员脂肪以维持必要的能量消耗,故血清胆固醇浓度降低;由于脂肪代谢主要在肝内进行,故造成肝脏脂肪浸润及变性。

3. 糖类　由于食物不足和消耗增多,故血糖偏低,轻度时症状并不明显,重者可引起昏迷甚至猝死。

4. 水、盐代谢　由于消耗大量脂肪,故细胞外液容量增加,低蛋白血症可进一步加剧而呈现水肿;PEM 时 ATP 合成减少可影响细胞膜上钠泵的转运,使钠在细胞内潴留。故 PEM 患儿细胞外液一般为低渗状态,易出现低渗性脱水、酸中毒、低血钾、低血钙和低血镁。约有 3/4 患儿伴有缺锌。

5. 体温调节　体温偏低,可能与下列因素有关:①热能摄入不足;②皮下脂肪较薄,散热快;③血糖降低;④氧耗量、脉率和周围血循环量减少等有关。

(二)各系统功能低下

1. 消化系统　由于消化液和酶的分泌减少,血压偏低,脉细弱。

2. 循环系统　心脏收缩力减弱,心搏出量减少,血压偏低,脉细弱。

3. 泌尿系统　肾小管重吸收功能减弱,尿量增多而比重下降。

4. 神经系统　精神抑制、表情淡漠、反应迟钝、记忆力减退、条件反射不易建立。

5. 免疫功能　非特异性(如皮肤黏膜屏障功能、白细胞吞噬功能、补体功能)和特异性免疫功能均明显降低。患儿 OT,PHA 等皮肤试验阴性;IgG 缺陷和 T 细胞亚群改变等常见。由于免疫功能全面下降,故极易并发各种感染。

二、体液代谢的特点

1. 总水量相对增多。由于摄入热量不足,机体便会消耗自身的脂肪和蛋白质,以供最低热量的需要,但在脂肪代谢中分解代谢时产生热量及水分较多,故营养不良越重,全身总水量相对越多。

2. 细胞外液呈低渗状态。营养不良的小儿一般食欲减退,钠摄入量减少,腹泻时丢失过多,因此临床上多为低渗性脱水。

3. 低钾血症。重度营养不良的小儿细胞呈分解代谢状态,细胞内钾转移至细胞外液,因此血浆的钾离子浓度可正常或偏高,而细胞内缺钾,当补液治疗时,恢复有效血容量和细胞膜钠泵功能后,如不及时补钾,即会出现严重的低钾血症、低钙血症、低镁血症。

4. 代谢性酸中毒。营养不良的小儿由于热量摄入不足,即分解脂肪及蛋白质以供给必需的能量维持生理的需要,但由于能量不足,脂肪及蛋白质的代谢产物不能进一步代谢,大量酮体在体内堆积,易产生酮中毒,特别是在有效循环量减少,肾功能受损的情况下更易发生。

5. 皮下脂肪少,皮肤弹性差,脱水的程度往往估计过高。

6. 心功能较差,如补液过快,易出现心力衰竭。

三、临床表现

体重不增加是最先出现的症状,继之体重下降,皮下脂肪逐渐减少或消失,首先表现在腹部,其次为躯干、臀部、四肢、最后是面颊。病程长者,身高也低于正常。根据营养不良的轻重,临床可将其分为轻、中、重度营养不良。

轻度:体重较同龄儿减轻 15%～25%;腹部皮下脂肪厚度 0.4～0.8cm,身高不受影响;精神状态正常。

中度:体重较同龄儿减轻 25%～40%;腹部皮下脂肪厚度<0.4cm;身高较正常儿降低;烦躁不安,肌张力明显减低,肌肉松弛。

重度:体重较同龄儿减轻 40%以上,皮下脂肪消失,额头出现皱纹,呈老人状;身高明显低于正常儿;精神萎靡,烦躁与抑制交替,对外界反应差,肌张力低下,肌肉萎缩,皮肤干燥,无弹性。

临床也有将其分为消瘦型、水肿型、混合型。

消瘦型:多由于热量供应不足所致。小儿矮小、消瘦,皮下脂肪消失,皮肤失去弹性,头发干燥易脱落,体弱乏力,萎靡不振。

水肿型:多由于蛋白质严重缺乏引起。周身水肿,眼睑和身体低垂部位水肿,皮肤干燥萎缩、角化脱屑,指甲脆弱有横沟,无食欲,肝大、常发生腹泻。

混合型:即有消瘦型也有水肿型临床表现。

四、诊　　断

应详细了解小儿的膳食情况;了解有无影响消化、吸收及慢性消耗性疾病存在;了解家庭的一般情况;根据小儿体重、皮下脂肪减少或消失的程度、全身各系统功能紊乱及其他营养缺乏的症状和体征,对营养不良的诊断一般不困难。

体格测量是评估营养不良最可靠的指标,目前国际上对营养不良的测量指标有较大的变化,主要包括三部分。

1. 体重低下　儿童的年龄别体重与同年龄、同性别参照人群标准相比,低于中位数减 2 个标准差,但高于或等于中位数减 3 个标准差,为中度体重低下;如低于参照人群的中位数减3个标准差则为重度体重低下。此标准反应儿童过去和（或）现有慢性和（或）急性营养不良，但不能区别是急性还是慢性营养不良。

2. 生长迟缓 儿童的年龄、性别、身高与同年龄、同性别参照人群比，低于中位数减2个标准差，但高于或等于中位数减3个标准化差，为中度生长迟缓；如低于参照人群的中位数减3个标准差为重度生长迟缓。此标准反应过去或长期营养不良。

3. 消瘦 儿童的身高和体重与同年龄、同性别参照人群标准相比，低于中位数减2个标准差，但高于或等于中位数减3个标准化差，为中度消瘦；如低于参照人群的中位数减3个标准差为重度消瘦。此标准反应近期急性营养不良。

五、实验室检查

可测血红蛋白，血糖、血清胆固醇、血钾、血镁、血清白蛋白、前白蛋白、甲状腺素结合前白蛋白、转铁蛋白、血浆类胰岛素生长因子Ⅰ，现认为类胰岛素生长因子Ⅰ在早期营养不良体重及身高尚未改变之前就已下降，且不受肝功能的影响，被认为可作为蛋白质营养不良早期诊断的灵敏可靠指标。牛磺酸下降也可作为早期诊断指标。

六、液体治疗

营养不良的患儿进行补液治疗时尤其应注意：消瘦儿的脱水程度往往容易估计过高，故补液总量应比一般减少1/3，特别是重症营养不良的患儿要注意以免加重心脏负担引起衰竭；所丢失的液量不求一日内补足，宜2～3d补完；由于小儿多为低渗性脱水，故补入液体的钠盐含量相对偏高，以4:3:2液(2/3张含钠液)；有尿及时补钾以及及时纠正其他电解质紊乱。

轻度：应注意调整饮食。在基本维持原膳食的基础上，及早添加含蛋白质和高热量的食物，一般从易消化、小量逐渐增加，避免突然加大剂量引起进一步消化功能的紊乱。治疗开始时以供给418～502kJ/kg的热量，以后逐渐递增，增加量的多少以食欲和有无呕吐、腹泻、腹胀和腹痛等症状来决定，当供给量达到每日585kJ/kg时，体重常可获得满意增长，当体重与同龄儿接近时可恢复至小儿正常饮食。

中、重度：中、重度营养不良的小儿不仅消化功能及食物的耐受力均差，且食欲低下并伴有腹泻及代谢的失常。因此热量及营养品物质的供给由低到高，逐渐增加，如蛋白质类食物给予过早、过快可致明显腹胀和肝大。开始供给的热量每日167～250kJ/kg，以满足其基础代谢需要，若消化吸收良好，可逐渐增加至每日502～628kJ/kg。母乳喂养者，感到饥饿即可进食；牛奶喂养者，先用稀释奶少量多次喂养，如无不适反应，可逐渐增加奶的浓度及量，当消化功能恢复后可用高热量、高蛋白质饮食喂养,同时注意维生素及矿物质的补充。

(一)纠正脱水

1. 补充累积损失量 一般根据脱水的程度计算累积损失量,将所计算的液量减少 1/3,在 24h 内均匀补充并密切注意小儿的病情变化,如发现心率加快、肺部出现啰音,眼睑或四肢末端出现水肿,即表示循环负担过重,应立即减慢输液速度或停止。并按心力衰竭处理。

2. 溶液张力 营养不良小儿腹泻时多为低渗性脱水,故补液的张力一般为 2/3 张为宜。

3. 输液的速度 总液体量在 24h 内以均匀速度输完,如脱水伴有休克者,可以 20ml/kg 2∶1 液体在 60min 内输完,余量则以 8～10 滴/min 速度滴注。

(二)纠正酸中毒

由于机体的调节作用,轻度酸中毒经病因治疗后,无需碱剂治疗即可自行恢复;严重的酸中毒需紧急处理,使血液 pH 迅速恢复到 7.20～7.25。所计算的需碱剂量,一般先补半量,4h 后复查血气后再决定是否继续补碱。不宜用乳酸钠,宜用 5% 碳酸氢钠稀释成等渗后静脉快滴。具体补碱剂量的计算见第 2 章。

(三)纠正电解质紊乱

及早补钾,特别是尿量增多时,佝偻病患儿应补钙,补钙抽搐不止,应考虑缺镁,可用 25% 硫酸镁每次 0.2～0.3ml/kg,深部肌内注射,必要时 4～6h 后重复使用。

(四)维持输液

一般按生理需要量补充,约 60ml/kg,另可补充胶体溶液如血浆、全血及白蛋白等。

(五)全胃肠道外营养(TPN)

对于重度营养不良的小儿可采用 TPN;但对于伴有明显出血倾向,严重水、电解质紊乱,休克等症状者不宜采用 TPN;对于糖代谢紊乱,严重肝功能障碍者则要慎重应用 TPN。

1. 营养素及其需要量

人体所需的营养包括水、糖类、脂肪、氨基酸、维生素、微量元素和电解质。

(1)糖类:葡萄糖为最价廉物美的糖类来源。婴幼儿糖代谢能力较强,但应用时也应有所控制。葡萄糖:8～16g/(kg·d),输注速度 5～6mg/(kg·min),逐渐增加速度,1 周后可耐受 11～12mg/(kg·min)。

(2)脂肪乳剂:有 100% 长链三酰甘油和中、长链三酰甘油各 50% 的两种类型。脂肪乳剂除供给人体必需的脂肪酸外,还可提供热量,其供给热量有节氮作用。肝功能正常的年长儿适用任何一种脂肪乳剂,肝功能不全、肉毒碱缺乏或需要长期

TPN 的早产儿及婴幼儿以中长链三酰甘油的脂肪乳剂较为合适。脂肪以 $0.5 \sim 1.0g/(kg \cdot d)$ 开始,按 $0.25 \sim 0.5g/(kg \cdot d)$,的速度每日递增,最大量不超过 $3.0g/(kg \cdot d)$。输注速度:$1.5 \sim 2.5mg/(kg \cdot min)$。

(3)氨基酸:提供外源性氨基酸的目的是促进机体修复及保证生长发育的需要,因此必须提高生物利用度。氨基酸溶液根据一定的模式配成,有平衡氨基酸、不平衡氨基酸。平衡氨基酸适用于大多数营养不良的患儿,也能满足小儿生长发育的需要;不平衡氨基酸具有治疗疾病或纠正代谢异常的作用。如必需氨基酸配方溶液适用于肾衰竭患儿,高支链氨基酸低芳香族氨基酸溶液则适用于肝功能衰竭或肝脏酶系发育未成熟的患儿。氨基酸剂量:以 $0.5g/(kg \cdot d)$ 开始,按 $0.5g/(kg \cdot d)$ 的速度逐渐递增至所需剂量,最大量不超过 $2 \sim 3g/(kg \cdot d)$。输注速度:$1.7 \sim 2.2mg/(kg \cdot min)$。

(4)维生素和微量元素、矿物质:①水溶性维生素:体重 $<10kg$ 的患儿,可用水乐维他 1/10 支$/(kg \cdot d)$,10kg 以上的儿童为 1 支/d;②脂溶性维生素:剂量为 $1ml/(kg \cdot d)$,但应 $<10ml/d$;③微量元素有小儿专用的派达益儿,剂量为 $4ml/(kg \cdot d)$,体重 $>15kg$ 者剂量同成人。但要注意由于渗透压高应少用。

2. 输注途径

(1)经中心静脉穿刺置管:需地周以上的 TPN 者,具备良好的护理条件和技术。

(2)经周围静脉:部分肠外营养或 2 周以内的 TPN 者或护理条件和经验不足时,采用此方法。

3. 输注方式

(1)全营养混合液方式:将每天所需的营养素在无菌条件下混合至由玻璃瓶或聚合材料制成的输液袋内。其优点增加是节氮效果,简化输液过程,节约护理时间,减少污染环节,降低代谢性并发症的发生率。

(2)单瓶输注:此法一般不主张采用。因各种营养素各自输入,易造成部分蛋白质的浪费,使所供用蛋白质得不到最佳利用。

4. 输注时间　一般最好维持在 $12 \sim 24h$,用输液泵控制。

5. 临床及实验室检测　定期测量身高、体重、皮下脂肪厚度,导管护理,定期检测血常规、尿常规、肝肾功能、电解质、血糖、血脂;一般每周 2 次,待稳定后每周一次。出、凝血功能,血小板,细胞免疫功能,氮平衡。

(罗宏英)

参 考 文 献

1　胡浩夫,宋亚君.小儿液体疗法及水、电解质、酸碱平衡.见:胡浩夫.现代儿科治疗学.北京:

人民军医出版社,1999:67—85

2　池肇春．胃肠外营养液．见:池肇春,周长宏,杨南．胃肠病水电解质和酸碱失衡的诊断与治疗．北京:军事医学科学出版社,2005:354—369

3　诸富棠．实用儿科学．第五版．北京:人民卫生出版社

4　范娟薰．生长发育迟缓．见:王继山,陈俭红.实用小儿胃肠病学.北京:北京医科大学,中国协和医科大学联合出版社,1997:196—201

第六节　肝硬化腹水

肝硬化腹水是一种慢性肝病。由大块型、结节型、弥漫型的肝细胞性变,坏死、再生;再生、坏死,促使组织纤维增生和瘢痕的收缩,致使肝质变硬,形成肝硬化。肝硬化肝功能减退引起门静脉高压,导致脾大,对蛋白质和维生素的不吸收而渗漏出的蛋白液,形成了腹水症。这是慢性肝病发展至晚期的主要证候,是各种致病因素长期或反复损害肝脏,肝功能失代偿的结果。

一、病理生理

肝硬化发展到一定程度时,体内白蛋白过低,周围血管扩张,有效血容量相对不足,加之内分泌失调,交感神经功能障碍,导致水钠潴留,形成腹水。肝硬化腹水的形成标志着体内环境的恶化。

在正常情况下,腹腔内约有 50ml 的液体,对肠蠕动起润滑作用。若腹腔液体量超过 200ml 时称为腹水,它是肝硬化患者最突出的表现之一。腹水形成的原因包括:①低蛋白血症;②门静脉压力增高;③肝淋巴液漏出增加;④醛固酮及抗利尿激素增加;⑤肾脏的作用;⑥第 3 因子活力降低等。

前 3 种因素在腹水形成的早期起主导作用,称为腹水形成的促发因素;而后 3 种因素则为腹水的持续存在起重要作用,可称为维持因素。由于这两大类因素的共同作用,致使腹水形成并持续存在。

二、体液代谢的特点

腹水形成的机制为钠、水的过量潴留,与下列腹腔局部因素和全身因素有关:

1. 血浆白蛋白降低　血浆白蛋白由肝细胞合成,肝硬化时肝细胞功能障碍,使白蛋白的合成显著减少,从而使血浆胶体渗透压降低。在门脉高压因素的参与下,部分血浆从门脉血管内渗至腹腔内而形成腹水。一般认为血浆白蛋白<30g/L 为一临界数值,白蛋白<30g/L 时常发生腹水。另有人提出下列公式:胶体渗透压(Pa)=546.2×血浆白蛋白(g/L)+114。正常值为 3 795.2Pa,如低于 2 356.6Pa,则常表明有腹水形成。

2. 肝门脉压力增高 现已明确,肝硬化时肝内纤维组织增生,引起肝内血管阻塞,导致肝门脉压力增高,肝门静脉压力超过 $300mmH_2O$ 时,腹腔内脏血管床静水压增高,组织液回吸收减少而漏入腹腔。再加上血浆胶体渗透压降低这一因素,使肝门脉系统内的流体更易渗入腹腔内。

3. 淋巴漏出增加 肝硬化时的再生结节可引起窦后性肝静脉阻塞,导致肝淋巴排泄障碍而使压力增高,肝静脉回流受阻时,血将自肝窦壁渗透至窦旁间隙,致胆淋巴液生成增多(每日 $7\sim11L$,正常为 $1\sim3L$),超过胸导管引流的能力,淋巴液自肝包膜和肝淋巴管渗漏至腹腔。致使淋巴漏出增加,某些淋巴液无疑会进入腹腔而引起腹水。于手术中可见淋巴液从肝门淋巴丛以及肝包膜下淋巴管漏出,并发现胸导管明显增粗,有时可增粗至相当于锁骨下静脉口径。另外,有人发现淋巴管的外引流可使肝脏缩小、腹水减少、脾内压力降低及曲张静脉出血停止。因此,有人指出腹水的形成与淋巴液产生过度及引流不足有关。

4. 醛固酮等增多 醛固酮(可能还有抗利尿激素)在正常情况下在肝内灭活,肝功能不全可引起对醛固酮及抗利尿激素的灭活不足,造成继发性醛固酮及抗利尿激素增多。这两种激素均能引起远端肾小管重吸收水、钠增加,从而引起水、钠进一步的潴留,形成腹水。

5. 肾脏的作用 腹水一旦形成,由于有效循环血容量的减少,使肾灌注量减少,从而使肾血流量减少,肾小球滤过率降低。后者又可引起抗利尿激素增加,这些因素均能增加水、钠在远端肾小管的重吸收而加重腹水的程度。

6. 第3因子活力降低 近年来发现有效循环血容量减少的另一作用是引起第3因子的活力降低。第3因子是一种假设的排钠性体液因子,这一因子可根据血容量的改变而改变,从而控制近端肾小管对钠的重吸收。在肝功能不全而有腹水形成以致有效血容量减少时,这一因子的活力即减低,从而使钠的重吸收增加。

上述六种因素中前3种因素在腹水形成的早期起主导作用,故可称为腹水形成的促发因素;而后3种因素则在腹水形成后,对腹水的持续存在起重要作用,故可称为维持因素。维持因素的共同作用机制都是水钠的潴留,只是作用的部位有所不同。由于这两大类因素的共同作用,致使腹水形成并持续存在。上述多种因素,在腹水形成和持续阶段所起的作用各有所侧重,其中肝功能不全和肝门静脉高压贯穿整个过程。腹水出现前常有腹胀,大量水使腹部膨隆、腹壁绷紧发高亮,状如蛙腹,患者行走困难,有时膈显著抬高,出现呼吸困难和脐疝。部分患者伴有胸水,多见于右侧,系腹水通过膈淋巴管或经瓣性开口进入胸腔所致。

三、临 床 表 现

腹水是肝硬化最突出的临床表现,肝硬化失代偿期患者 75% 以上有腹水。腹水感染是重型肝炎和肝硬化病人常见并且严重的并发症。早期发现、早期治疗尚能控制,晚期则易引起肝病恶化、中毒性休克、肝肾综合征等,常为死亡的原因之一。腹水感染时常有发热(但不一定都有发热),弥漫性腹痛(早期常只有脐围深压有痛感),腹胀,尿量减少,腹水短时内增多,使用利尿药效果不明显等表现。

四、液体治疗

控制水、钠的摄入,水分控制在1 500ml左右,控制静脉输液量,记录24h尿量及进出液体总量,以保持出、入液体平衡。控制钠的摄入量比控制水更重要,因为水的潴留取决于钠的滞留。若未能严格控制钠摄入量,常可引起顽固性腹水。控制钠除消极地控制每日食盐(氯化钠)的摄入量,还要主动向病人推荐含钠量低的食物。开始要控制在以每日不超过2g为宜,以后按情况加以调整。大约10%患者经过单纯的水、钠限制,不用任何利尿药,即可使尿量增加,腹水减退。

五、其他治疗

1. 药物治疗 通过休息、限盐等措施疗效不明显者,应考虑使用利尿药,促使水钠排出,减少腹水。常用的有保钾利尿药如螺内酯、氨苯蝶啶。因为腹水的发生与血浆中醛固酮水平有关,而螺内酯能够竞争性抑制醛固酮对水钠的潴留作用,增加肾脏对钠的排出而起利尿作用,所以常把螺内酯作为首选药物治疗腹水。排钾利尿药有呋塞米、丁脲胺、利尿酸等,可抑制肾脏对钠、氯的吸收,同时排出钾,利尿作用强大,服用30min即产生作用。噻嗪类利尿药如双氢噻嗪,为中等强度利尿药,同时促进钾排出。利尿药的应用要先小量再逐步加量,先单一用药再联合用药。

2. 排放腹水疗法 通过腹腔穿刺,将腹水放出。为防止并发症发生,以往多采用小量放液,而近年研究表明,大量放腹水加静脉输注适当剂量白蛋白,对治疗顽固性腹水疗效显著。

3. 自体腹水浓缩静脉回输疗法 采用特殊装置,将腹水抽出后,经处理及浓缩,然后输给患者。优点是克服了单纯放腹水导致蛋白丢失的情况。缺点是多次腹穿,增加了感染机会,易出现细菌性腹膜炎。

4. 腹腔-颈静脉转流术 采用特制装置,利用腹腔压力与中心静脉压的压差,使腹水沿管道流入颈静脉,临床上用于治疗顽固性腹水。

5. 胸导管分流术 肝淋巴液增多是腹水产生的原因之一,利用外科手术将胸导管与颈内静脉吻合,加速了淋巴液的排泄,促进腹水消退。

6. 经颈静脉肝内体静脉分流术(TIPSS) 本方法是利用介入放射技术在肝内建立分流通道来降低肝门静脉压力,对于既有食管胃底静脉曲张又有顽固性腹水

的患者是一种较为有效的方法。

7. 中医中药治疗　中医中药对治疗肝硬化腹水有许多宝贵的经验。对于顽固性腹水可选用泻下逐水药,从大便中排出多量的水分,往往可取得良好的效果。但对于有慢性胃肠疾患、呕血及便血病史、肝性脑病患者则不宜应用。

（罗宏英）

第**6**章 呼吸系统疾病

第一节 婴幼儿肺炎

肺炎是一种小儿常见病,尤其多见于婴幼儿,是目前婴幼儿主要死亡原因之一,据统计因肺炎而死亡的 5 岁以下小儿占全球 5 岁以下小儿死亡人数的 1/3～1/4。婴幼儿肺炎多由细菌(如肺炎双球菌、金黄色葡萄球菌、大肠埃希菌)、病毒(如呼吸道合胞病毒、流感病毒、腺病毒)、支原体等病原微生物引起。与一般肺炎不同,婴幼儿肺炎值得我们警惕的有三大特点,分别是病情不典型(易与感冒混淆)、合并症多(如呼吸衰竭、心力衰竭)、病死率高。

一、病 理 生 理

病原体入侵肺,引起肺泡腔内充满炎性渗出物,肺泡壁充血水肿而增厚,支气管黏膜水肿,管腔狭窄,从而影响换气和通气,导致低氧血症及二氧化碳潴留,为增加通气及呼吸深度,常出现代偿性的呼吸与心率增快、鼻翼扇动和三凹征,重症可产生呼吸衰竭。由于病原体的作用,重症常伴有毒血症,引起不同程度的感染中毒症状。缺氧、二氧化碳潴留及毒血症可导致循环系统、消化系统、神经系统的一系列症状以及代谢性和呼吸性酸中毒、电解质紊乱。

二、体液紊乱特点

重症肺炎时患儿多存在水入量不足,同时由于发热及呼吸增快等因素,使不显性失水增加,体液量减少,以高张性失水较多见。可伴有代谢性酸中毒、呼吸性酸中毒、呼吸性碱中毒,但以混合性酸中毒最为多见。急性期患儿易发生钠水潴留,血钾多不降低,如伴有营养不良,病程较长,呕吐或腹泻,应用肾上腺皮质激素及利尿药情况下,血钾可降低。

三、临 床 表 现

1. 发热　不同年龄、不同病原体所致肺炎多有发热,但程度可从 38℃左右的

低热到39℃甚至40℃的高热。

2. **咳嗽** 较为频繁，早期常为刺激性干咳，以后程度可略为减轻，进入恢复期后常伴有痰液。

3. **气促** 多出现在发热、咳嗽之后。患儿常常有精神不振、食欲减退、烦躁不安、轻度腹泻或呕吐等全身症状。

4. **呼吸困难** 患儿常出现口周、鼻唇沟发紫表现，而且呼吸加快，每分钟可达60～80次，可有憋气等表现。

四、液体治疗

1. **补液原则** 一般轻型肺炎，无脱水、酸中毒及电解质紊乱者不需额外补液，供给每日所需液量、能量即可，除喂奶外，少量多次喂葡萄糖水。

重型肺炎情况复杂表现为：①进食少，高热，伴吐泻，常有能量不足；②血钠及血氯浓度轻度降低，细胞外液偏多；③缺氧，代谢障碍，酸性代谢产物（乳酸、酮体等）生成增加；④肾滤过减少，进水少，故尿少，酸性代谢产物不能充分排出，易致代谢性酸中毒；⑤呼吸困难，气体交换障碍，CO_2潴留，碳酸（H_2CO_3）增加，导致呼吸性酸中毒。早期如有呼吸加快者，也可有呼吸性碱中毒发生，但很少见，常随病情加重而转为呼吸性酸中毒。故重症肺炎常见的是代谢性酸中毒和呼吸性酸中毒同时存在的混合性酸中毒。重症肺炎时应及时查血[Na^+]、[Cl^-]、[K^+]、CO_2CP及血气等，以便随时调整。

重症肺炎原则上尽量不用静脉补液，如须从静脉补液时要严格掌握液量、液体成分及输液速度。

(1)液量：因细胞外液偏多，故液量应适当减少，按能量计算，每供100kcal(418kJ)需水120～150ml，补给基础代谢所需能量时，婴幼儿约需55kcal(230kJ)，7岁时需44kcal(184kJ)，12～13岁时需25～30kcal(105～126kJ)。体温升高1℃，水增加12%，过度通气则增加15%。

(2)液体成分：原则用1/4张液，1份电解质液，3份葡萄糖液，不必补钾，如饥饿、呕吐时可加钾，静脉可用0.15%氯化钾浓度。血钾低于3.5mmol/L，心电图有低血钾表现者，氯化钾按100～150mg/kg补给，氯化钾浓度不许超过0.3%，于4～6h内缓慢滴入。

(3)输液速度：婴幼儿按3～4ml/(kg·h)滴入，过快易引起肺水肿，要掌握时间，保持有适当时间休息。

2. **补液方法**

(1)因体温升高，呼吸加快，黏液腺分泌不足，可引起支气管黏膜干燥及分泌物黏稠，引起呼吸道不同程度的阻塞，引起肺不张或肺气肿，这种错误一般只给葡萄糖液即可。

(2)病程 2d 以上,虽无胃肠功能紊乱,但可因为摄入量减少,钠、氯亦可减少,一般可给予生理需要量补充。

(3)肺炎合并心衰,一般仅给 10%葡萄糖液 10～30ml/(kg·d)。

(4)肺炎合并代谢性酸中毒的输液 血气分析[HCO_3^-]降低、BE 降低,提示有代谢性酸中毒,如合并阴离子间隙(AG)增高＞20mmol/L 者证明有代谢性酸中毒。纠正严重的代谢性酸中毒,可按以下公式计算,碳酸氢钠 mmol 数＝BE×0.3×体重(kg)。8.4%碳酸氢钠 1ml＝1mmol/L,稀释成 1.4%碳酸氢钠为等渗溶液,再乘以 6 即可。用 5%碳酸氢钠 1ml＝0.6mmol,可以推算其用量。按公式所得量只能给半量,需要时再适当补给。亦可按 CO_2 结合力计算,正常 CO_2 结合力婴儿 40～45Vol/dl,幼儿 45～50Vol/dl,学龄前儿童 45～55Vol/dl,学龄儿童 50～55Vol/dl(vol%≈0.45mmol/L),计算方法同 BE 公式。如条件所限或紧急情况下,可用 5%碳酸氢钠 1ml/kg 可提高 CO_2 结合力 1mmol/L 的方法来计算,一般最多用 5%碳酸氢钠 2～4ml/kg,而且不能反复用,由于严重肺炎时通气功能和气体交换障碍,有 CO_2 潴留,而 $NaHCO_3$ 进入体内,在分解出 Na^+ 的同时也放出 CO_2,如输入高浓度多量的碳酸氢钠后,会使呼吸性酸中毒加重($PaCO_2$ 增高),血 pH 下降的危险。

(5)肺炎合并低钠血症的输液:重症肺炎时分泌抗利尿激素过多,机体应激状态增强,Na^+ 便进入细胞内,血[Na^+]降低。又如误输入葡萄糖过多或喝白水,进食少并钠摄入少,尤其伴营养不良时均会加重低钠血症,可表现为四肢凉而无力、心音低钝、颅内压高、甚至惊厥、昏迷治疗必须限制液体入量,尤其静脉给液,故最好改为口服。血钠＜125mmol/L,有明显临床症状者,可给 3%氯化钠 6～12ml/kg 可提高血钠 5～10mmol/L,但应注意高张氯化钠可增加细胞外液,导致心力衰竭。

(6)肺炎合并腹泻、呕吐的输液:肺炎合并泻、吐可致脱水,应首先判断脱水的程度和类型,计算累积损失量、继续损失量及生理需要量。一般总液量要减少1/3,电解质也相应减少,速度亦要减慢,可参考小儿腹泻输液原则。

(7)肺炎时血钾不低,多不补钾。病程较长的重症患儿或营养不良的肺炎患儿或有大量输液时可出现低钙血症,发生手足抽搐或惊厥,应由静脉缓慢输入 10%葡萄糖酸钙 10～20ml。有时可发生低钠血症,如血钠低至 125mmol/l 以下,应在限制液量的同时,输注 3%的高渗盐水 5～12ml/kg,可使血钠提高 5～10mmol/L。如血钾低者,应适当使用钾盐。总之,应根据血钠、钾、氯及血气分析测定结果予以纠正。重症者可输血浆或全血。

(袁雄伟)

第二节 支气管哮喘

支气管哮喘是由嗜酸性粒细胞、肥大细胞和 T 淋巴细胞等多种炎性细胞参与的气道慢性炎症。患儿对各种刺激因素具有气道高反应性,临床上表现为反复发作的喘息,呼气性呼吸困难,胸闷或咳嗽等症状。轻者经过治疗后可自行缓解,重者哮喘急性发作时可有极度呼吸困难,发绀,大汗淋漓,烦躁不安甚至意识障碍、呼吸衰竭,需要及时进行救治。

一般支气管哮喘患儿无需液体治疗,支气管哮喘重度急性发作水电解质和酸碱平衡可出现紊乱,需进行液体治疗。

一、病 理 生 理

气流受阻是哮喘病理生理改变的核心,支气管痉挛、管壁炎症性肿胀、黏液栓形成和气道重塑均是造成患儿气道受阻的原因。

1. **速发型哮喘** 急性支气管痉挛是 IgE 依赖型介质释放所致(Ⅰ型变态反应),包括肥大细胞释放组胺、前列腺素和白三烯等。肺功能表现为疾病早期一过性一秒用力呼气容积(FEV_1)下降。

2. **迟发型哮喘** 抗原刺激 6～24h 发生小气道壁炎性渗出,黏膜水肿,使管腔变窄,可无支气管痉挛,也可因炎症因子刺激神经递质或直接刺激暴露的自主神经引起支气管痉挛。肺功能表现为发作 4～6h 后持续性 FEV_1 下降。无论是 IgE(速发型哮喘)或炎症诱导(迟发型哮喘)的支气管痉挛,均称为气道高反应性。

3. **黏液栓形成** 主要发生于迟发型哮喘,黏液分泌增多,形成黏液栓,重症病例黏液栓广泛阻塞细小支气管,引起严重呼吸困难,甚至发生呼吸衰竭。

4. **气道重塑** 因慢性和反复的炎症损害,气道管壁增生变厚,气道内径不可逆性狭窄。肺功能呈进行性下降,此时各种治疗均难以奏效。

二、液体紊乱特点

1. **失水** 在哮喘发作时,因患儿呼吸困难及用力呼吸,经呼吸道丢失大量水分,不能进食及饮水,液体摄入量不足,发热,大量出汗,经皮肤丢失大量水分常导致脱水。在脱水状态下,痰液黏稠,可成为哮喘发作加重的原因之一。

2. **酸碱平衡失调** 哮喘急性发作时,呼吸频率增加,致通气过度,过度换气,血 $PaCO_2$ 降低,可发生呼吸性碱中毒。严重持续性哮喘发作,缺氧和酸中毒使呼吸肌耐力降低,同时气道阻力增大,导致呼吸肌疲劳及衰竭,CO_2 潴留,$PaCO_2$ 升高,发生呼吸性酸中毒。急性重度哮喘时,由于严重的气道阻塞,使通气/血流比例失调,致低氧血症。组织无氧代谢增加,使乳酸等酸性代谢产物堆积增加,可促发代谢性酸中毒,发生混合性酸碱平衡紊乱。

3. 电解质平衡紊乱　急性重度哮喘患儿不能进食或静脉补充大量不含钾的液体,致使钾摄入不足,汗液大量丢失及大剂量肾上腺皮质激素应用亦可使尿中钾排泄增多,出现低钾血症。由于失水造成有效血容量减少,肾小球滤过率下降,尿钾排泄减少,K^+向细胞外转移,可出现高钾血症,但临床较少见。低钾血症有时可能与抗利尿激素(ADH)分泌异常有关。

三、诊断标准

(1)婴幼儿哮喘诊断标准(计分法)

凡年龄<3岁,喘息反复发作者计分原则:①喘息发作≥3次(3分)。②肺部出现喘鸣音(2分);③喘息突然发作(1分);④有其他特异性病史(1分);⑤一、二级亲属中有哮喘病史(1分)。

评分原则:

①总分≥5分者诊断婴幼儿哮喘;②喘息发作只2次或总分≤4分者初步诊断为可疑哮喘(喘息性支气管炎),如肺部有喘鸣音可作以下两种试验:一种为1‰肾上腺素0.01ml/kg次皮下注射,15～20min后若喘息缓解或喘鸣音明显减少者加2分。另一种为以沙丁胺醇气雾剂,沙丁胺醇水溶液雾化吸入后观察喘息或喘鸣音改变情况,如减少明显者可加2分。

(2)3岁以上儿童哮喘诊断标准

①喘息呈反复发作者(或可追溯与某种变应原或刺激因素有关);②发作时肺部闻及喘鸣音;③平喘药有明显疗效。

疑似病例可选用1‰肾上腺素皮下注射0.01ml/kg,最大量不大于0.3ml/次,或以沙丁胺醇气雾剂或溶液雾化吸入,观察15min有明显疗效者有助诊断。

(3)咳嗽变异性哮喘诊断标准(儿童年龄不分大小)

①咳嗽持续或反复发作>1月,常在夜间(或清晨)发作、痰少、运动后加重,临床无感染症状,或经较长时间抗生素治疗无效;②用支气管扩张剂可使咳嗽发作缓解(基本诊断条件)。

(4)哮喘持续状态:哮喘发作时出现严重吸气困难,端坐呼吸,呼吸频率开始变慢,肺部呼吸音及哮喘音减低甚至消失,发绀严重,供氧不见改善,说话困难,大汗淋漓,肢端发冷,心率快,脉细速、弱,甚至出现神志不清,在合理应用拟交感神经药物和茶碱类药物,超过24～48h不能缓解,呈一种持续性的严重哮喘状态,结合有反复发作史者。亦可因呼吸衰竭或周围循环障碍,体力衰竭而致死。

有个人过敏史或家族过敏史,气道呈高反应性,变应原皮试阳性等可作辅助诊断。

四、液体治疗

补液原则：补充足量液体，纠正水和电解质及酸碱平衡失调。

1. **纠正脱水** 首先根据症状和体征分析患儿脱水的程度。轻度失水患儿能口服或鼻饲补液者可经胃肠道补液；中、重度失水需要静脉补液，急性重度哮喘发作患儿不能进水者补液总量＝累计丢失量＋继续丢失量＋生理需要量，累计丢失量可在48h左右补完。开始可给予 1/3～1/2 张含钠液，前 2～3h 为 5～10ml/(kg·h)。有尿后补钾，每日补液量约 50～120ml/kg。

2. **纠正电解质和酸碱平衡失调** 在补液治疗过程中，应经常检查血液电解质浓度，根据血液电解质浓度，特别是血清钠浓度调整所用液体的电解质成分、浓度和输液速度。

纠正酸碱失衡的根本在于去除诱因，改善通气。可给予氧疗，以清除呼吸道分泌物；应用肾上腺皮质激素和支气管扩张药；以解除支气管平滑肌痉挛。保持呼吸道通畅改善呼吸性酸中毒，一般不应用碱性液体治疗，但明显的代谢性酸中毒（pH ≤7.20）必须补碱性液体，其所需碱性液体的 mmol 数＝碱缺失×体重×0.15，稀释后静滴。不能测 BE 者可用 1.5mmol/kg（相当于 4% 碳酸氢钠 2ml）稀释成 1.4% 浓度，于 20～30min 内输入，必要时 4～6h 后可重复，直至症状及 pH 好转，但总量≤7mmol/kg。效果差或血[Na^+]高者可用 THAM 代替，但不宜用乳酸钠。纠正酸中毒可改善 β 受体对内源性及外源性儿茶酚胺的反应性，有助于改善呼吸功能。治疗时需要监测患儿临床表现及动脉血气分析结果，防止医源性代谢性碱中毒的发生。

五、其 他 治 疗

1. **去除和治疗原发病** 氧气治疗：哮喘持续状态患儿有明显的低氧血症，应给予充分饱和湿化的氧疗，吸氧浓度（FiO_2）以 0.3～0.5 为宜。用面罩吸入氧气更为合适，使 PaO_2 保持在 70～90mmHg。应寻找病因，如肺炎或肺不张或大量分泌物等，根据病因积极进行治疗。

2. **肾上腺皮质激素的应用** 皮质激素的作用主要有①抗炎症；②抗过敏，减少血管通透性；③提高 β 受体兴奋性；④抑制腺体分泌，改善通气；⑤促使淋巴细胞释放，干扰体液免疫；⑥抑制组胺释放；⑦增加白细胞溶酶体膜的稳定性。

严重哮喘发作患儿肾上腺皮质激素应尽早应用。可应用甲泼尼龙，每次 1～2mg/kg，6h 一次，或地塞米松，每次 0.25～0.75mg/kg；氢化可的松，5～10mg/kg，每 6h 静脉滴注一次。好转后口服泼尼松 1～2mg/(kg·d)，最大剂量 40mg/d，分

2～3 次口服。

3. **支气管扩张药的应用** 哮喘的紧急治疗应首选 β_2 受体激动药,一般应用雾化吸入水溶液方法。常用舒喘灵(沙丁胺醇)雾化吸入。如没有雾化吸入水溶液可应用气雾剂。小儿需借助吸舒配合应用。

4. **机械通气** 使用机械通气指征:①持续严重的呼吸困难;②呼吸音减低到几乎听不到的哮鸣音及呼吸音;③因过度换气和呼吸肌疲劳,而使胸廓运动受阻;④意识障碍,烦躁或抑制,甚至昏迷;⑤吸入 40% 氧气发绀毫无改善;⑥$PaCO_2 \geqslant 8.61kPa(\geqslant 65mmHg)$。

(袁雄伟)

第三节 呼吸衰竭

由于呼吸功能异常使肺脏不能完成机体代谢所需要的气体交换,引起动脉血氧下降和二氧化碳潴留即为呼吸衰竭。呼吸衰竭是儿科的危重症状,也是引起死亡的常见原因之一。

一、急性呼吸衰竭

急性呼吸衰竭(ARE)是由各种原因引起的呼吸中枢或呼吸器官病变,发生呼吸困难,可造成缺氧或缺氧伴 CO_2 潴留,引起一系列生理功能和代谢紊乱综合征。

(一)病理生理

小儿肺容量相对较小,按体表面积计算成人大于小儿 6 倍,小儿肋骨近于水平位、呼吸幅度小、潮气量小,故当需要氧量增加时只能以增加呼吸频率代偿,故易发生呼吸困难;婴幼儿主要为腹式呼吸,横膈肌易于疲劳,呼吸中枢调节功能差,易出现节律不整甚至暂停;肺顺应性差,呼吸频率加快一倍,而通气量仅为正常的一半,故呼吸储备力差,容易发生呼吸衰竭。

急性呼吸衰竭分为泵衰竭、肺衰竭两大类。

泵衰竭与中枢性、周围性呼吸机制障碍有关,属于通气衰竭。可由于颅内感染(脑炎、脑膜炎)、颅内出血、脑损伤、中毒、颅内肿瘤、颅内高压、脊髓灰质炎、脊髓神经根炎等引起,表现为 $PaCO_2$ 升高,继之出现低氧血症,具有气管插管机械通气指征。

肺衰竭是由肺实质病变导致的换气衰竭,见于肺炎、肺水肿、肺不张、肺气肿、哮喘、喉头水肿、气管异物,新生儿呼吸窘迫综合征。开始为低氧血症、$PaCO_2$ 正常或降低,此时只需吸入氧气。继之因呼吸肌疲劳,$PaCO_2$ 升高,则需给予持续正压通气或气管插管。

低氧血症和二氧化碳潴留发生主要是由于通气不足或换气障碍,有效的气体交换不仅要求有足够的通气量,还要求有充足的肺血流量。正常肺泡通气量(VA)为 4L/min,肺血流量(Q)为 5L/min,VA/Q=0.8,则每个肺泡均能发挥换气效能。如 VA/Q<0.8,则提示肺泡通气量不足,肺泡毛细血管血流虽正常,但由于通气不足,肺泡毛细血管血液未能充分氧化,故 PaO_2 下降,CO_2 潴留,见于肺炎、肺不张、肺水肿、哮喘、新生儿呼吸窘迫综合征。如 VA/Q>0.8,则提示肺通气良好而肺血流灌注不足,造成无效通气,PaO_2 降低,见于休克、肺栓塞。

正常氧气和二氧化碳通过肺泡壁进行交换为一弥散过程,由于氧气弥散力仅为二氧化碳的 1/21,故病理情况下主要影响氧气的弥散,使 PaO_2 降低。弥散障碍的原因有:①弥散面积减小如肺实变、肺气肿、肺不张、肺叶切除等;②肺泡毛细血管膜厚度增加,如肺水肿、肺纤维化、肺含铁血黄素症。

肺内动静脉分流也是造成低氧血症的常见原因。正常肺动脉系统与静脉系统之间有解剖上的短路,在急性肺栓塞,动静脉短路开放,血液未经氧合取短路进入肺静脉。在肺炎、肺不张、呼吸窘迫综合征发生时,因肺泡通气不足,肺动脉血未经氧合和排出二氧化碳即进入肺静脉,为功能性动静脉分流。

严重缺氧使脑、心、肝、肾发生功能障碍。脑细胞渗透性增加,可引起脑水肿而使颅压增高。缺氧反射性兴奋血管运动神经中枢及交感神经,使心脏急性代偿而发生心率加快,血压升高。但后期因心肌缺氧、收缩无力、心搏量减少、血压下降,加上肺小动脉收缩,肺循环阻力高,很易发生右心衰竭。缺氧使肾血管收缩,肾血流量减少,尿量减少,造成肾功能不全。

二氧化碳潴留早期可使呼吸、心率加快,血压升高。但 $PaCO_2 > 10.4kPa$ (80mmHg)的反而会抑制呼吸,造成心排血量降低,心律失常,使周围血管扩张、脑血管扩张导致脑水肿,中枢神经系统抑制。

(二)体液紊乱特点

1. 脱水 由于呼吸加快、发热、出汗、应用利尿药可导致脱水。发热和呼吸加快损失的水多于钠,酸中毒时肾分泌 H^+ 与 Na^+ 交换,Na^+ 被保留,故脱水则多为高张性,但如进食少,大汗、应用利尿药及呕吐腹泻者,引起的脱水则多为等张或低张性。

2. 呼吸性酸中毒 肺换气不足,CO_2 不能排泄,血中碳酸浓度高,动脉血 pH 降低可产生呼吸性酸中毒。如持续 3~5d,通过肾脏调节,增加 HCO_3^- 的再吸收,使血中[HCO_3^-]增加,维持 pH 正常,为代偿性呼吸性酸中毒。

3. 代谢性酸中毒 因疾病而进食少,机体以脂肪、蛋白质代谢供给热量,代谢酸产生增加。缺氧可抑制三羧酸循环和葡萄糖磷酸化作用,葡萄糖无氧酵解,丙酮酸不能进入三羧酸循环而变为乳酸堆积;加上缺氧使肾血管收缩,肾功能不全,尿少,代谢产生的酸不能排泄,可产生代谢性酸中毒。

4. 低氯血症 高碳酸血症使红细胞内 HCO_3^- 生成增加。向细胞外扩散,血浆中等量的 Cl^- 向细胞内转移,以维持细胞内外离子平衡。酸中毒时肾小管分泌 H^+ 与 Na^+ 交换,使 Na^+ 与 HCO_3^- 回收增加,Cl^- 被排泄,使血氯降低,这种血氯降低与 HCO_3^- 回收量相等,称为代偿性低氯。如大量出汗、呕吐、应用利尿药使排氯和排钾增多,使 Cl^- 损失比 Na^+ 多,可出现原发性低氯。

5. 钾代谢紊乱 酸中毒时 H^+ 与 Na^+ 进入细胞内与 K^+ 交换,1 个 H^+ 和 2 个 Na^+ 换出 3 个 K^+,使血钾升高。同时,肾小管排出 H^+ 与 K^+ 交换,K^+ 排泄减少,也使血钾升高,血液 pH 每下降 0.1,血钾则升高 $0.3\sim1.3mmol/L$,如有脱水、尿少的则血钾更高,但在酸中毒纠正后血钾可以降低。如有大量出汗、进食少、呕吐、腹泻,应用利尿药,又可发生低血钾。

(三)临床表现

中枢性呼吸衰竭表现为呼吸节律不齐,如潮式呼吸、毕奥呼吸(Biot's respiration)、叹息样呼吸、抽泣样呼吸、点头式呼吸、呼吸减慢至停止。周围性呼吸衰竭表现为节律整齐的呼吸困难。上呼吸道阻塞以吸气性呼吸困难为主,下呼吸道阻塞以呼气性呼吸困难为主。如肺内病变严重,则出现混合性呼吸困难,有三凹征。呼吸肌麻痹表现为腹式呼吸,疾病晚期则呼吸浅而弱、呈鱼口样呼吸,节律缓慢以致停止。

缺氧的表现为发绀,$PaO_2 < 5.3kPa$、$SaO_2 70\%\sim80\%$ 时出现发绀,以口唇、口周、甲床等处明显。患儿早期烦躁不安,既而嗜睡、意识模糊、颅压增高。早期心率快,心音低钝,晚期心搏出量减少,血压下降甚至发生休克。

高碳酸血症的表现,当 $PaCO_2$ 增高至 7.33kPa 时有不安、多汗、皮肤潮红、瞳孔缩小,$PaCO_2$ 增高 $>8.4kPa$ 出现嗜睡、肢体颤动、球结膜充血,继之出现昏迷、惊厥。

血气分析及血液电解质测定不但能了解呼吸衰竭的严重程度,而且可分析酸、碱失衡情况:$PaO_2 < 7.98kPa(60mmHg)$、$PaCO_2 > 5.98kPa(45mmHg)$、$SaO_2 < 91\%$ 为呼吸功能不全;$PaO_2 \leqslant 6.65\ kPa(50mmHg)$、$PaCO_2 \geqslant 6.65kPa$、$SaO_2 \leqslant 85\%$ 的为呼吸衰竭。

(四)液体治疗

1. 纠正脱水 早期脱水多为轻度、高张性。脱水使呼吸道分泌物黏稠,不易咳出,影响通气。适当补液可活跃循环,改善肺部血流灌注,有利于气体交换,可输维持液,如血钾高也可输去钾维持液,用量为 $30\sim40ml/kg$,速度为 $10ml/(kg \cdot h)$。如有显著脱水征,则应按脱水的性质及程度补液,应用平衡盐溶液补充血容量及细胞外液,并注意纠正体液的低张状态。如不能进食者尚应输维持液,用量可按

100ml/418.4kJ 计算。

2. 纠正酸中毒 呼吸性酸中毒主要应改善气体交换,供给足够的氧。或适当应用甲基氨基甲烷(THAM),此药为氨基缓冲剂,不含钠,因而不会引起钠过多,用量为 3.63%THAM 3~5ml/kg,缓慢静脉推注,但应注意此药有抑制呼吸、降低血压及血糖的作用。补充碳酸氢钠应慎重,因其能与固定酸结合产生 CO_2,使 CO_2 潴留增加。呼吸性酸中毒时已有[HCO_3^-]代偿性增加,当呼吸性酸中毒纠正后 CO_2 可迅速排出,而 HCO_3^- 经肾脏调节常需数天,故应用碳酸氢钠易产生代谢性碱中毒,碱中毒使氧离曲线左移,不利于组织供氧。故只在严重酸中毒、pH<7.25,可能合并代谢性酸中毒时,给予 5%碳酸氢钠。

3. 纠正低氯血症 代偿性低氯血症只要积极改善呼吸功能,减轻 CO_2 潴留,血氯即可回复正常。原发性低氯血症须补氯并纠正低氯引起的碱中毒,补氯量根据是否伴有呼吸性酸中毒而有不同,因伴有呼酸者有血氯代偿性减低。

不伴有呼酸的补氯公式:(正常血[Cl^-]－实测血[Cl^-])×0.3×体重(kg)=所需[Cl^-]mmol/L

伴有呼酸者补氯公式:(正常血[Cl^-]－实测血[Cl^-]－预测 HCO_3^- 代偿值)×0.3×kg=[Cl^-]mmol/L

预测 HCO_3^- 代偿值:($PaCO_2$ － 40)×0.1mmol/L=[HCO_3^-]mmol/L,式中 $PaCO_2$ 以 mmHg 数值计算。

补氯的药物很多,如同时有缺钠者用氯化钠,生理盐水 1ml 含 Na^+、Cl^- 各 0.15mmol;有低血钾者用氯化钾,10%氯化钾 1ml 含 K^+、Cl^- 各 1.34mmol。对伴有低钙引起的肌肉震颤、手足搐搦者,可用氯化钙治疗,10%氯化钙 1ml 含 Ca^{2+}、Cl^- 各 0.7mmol。此外尚有盐酸精氨酸或盐酸赖氨酸,可通过代谢转变为尿素和 HCl 而提高血 Cl^- 浓度,精氨酸 1g 含 Cl^- 5mmol。氯化铵易发生嗜睡、心动过速、低血压、呼吸抑制等毒性反应,故在呼吸衰竭时不宜使用。

4. 脱水剂治疗 严重缺氧可引起脑水肿,故对神志模糊的患儿可用脱水药,常用 25%甘露醇 1g/kg。2~4h 一次。应密切观察病情,既要防止过度脱水,又要防止补液过量。

由于利尿可使电解质损失。故应监测血钠、钾、氯、钙、镁等。如有缺乏,应予补充。

(五)其他治疗

1. 保持呼吸道通畅 用吸痰器吸出口咽部分泌物,避免咽喉部阻塞。为了使气道分泌物易于排出,应保持呼吸道湿润,可用超声雾化液,具配合为生理盐水、黏液溶解剂如 4%碳酸氢钠、α 糜蛋白酶、胰蛋白酶、乙酰半胱氨酸、地塞米松等,每次喷雾 15min,每日 3 次。对气管插管或气管切开者由气管内滴注生理盐水,每次

5ml，每小时一次，将痰稀释，然后吸痰。

2. 供氧 可用鼻导管法、口罩或面罩给氧，氧浓度为 50%，流量为 2～3L/min，如不能改善，也可用纯氧，但持续不能超过 12h。使氧通过盛有 60℃热水的湿化瓶中，将吸入的氧温化和湿化，可防止气管纤毛上皮变性。

3. 兴奋呼吸 呼吸兴奋药的作用是兴奋呼吸中枢或刺激颈动脉窦和主动脉体的化学感受器，反射性兴奋呼吸中枢，前者有尼可刹米、氨茶碱、枸橼酸咖啡因、东莨菪碱，后者有洛贝林，对肌肉疾病引起的呼吸衰竭无效。

4. 强心药 如有心力衰竭可用快速洋地黄制剂如毛花苷 C，可增强心肌收缩力，减慢心率，减少心肌耗氧量，改善肺循环。

5. 血管活化药 早期可应用 654-2，可兴奋循环、扩张微血管、减少呼吸道分泌、解除支气管痉挛。肺水肿和炎症渗出，严重者可用酚妥拉明 0.3～0.5mg/kg，加于葡萄糖液中滴注，有扩张周围毛细血管，改善心、肺循环作用。

6. 肾上腺皮质素 皮质素能抑制肺部炎症、抗过敏、解除支气管痉挛、降低血管通透性，减轻脑水肿的作用。可用地塞米松 0.5mg/kg 滴注。

7. 病因治疗 如除去气管异物，应用抗生素控制肺部感染，胸腔穿刺抽气、抽液等。

8. 人工呼吸器 对于呼吸困难，发绀严重者，应用纯氧仍不能改善，$PaO_2 <$ 6.55kPa、$PaCO_2 > 7.98$kPa 时应尽早作气管插管或气管切开。经鼻插管可维持 3～5d，采用定容式人工呼吸，潮气量按 10～15ml/kg，吸与呼之比为 1:1.5，通气压力为 0.14～0.19kPa。呼吸率新生儿 32～35/min；婴儿 24/min，3 岁 22/min，5 岁 20/min，8 岁为 18/min，12 岁以上为 16/min。肺炎可采用间歇正压呼吸，新生儿呼吸窘迫综合征可用持续正压呼吸。

9. 体外膜氧合 血液由静脉引出经过体外膜氧合器进行氧合后，再流回动脉，可代替肺功能治疗呼吸衰竭。现已进行改进，不必再做大动脉插管，只要插入一根静脉，应用单一导管交替流入和流出即可完成，即静脉－静脉体外膜氧合法，使此疗法能适用于小儿。但由于设备昂贵尚未能广泛应用。

10. 肺表面活性物质 肺表面活性物质是肺 II 型细胞分泌的磷脂蛋白复合物，有降低肺泡表面张力、防止肺萎陷的重要功能。有资料表明，新生儿呼吸窘迫综合征、新生儿吸入性肺炎、婴儿重症肺炎时肺表面活性物质减少，已有用肺表面活性物质治疗使肺功能障碍改善的报道。

11. 一氧化氮吸入 一氧化氮进入平滑肌细胞，激活鸟苷酸环化酶，使鸟苷三磷酸转化为环鸟苷酸，激活平滑肌肌质网的钙泵，降低细胞内钙离子，使平滑肌松弛，降低肺动脉压使肺血管扩张。吸入 NO 只进入通气良好的肺泡，改善 VA/Q 比率，提高 PaO_2，适用于呼吸衰竭、哮喘、肺动脉高压等。

二、慢性呼吸衰竭

(一)病理生理

1. 水电解质失调　慢性呼吸衰竭伴右心功能不全时水代谢失调可表现为水过多或失水,电解质失调大多以电解质降低为主,升高者较少,常见的电解质失调依次为低氯、低钾、高钾、低钠、高钠、低镁低磷和低钙。慢性呼吸功能衰竭急性加重患儿常发生以钾和氯缺乏为主的水电解质平衡紊乱。患儿的营养状态对预后的影响也很大,因此慢性呼吸功能衰竭患儿经口摄入量不足时必须通过输液进行营养管理。但慢性呼吸功能衰竭患儿多有不同程度的右心负荷加重,输液过多可导致右心功能衰竭发生或加重,因此输液治疗必须作为循环管理的重要组成部分和中心环节。

(1)水过多,慢性呼吸功能衰竭患儿较常见。慢性呼吸功能衰竭患儿由于低氧血症反射性兴奋交感神经,使血管收缩,尤其是肾脏血管收缩,造成肾血流量减少,肾小球滤过率下降,口服或静脉液体过多容易在体内潴留;低氧血症与高碳酸血症也可激活肾素-血管紧张素系统,使醛固酮分泌增加,肾小管对钠水重吸收增加;另外,抗利尿激素释放增加,肾小管水重吸收增加。

慢性呼吸功能衰竭合并心功能不全时,有效循环血量减少,肾脏血流量减少,肾小球滤过率下降使钠水排出减少;肾小球出入小动脉特别是出球小动脉收缩,肾小球毛细血管内压增加,促进近端小管对钠水重吸收。心功能不全时由于有效循环量减少可刺激容量感受器,血管紧张素Ⅱ增加,促使抗利尿激素分泌和释放增加,促进集合管和远端肾小管对水的重吸收。

(2)脱水。摄入不足:患儿极度衰弱,导致水摄入不足,或因昏迷、进行机械通气时静脉补液量不足所致。

水丢失过多:发热、过度通气使不显性失水增加,机械通气时经呼吸道丢失的水分增加;呕吐、腹泻导致大量胃肠道丢失。上述失水多为高渗性脱水。频繁应用利尿药使钠离子等电解质丢失多于水的丢失,导致低渗性脱水。

(3)低氯血症。在呼吸衰竭患儿出现的各种电解质紊乱中,低氯血症最为常见。呼吸性酸中毒高碳酸血症使红细胞 HCO_3^- 生成增多,后者与细胞外的 Cl^- 交换,使 Cl^- 转移入红细胞;酸中毒时肾小管上皮细胞产生 NH_3 增多及重吸收 $NaHCO_3$ 增多,使尿中 NH_4Cl 和 $NaCl$ 排出增多,产生低氯血症。

由于利尿药应用、大量出汗、频繁呕吐等,都可以引起氯的丢失,称为原发性低氯血症。噻嗪类和襻利尿药均抑制肾小管对 Na^+、Cl^- 的重吸收,导致尿 Na^+、Cl^- 排泄增加;大量出汗,汗液中含有较多的 Na^+、Cl^-,故大量出汗也可使血氯降低。胃液中含有丰富的 HCL,因而大量呕吐可导致氯的丢失。

（4）低钾血症、高钾血症、低钠血症高钠血症，低镁血症、低磷血症。低钠血症：慢性呼吸功能衰竭合并肺原性心脏病一半左右发生低钠血症，原因包括进食少，摄入不足；治疗不当，只补充葡萄糖未补充含钠电解质，呕吐、腹泻导致大量含钠的消化液丢失。

高钠血症：较少见，原因与水丢失过多，高热、代谢性酸中毒的过度通气及气管切开患儿通过呼吸道可丢失大量水分，细胞外液浓缩，血钠升高，医源性输入较多高浓度 $NaHCO_3$ 等有关。

低镁血症：见于长期营养不良、进食量少或长期静脉营养未补充镁；应用大量排钾性利尿药而使镁经尿排出，另外曾有报道高碳酸血症时血镁易转移入细胞内。

低磷血症：常见于摄入不足及肠道吸收减少，某些药物影响磷的吸收比如肾上腺皮质激素可使肠道对磷吸收减少、粪便中磷排出增加，并且可能通过抑制肾小管磷的运输而使磷重吸收减少。利尿药如呋塞米和碳酸酐酶抑制剂（如乙酰唑胺）可减少磷的重吸收，增加尿中磷酸盐的排出而致低磷血症。茶碱类药物可使尿磷排出增加，促进磷向细胞内转移。β_2 受体激动药可通过刺激 β 受体造成低磷血症。另外低磷血症还与酸碱平衡失调有关，纠正酸中毒时使用大量 $NaHCO_3$ 亦可致肾小管磷重吸收减少而发生低磷血压。

低钾血症：与利尿药和肾上腺皮质激素的应用有关。慢性呼吸衰竭患儿常用利尿药改善心功能，减轻水肿状态，除保钾利尿药外，多数利尿药增加尿钾的排出量而造成血钾浓度降低。为缓解支气管痉挛而应用的肾上腺皮质激素能促进肾小管钾－钠交换增加，尿钾排出增多，长期应用可引起低钾血症。摄入不足、消化道丢失也是低钾血症的重要原因，大量输入葡萄糖时，由于葡萄糖的代谢可促进细胞外液中的钾向细胞内转移。

高钾血症：慢性呼吸功能衰竭常发生低钾血症，但亦可发生高钾血症。见于合并肾脏功能不全、尿钠排泄减少，输入大量库存血、补钾量过多。慢性呼吸功能衰竭发生呼吸性酸中毒合并代谢性酸中毒，细胞内 K^+ 转移至细胞外液，肾小管分泌 H^+ 增加而排钾减少，也是造成高钾血症的原因。

2. 酸碱平衡失调　慢性呼吸功能衰竭时，90％以上的患儿存在酸碱平衡失调。

（1）呼吸性酸中毒：慢性阻塞性肺病患儿，由于气道狭窄和肺组织破坏，导致肺顺应性降低，可致通气不足，发生低氧血症和高碳酸血症，CO_2 潴留，长期反复肺部感染和黏稠痰液阻塞气道，$PaCO_2$ 升高，产生高碳酸血症，导致呼吸性酸中毒的发生。

（2）代谢性酸中毒：严重的肺部感染可引起低氧血症从而导致组织缺血缺氧，产生酸性代谢产物，引起代谢性酸中毒，单纯性代谢性酸中毒可见于 Ⅰ 型呼吸衰

竭,如 ARDS。慢性阻塞性肺疾病所致Ⅱ型呼吸功能衰竭,更常发生代谢性酸中毒,通常合并呼吸性酸中毒。慢性呼吸功能衰竭患儿合并严重腹泻等造成 HCO_3^- 丢失,亦可导致代谢性酸中毒。

(3)呼吸性碱中毒:主要为呼吸功能衰竭患儿应用机械通气时,由于通气过度,排出 CO_2 过多所致。

(4)代谢性碱中毒:单纯性代谢性碱中毒少见,可见于呼吸性酸中毒或呼吸性碱中毒治疗后。慢性呼吸性酸中毒时,通过肾脏的调节作用使大量的 HCO_3^- 吸收,以尽量维持血 pH 在正常范围。应用呼吸机机械通气、呼吸兴奋药或排痰引流等,使 $PaCO_2$ 迅速降到正常范围,而肾脏来不及排出因代谢反应而增加的 HCO_3^- 时,可发生代谢性碱中毒。另外激素和利尿药的应用、血容量不足等,也是引起代谢性碱中毒的常见原因。

(5)混合性酸碱平衡失调:呼吸性酸中毒合并代谢性碱中毒是呼吸衰竭患儿较常见的酸碱平衡紊乱,高碳酸血症存在是呼吸性酸中毒的根本原因,ARDS 早期由于呼吸增快,可存在低氧血症,而无高碳酸血症,晚期由于换气功能严重障碍,导致 CO_2 潴留,可产生高碳酸血症。因此慢性呼吸功能衰竭者一般都存在呼吸性酸中毒,如果出现引起代谢性碱中毒的因素,则可出现呼吸性酸中毒合并代谢性碱中毒。

呼吸性酸中毒合并代谢性酸中毒,慢性呼衰患儿,出现感染、休克、肾功能障碍等代谢性酸中毒的促发因素时,可出现呼吸性酸中毒合并代谢性酸中毒。

另外,慢性呼吸功能衰竭患儿可出现三重性酸碱平衡失调,多见于呼吸性酸中毒合并代谢性酸中毒和代谢性碱中毒时,主要由于治疗处理不当所致。由于慢性 CO_2 潴留引起呼吸性酸中毒,严重缺氧、肾功能不全致无氧代谢产物——乳酸等堆积,且排出障碍又可致代谢性酸中毒,此时如治疗过程中大量应用利尿药、肾上腺皮质激素等可造成低氯低钾性代谢性碱中毒。少数患儿亦可出现代谢性酸中毒合并呼吸性碱中毒和代谢性碱中毒。

3. 营养不良 慢性呼吸衰竭病情急性加重的患儿,相当部分出现低蛋白和低热量型混合性营养状态,这是由于长期能量摄入不足,胃肠运动紊乱及发热、呼吸和循环负担增加、应激状态等造成能量消耗增加。在低营养状态下,呼吸肌储备氧量下降,容易发生呼吸肌疲劳,所以低营养状态是呼吸衰竭急性加重的诱因之一。慢性呼吸衰竭营养不良时,机体细胞免疫和体液免疫功能下降易致感染,消化道功能减退可致吸收不良,心肌功能减退可致心功能不全加重等,缺氧和二氧化碳潴留,刺激呼吸中枢增加通气量的反应减弱;呼吸道分泌性 IgA 减少,使肺清除能力下降,肺泡表面活性物质合成减少,易发生肺泡萎陷等均使呼吸衰竭易于发生和加重。如机械通气患儿有营养不良时,可出现脱机困难。

（二）液体治疗

原则为保持呼吸道通畅，改善缺氧和纠正水、电解质和酸碱平衡失调，治疗基础疾病和诱发因素，预防和治疗并发症。另外应加强支持治疗，监测呼吸、循环功能，现主要讨论慢性呼吸衰竭的补液治疗。

1. 纠正水、电解质失调

（1）过多：存在严重水钠潴留时，可小剂量应用利尿药，但应注意控制剂量和时间，以免引起利尿药诱发的水、电解质和其他代谢失调。

（2）脱水：对慢性呼吸衰竭患儿应监测每日出入水量，轻度脱水，情况允许尽量口服补液，脱水严重或患儿不能口服者则需静脉补液，根据血钠、脱水程度确定补液量、补液性质，合并心功能不全或大量补液时，应监测中心静脉压（CVP），补液时应注意监测血压、脉搏、尿量、呼吸、有无水肿及电解质浓度。

（3）低钾血症：应查找原因，呼吸衰竭患儿常应用利尿药减轻水肿状态，使尿K^+排泄量增加；为缓解支气管痉挛应用大量肾上腺皮质激素，使尿K^+向细胞内转移，血钾降低，需及时纠正。低钾血症主要表现为肌无力、腹胀、食欲缺乏、腱反射减弱或消失，严重可出现呼吸肌麻痹、膈肌麻痹、心律失常、意识障碍等，呼吸衰竭出现这些症状应想到低钾血症发生的可能。

血清钾低于 3.5mmol 即可诊断为低钾血症。轻者可口服补钾、多食含钾丰富的食物；严重低钾者，应静脉补钾，10％氯化钾加 10％葡萄糖液中静脉滴注，浓度不超过 0.3％，总量应根据缺钾的程度掌握，补钾总量可参考以下公式计算

需钾量（mmol）＝（4－实测血钾浓度）（mmol）×体重（kg）×0.4

应注意补钾速度，如完全不能进食者，还应加上每日的正常维持量。

（4）低氯血症：为最常见，呼吸衰竭常有高碳酸血症，因而血浆［HCO_3^-］升高，［HCO_3^-］升高将伴随血浆［Cl^-］降低，血清氯低于 95mmol/L 时，可诊断为低氯血症，单纯性低氯血症，则不需补氯，主要是纠正血浆［HCO_3^-］异常，通过改善通气，纠正高碳酸血症；原发性低氯血症主要应用氯化钠（通常应用生理盐水）和氯化钾纠正低氯血症。

（5）低钠血症：较多见，慢性呼衰患儿近一半存在低钠血症，血清钠低于135mmol/L 称低钠血症，血清钠在 125～135mmol/L 为轻度低钠血症；血清钠115～125mmol/L 为中度低钠血症；血清钠低于 115mmol/L 称严重低钠血症。应找出原因，选择相应的治疗。血钠在 115mmol/L 以上者，通常输生理盐水或其他等张含钠溶液。血钠低于 115mmol/L 者可以用 3％～5％的氯化钠溶液静脉输入，但是输液速度不易过快。高钠血症较少见，由于水丢失过多或医源性钠输入过多引起。应找出原因积极治疗。

（6）低镁血症：首先去除病因，严重低镁血症（血镁＜0.5mmol/L），可给予静脉

补镁治疗。

(7)低磷血症:轻度低磷血症或无症状者,以去除病因和增加饮食中磷的摄入为主,低磷血症明显或有临床症状者可补磷,口服磷酸盐制剂或静脉补磷。

2. 纠正酸碱平衡失调

(1)呼吸性酸中毒:呼吸性酸中毒的纠正靠增加肺泡通气量以排出体内潴留过多的 CO_2,保持呼吸道通畅,原则上以低浓度($<35\%$)持续吸氧,高浓度间断吸氧对慢性呼吸功能衰竭患儿不利。对呼吸性酸中毒的患儿应注意单纯补碱,虽然可以纠正 pH,但随 pH 上升,通气量进一步减少,可加重 CO_2 潴留,CO_2 分子极易通过血-脑屏障进入脑脊液,增加发生中枢神经系统酸中毒的危险性。严重 CO_2 潴留引起的呼吸性酸中毒,经一般处理病情未好转,可考虑无创通气,机械通气治疗能有效增加肺泡通气量,纠正缺氧和促使体内潴留过多的 CO_2 排出,改善酸碱平衡失调。

(2)代谢性酸中毒:应注意去除和治疗引起代谢性酸中毒的原因。大量补充碱剂(5%碳酸氢钠)有加重 CO_2 潴留和增加心脏负担的危险。如有严重的酸中毒致血压明显下降,心功能不全或 pH<7.25 时,应酌情补碱,但不宜将 pH 纠正到正常,纠正的速度也不能过快以免引起低钾血症。氨丁三醇(THAM)亦可有效纠正酸中毒,理论上讲它可与体液中的碳酸结合,生成碳酸氢盐,限制 CO_2 生成,使细胞内和细胞外的 pH 升高,因此可用于急性代谢性酸中毒和呼吸性酸中毒的治疗。但临床一直未证实其作用优于碳酸氢钠。

(3)呼吸性碱中毒:机械通气时应根据患儿情况给予适当的通气量,避免通气过度造成医源性的呼吸性碱中毒,应用呼吸兴奋剂所致者,应停用呼吸兴奋药。同时治疗感染、发热、疼痛等造成过度通气的因素。

(4)代谢性碱中毒:轻中度代谢性碱中毒不需特殊处理。低氯严重者可给予 0.9%氯化钠、氯化铵、氯化钙溶液等,增加 Cl^- 可加速肾脏 HCO_3^- 的排出,利于纠正碱中毒;有明显右心功能不全及呼吸性酸中毒伴代偿性代谢性碱中毒的患儿不宜应用氯化铵。低氯低钾者补充氯化钾,一般持续补充 1 周左右。重度碱中毒者,可应用盐酸精氨酸来纠正碱中毒,效果较好。

(5)混合性酸碱平衡紊乱:应根据监测血气分析和电解质的情况进行相应调整。注意诱因及医源性因素。避免治疗一种失调后又产生另一种失调。

(三)其他治疗

1. 营养支持　在确定患儿低氧营养状态时,可采用如下治疗方案:

(1) 先测定基础代谢率,患儿所需热量按基础代谢所需热量的 1.5 倍计算。

(2)营养补充:能进食者尽量口服补充,如不能进食、消化功能正常的可下胃管补充,严重患儿无法经消化道补充时可给予全胃肠外营养,注意提供足够的热量及各种营养成分的比例。

(3)应注意严重低营养状态患儿,其糖耐受能力显著低下,因此热量供给应从小量开始[10~15kcal/(kg·d)],逐渐增量,糖类在供能成分中应占45%~50%,不宜过大,热量供给应保证一定比例,如治疗单以糖类(主要是葡萄糖)作为能源可导致CO_2产量增加。蛋白质或氨基酸的用量为1~1.5g/(kg·d),蛋白质所占比例应为15%~20%,一般按卡、氮比(15~200):1计算,即每输入1g氨基酸(蛋白质)需非蛋白质能量24~32kcal(100~134kJ)[氨基酸或蛋白质(g)=氮量(g)×6.25],脂肪提供的热量可占总能量的30%~35%,高代谢状态时可增加至35%~50%,但不应超过60%,以防止引起脂肪肝。应用10%的乳化脂肪溶液,其为等渗液,周围静脉输入,一般用量每日1~2g/kg,输注速度不宜太快,以免引起发热、畏寒、心悸、呕吐等不良反应。

(4)维生素和微量元素供给:相应补充水溶性维生素、脂溶性维生素和复合微量元素。

(5)密切监测水、电解质和酸碱平衡情况。

(6)患儿一般状况改善后,应逐渐增加经口摄取量,但不可过急的停止静脉内高营养疗法,应逐渐减少经静脉供给的热量,如突然中止,可能导致低血糖症,直至最后停止静脉内营养。

2. 抗感染 慢性呼吸功能衰竭患儿机体免疫功能低下,或机械通气容易合并感染,最常见的感染是呼吸道感染,感染可引起呼吸功能衰竭加重,故控制感染是治疗呼吸功能衰竭的重要措施。应根据临床表现、病情轻重及细菌培养结果选择有效抗感染药物。

3. 呼吸兴奋药 应用可兴奋呼吸中枢或周围化学感受器的制剂改善通气,增加呼吸频率,多应用于存在中枢抑制因素的通气量低下的患儿。但应用同时伴机体氧耗量和CO_2产生增加,因此使用时应密切观察患儿的病情变化及血气分析结果,随时调整剂量,如应用4~12h无明显效果或病情反而恶化时应停用,考虑机械通气治疗。常用的药物有尼可刹米、洛贝林、戊四氮等。神经肌肉病变所致呼吸功能衰竭,用呼吸兴奋药非但无效反而加重病情。哮喘所致呼衰,因长期呼吸困难,呼吸肌已过度工作,应用呼吸兴奋药,亦无法提高其功率。

4. 控制心功能不全 治疗时应以卧床休息、氧疗,控制感染、改善呼吸功能为主,必要时可应用利尿药、小剂量口服为主,减轻心脏右心负荷及消除水肿。呼吸衰竭时心肌缺氧,对洋地黄极敏感,易导致洋地黄中毒,故应用时应严格掌握指征,剂量亦偏小,应选快速作用制剂如毛花苷C、地高辛为宜。

5. 消化道出血、休克、心律失常等 根据相应症状采取相应措施治疗。

(高鲁燕)

参 考 文 献

1　王志安,薄　辉,孙宗华,等.现代儿科急救.北京:人民卫生出版社,2001:72-85

2　叶任高,杨念生,陈伟英.补液疗法.上海:上海科学技术出版社,2003,5:235-252

3　王礼振.临床输液学.北京:人民卫生出版社,1998:303-315

4　郑劲平,钟南山.呼吸衰竭患儿的营养状态及营养支持疗法.中国临床营养杂志,1993,1(3):120-126

5　Petty TL. Acute respiratory distress syndrome:Consensus,definitions,and future directions. Crit Care Med,1996,24:555

6　陈正堂,毛宝龄.有关 ARDS 诊断问题的若干思考.中国危急重急救医学,1998,10:514

7　钱桂生.ARDS 酸碱失衡与电解质紊乱.中华实用内科杂志,1997,17(10):582-584

8　Rabbat A,Laaban JP,Boussairi A,et al. Hyperactatemia during acute severe asthma. Intensive Care med,1998,24(4):304-312

9　蔡柏蔷.呼吸内科学.北京:中国协和医科大学出版社,2000:632-646

第**7**章 循环系统疾病

第一节 心力衰竭

心力衰竭是一种病理生理状态，由于心肌原发病变（炎症、缺血、代谢紊乱、中毒等）或继发原因（如血容量过多、血压过高），使心脏输出的血量不能满足正常生理活动的需要，引起一系列的临床表现，称为心力衰竭。

小儿期心力衰竭以 1 岁以内者发生率最高，先天性心脏病为常见病因，其次为心肌炎、心内膜弹力纤维增生症、心糖原累积病等，其诱因多为支气管肺炎。儿童期则以风湿性心脏病、急性肾炎并发心力衰竭常见，此外重度贫血、甲状腺功能亢进、电解质紊乱、维生素 B_1 缺乏，缺氧等也可引起心力衰竭。

一、病 理 生 理

心力衰竭病因根据其病理生理分为五类。①容量负荷过量：心脏舒张时回心血量过多，如左向右分流的先心病、二尖瓣或主动脉瓣关闭不全、输液过量等；②压力负荷过量：心脏收缩时射血阻抗过大，如主动脉或肺动脉狭窄、高血压病；③心肌病变：如感染性心肌炎、风湿性心肌炎，扩张型心肌病；④心律失常：心动过速或过缓；⑤心肌舒张功能障碍：如肥厚性心肌病、心脏压塞、缩窄性心包炎等。

心脏有很大的储备能力，心排血量可随机体代谢需要而增加。心脏病患者早期可通过代偿维持心功能，代偿机制如下：

1. 神经内分泌的代偿反应　当心脏负荷过量，舒张期心室内压增高时，可反射性引起交感神经-肾上腺素能活性增高，使心率加快，β受体兴奋激活 cAMP 酶，增强心肌收缩力，增加心排血量。但心率快使心肌耗氧量增加又对心脏不利。交感神经兴奋使周围血管收缩，血液重新分配，虽保证了心、脑等重要器官的供血，但皮肤血管收缩使末梢循环不良，皮肤苍白、体温升高。血管收缩使血压升高，周围血管阻力增加，反过来又增加了心脏的后负荷，当心室充盈压＞2～2.4kPa(15～18mmHg)时，心搏出量不再增加甚至下降，出现循环淤血和周围水肿，最后导致心力衰竭加重。

2. 心脏自身代偿反应　心脏由于容量和压力负荷过量,首先出现心肌肥厚,当心肌肥厚不足以代偿负荷过重时,便发生心脏扩大,但代偿有一定限度。成人心脏＞500g 或左心室＞200g 时转为代偿失调。此时肥大心肌肌质网对钙运转功能发生障碍,心肌线粒体不随心肌细胞体积成比例增加,微血管及交感神经轴突亦不随心肌肥大而增加,使心肌收缩功能减弱,心功能降低。

心衰时水、电解质代谢紊乱机制如下。

(1)继发醛固酮增多:心衰时心排血量减少,血量重新分布,重点保持心、脑供血。肾血流减少,刺激肾小球旁器使醛固酮分泌增加。心衰时肝功能减退、醛固酮在肝内灭活减少,形成继发性醛固酮增多。醛固酮能增强远曲肾小管对钠重吸收、使水钠潴留。

(2)心钠素增多:急性心衰时心钠素分泌增多,心钠素可降低入球小动脉阻力(通过血管扩张),对出球小动脉则影响不大,故能提高肾小球内毛细血管静压及肾小球滤过率,促进利尿,但慢性心力衰竭病人心钠素反而降低,使水钠潴留。

(3)抗利尿激素分泌增加:心排血量不足刺激位于主动脉弓、颈动脉窦及左心房的压力感受器,反射引起下丘脑-垂体系统抗利尿激素分泌增加,使水潴留。

二、体液紊乱特点

1. 水和钠潴留　心衰时肾血流量减少,被滤过的肾血流量百分比增多,使血液浓缩。肾小管周围毛细血管渗透性升高,促使近球小管的水重吸收增加,钠吸收随之增加,水、钠潴留使细胞内、外液均增多,而以细胞外液增多为主,其中细胞间液增多更突出,表现为水肿,明显水肿的病人细胞外液可为正常人的 2～3 倍。血容量也增加,血浆量的增加大于血球量的增加。细胞外液增加使水渗透入细胞内,故细胞内液也增加。心衰时钠排泄减少,故患者饮食含钠盐较多即可使水肿加重,体内可交换的钠增加可达 56.7～65.3mmol/kg,正常人为 40mmol/kg(相当总钠量的 45％)。

2. 低钠血症　心衰患者因过分限制钠摄入或使用利尿药使钠损失,可发生低钠血症。有 3 种类型:①缺钠性低钠血症,失钠多丁失水,体内总钠量及血钠均降低,属真性缺钠。细胞外钠浓度降低使水向细胞内转移,细胞外液减少,血容量减少,血压下降,易发生直立性低血压,有脱水、尿少比重高、尿素氮潴留的特点。②稀释性低钠血症,有效动脉血容量减低导致 ADH 分泌过量或饮水过多,水潴留多于钠潴留,细胞外液被稀释,总体钠正常或偏高,但钠浓度降低。多见于心力衰竭严重者,表现有明显水肿、顽固性心衰。③无症状性低钠血,多见于慢性心力衰竭病人,由于长期限制钠摄入、进食少、身体消耗、细胞内、外蛋白质均低,通常细胞内蛋白质占 31％,细胞内蛋白质低使细胞内渗透压下降,导致细胞内水分外移,而细胞外钠则移入细胞内,造成低钠血症,因细胞内外液渗透压平衡,故无低钠症状。

3. 低钾血症 进食少、应用利尿药、呕吐、腹泻可发生缺钾。洋地黄有抑制细胞膜上 Na^+-K^+-ATP 酶的作用,抑制 Na^+-K^+ 交换,使细胞内失钾,故应用洋地黄及利尿剂患者血钾浓度虽正常,仍可有总体钾缺乏。急性失钾可诱发心律失常、心肌收缩力减弱、血管紧张度降低,心音低钝,心脏扩大及心力衰竭。

慢性低钾血症细胞内钾低使渗透压降低,细胞外液渗透压高,可促使抗利尿激素分泌,引起稀释性低钠血症。如及时纠正低钾,抗利尿激素分泌受抑制,水排出增加,血钠可恢复正常。

4. 低镁血症 心衰时因肠道黏膜水肿使食欲减退及消化吸收功能下降,镁摄入少;此外继发醛固酮增多,促进镁的排泄;应用利尿药亦增加镁的排泄。应用洋地黄可使肾小球滤过率增加、抑制肾小管对正离子的吸收,也可增加镁的排泄。镁是心肌许多酶的激活物,镁影响心肌膜 Na^+-K^+-ATP 酶活性,能激活腺苷环化酶,使 ATP 转化为 cAMP。镁不足可造成 cAMP 减少,心肌收缩性减弱,Na^+-K^+-ATP 酶功能受损,加重心肌内低钾,还易发生心律失常、室性心动过速、室性早搏。故补镁可以预防洋地黄中毒,洋地黄中毒也可用镁治疗。缺镁时细胞不能保留钾,如不补充镁,低钾血症也难纠正。

5. 代谢性碱中毒 应用利尿药如氢氯噻嗪、利尿酸钠、呋塞米等,氯排出相对多于钠,可发生低氯性或低钾性碱中毒,持续碱中毒可导致肾功能不全,使心衰顽固难治。对利尿药的反应不良或无反应。

6. 酸中毒 肺水肿换气障碍可发生呼吸性酸中毒。心衰时心脏负荷过重,耗氧量增加,由于缺氧加重了无氧代谢,可产生大量丙酮酸和乳酸,又可发生代谢性酸中毒。酸中毒使心功能进一步受损,导致①兴奋-收缩偶联过程障碍,心肌收缩力减弱;②ATP 生成和利用障碍,心肌收缩无力;③受体对药物反应性降低,使血管活性药物疗效减弱。

7. 脱水 心衰时限制水摄入、应用利尿药使水损失增多,呼吸加快、高热、出汗、呕吐、腹泻等也增加水的损失,可发生各种类型脱水。

三、临床表现

分为左心衰竭和右心衰竭,两者可单独出现或合并存在,临床症状可分三个方面。

1. 心功能减退 表现有心动过速。婴儿>160 次,幼儿>140 次,儿童>120 次,重者可出现奔马律。心脏扩大或肥大,可出现收缩期杂音。周围循环不良,血压低,脉快而弱。皮肤苍白、手足发凉、多汗。患儿精神紧张、疲乏、烦躁等。

2. 肺循环淤血 表现有呼吸急促,端坐呼吸或夜间阵发性呼吸困难,小气道

阻力增加产生喘鸣音,肺泡及小支气管有液体渗出产生湿性啰音,咳嗽,有泡沫样白痰,肺换气障碍可产生发绀,长期缺氧可发生杵状指(趾)。

3. 体循环淤血　最早出现肝大,颈静脉怒张、水肿,以下肢较为明显,重者可发生腹水。

四、液体治疗

(一)输液原则

1. 严密观察生命体征和心衰体征(如肝脏大小、水肿等),详细记录体重、出入量等,监测血电解质和血气指标,为治疗提供参考。

2. 每日入液量应不超过患儿基础需要量,一般婴幼儿 $60\sim80ml/(kg\cdot d)$,年长儿 $40\sim60ml/(kg\cdot d)$。如完全由静脉输入,需酌情减量。呼吸急促和体温升高者(一般体温每升高 $1℃$,24h 多消耗水分 13ml/kg)可适当增加。

3. 对心衰患儿,某种程度上讲输液速度比总液量更为重要,一般以不超过 $4\sim5ml/(kg\cdot h)$ 为宜。

4. 液体张力需适当控制,如无额外丢失,1/5～1/4 张即可,每日摄入钠盐限制在 0.5～1g。但也不能为限制钠盐而只给患儿输无张液体,这样会造成稀释性低钠血症。

5. 用洋地黄时应尽量避免静滴钙剂,有明显低钙血症时仍可酌情用。

(二)常见的水电及酸碱平衡紊乱的处理

1. 水、钠潴留的治疗　首先要注意低钠饮食,限制饮水量,并应用强心药和利尿药。小儿每日钠的摄入不应超过 1g,在利尿药起作用尿量增多后,饮水量可适当增加。水肿消失后仍应保持低钠饮食,以预防心衰复发。对不能进食者可供给维持液 $50\sim60ml/(kg\cdot d)$,输液速度宜慢至 $4ml/(kg\cdot h)$。

2. 低钠血症　一般心衰患儿即使血钠降低,体内总钠量可并不减少,因此血钠＞120mmol/L 时不需处理。另外低钠需逐渐纠正,不能在短时间内给大量高张液,以免加重心脏负担。一般补充 1/2～2/3 张液体即可,严重低钠可用生理盐水,高张盐水应用。

3. 低钾血症　心衰时低血钾大多由使用利尿药引起,故出现此情况需酌情减停或同时应用保钾利尿药。细胞失钾是洋地黄引起心脏毒性特别是异位节律紊乱的主要机制,故用洋地黄者可常规口服氯化钾以减轻洋地黄毒性反应,同时可避免利尿剂引起低钾血症。能口服者尽量口服,一般用 10%KCl $1\sim2ml/(kg\cdot d)$,分 2～3 次。

重者需静脉补充,注意浓度一般不超过 0.3%,输液速度需控制,全天量不少于 6h 输入,少尿及传导阻滞者禁用。近年推出的门冬氨酸钾镁(潘南金)临床也较常用,该药有两种剂型,注射剂每支 10ml,含 0.4g 门冬氨酸镁(33.7mgMg^{2+})和 0.425g 门冬氨酸钾(103.3mg K$^+$),每日 10～20ml 稀释于葡萄糖 50～100ml 中静滴。片剂每片含 0.14g 门冬氨酸镁和 0.158g 门冬氨酸钾,每次 2～3 片,1 日 3 次,同时合并低镁血症者更适用。

4. **低镁血症** 心衰时镁的缺乏可影响心肌能量的产生,使心肌收缩力减弱,心排血量减少而加重心衰,及时补充镁有助于改善心功能。纠正低镁可用 25% 硫酸镁每次 0.1～0.15ml/kg,稀释于 5% 葡萄糖 30～50ml 中静滴,每日 1 次,也可用门冬氨酸钾镁治疗。

5. **代谢性酸中毒** 此为儿科心衰最常见的酸碱平衡紊乱,小儿特别是婴儿可无呼吸深快,口唇发红等典型临床表现,而仅表现为面色灰白等,故应注意查血气,以免漏诊,纠正代酸可根据 CO_2 结合力来计算补碱量:

$$5\% 碳酸氢钠 \text{mmol 数} = \frac{(60-CO_2 \text{ 容积}\%) \times 0.6 \times 体重}{2.24}$$

根据 5% 碳酸氢钠溶液 1ml=0.6mmol 可计算出 ml 数。然后稀释成等渗液静滴。计算出的量可先给一半,以免矫枉过正。也可根据 BE 值计算碱性液量:5% 碳酸氢钠 mmol 数=(－BE)×0 3×体重。若无条件查血气,临床高度怀疑代谢性酸中毒时,可给予 5% 碳酸氢钠每次 3～5ml/kg 稀释静滴。注意同时合并呼吸性酸中毒时补碱量酌减,以防 CO_2 蓄积,加重呼酸。

6. **呼吸性酸中毒** 治疗以通畅气道为主,若一般治疗不易纠正,则需机械通气。

7. **呼吸性碱中毒** 以治疗原发病为主,发生手足搐搦者给钙剂,如病情延续数日,体内缺钾者可补 K$^+$ 治疗。

五、其 他 治 疗

1. **一般护理** 患儿应卧床休息。重者应采取半卧位,经常翻身,保持皮肤和床褥的清洁,预防压疮,对有呼吸困难和发绀者给氧吸入,烦躁不安者适当应用镇静剂。饮食应低盐,适当限制饮水量,给富含营养而易于消化的食物,多吃含钾丰富的水果、蔬菜,保持大便畅通。

2. **强心药** 洋地黄能作用于心肌细胞膜,抑制 Na^+-K^+-ATP 酶,使细胞内 Na^+ 增加,促进 Na^+Ca^{2+} 跨膜交换,使 Ca^{2+} 流入细胞内增加,从而增强心肌收缩力,还可抑制交感神经及兴奋迷走神经减慢心率,延长心脏传导系统的不应期,增加心排血量。地高辛是小儿期最常用的制剂,剂量为 0.03～0.05mg/kg,如需迅速洋地黄化,可用毛花甘 C(西地兰)0.02～0.03mg/kg 或毒毛旋花素 K 0.005～0.01 mg/kg。给药有两种方法:①负荷量法,首次用总量的 1/2,余量分两次,相隔

6～8h一次;②维持量法,每日维持量为负荷量的1/4,分两次服,6～8d可达有效血药浓度。对起病迅速、病情重者用负荷量法,对慢性心衰者用维持量法。对病因可短期消除者,可不用维持量,病因不易消除或慢性心衰,可持续用维持量。

3. 利尿药 有三类①袢性利尿药如呋塞米1～2mg/kg、利尿酸0.4～1mg/kg,作用于髓袢升支粗段,抑制该处Na^+和Cl^-的重吸收,尿含钠高,大量钠与水排泄,利尿作用最强;②噻嗪类如氢氯噻嗪2～4mg/(kg·d)作用于远曲小管近端和袢升支远端,抑制钠重吸收,利尿效果较差;③保钾利尿药如螺内酯1～3mg/(kg·d)、氨苯蝶啶2～4mg/(kg·d),作用于远曲小管,对抗醛固酮的Na^+-K^+交换,增加Na^+的排出,减少K^+、H^+的分泌和排出,利尿作用最弱。

4. 血管扩张药 作用使容量血管和阻力血管扩张。由于静脉血管扩张,减少回心血量,减轻心脏前负荷,更重要的是使周围动脉扩张,左室射血阻抗降低,减轻心脏的后负荷。使心室壁张力下降,心肌耗氧量减少,改善心肌代谢。故适于有心室舒张末期压力增高的心力衰竭。

(1)硝普钠:用于难治性心衰、有大量左向右分流的先天性心脏病。可扩张动脉及静脉平滑肌,作用强、起效快,但持续时间短,在肝内迅速转化为氰化物,由肾脏排泄。长期大量应用或原有肝、肾功能障碍者,可发生硫氰酸盐中毒,出现恶心、呕吐、厌食、乏力及神经精神症状。剂量为1～8μg/(kg·min),硝普钠遇光能解,故保存或使用时应避光。

(2)酚妥拉明:除扩张小动脉外,尚可增加去甲肾上腺素的释放,增加心率和心肌收缩力。药效发生迅速,持续时间短,剂量为0.1～0.8mg/kg,停药15min作用消失。

(3)哌唑嗪:其作用与硝普钠相似,可用于急性心力衰竭对硝普钠有效者,以此药代替可持久应用,剂量0.5～1.5mg/(kg·d),分3～4次口服,经肝脏代谢,由胆道排泄。

(4)巯甲丙脯酸(卡托普利):剂量为0.5～5mg/(kg·d),为血管紧张素转换酶抑制剂,能抑制血管紧张素Ⅰ转换酶的活性,使血管紧张素Ⅱ生成减少,小动脉扩张,体循环阻力下降,减轻后负荷,还能使醛固酮生成减少,水、钠潴留减轻,减少前负荷,此外尚有使缓激肽水平增高、前列腺素合成增多、抑制去甲肾上腺素分泌和交感神经兴奋、抑制血管加压素作用,有利于血管扩张。与地高辛合用,可使地高辛血浓度提高10%,并使体内血清钾浓度增高,可减少补钾量。

5. 辅助治疗 如应用极化液(10%葡萄糖100ml加10%氯化钾3ml、胰岛素4U)及能量合剂(辅酶A 100U、ATP 40mg、肌苷0.2g和细胞色素C 30mg)可改善心肌代谢。而升血糖素有增强心肌收缩力及增加心搏出量作用,可用于治疗对洋地黄无效的心力衰竭及洋地黄中毒产生的心律失常。对洋地黄疗效不佳的心衰可改用异构体β甲基地高辛治疗，或用非糖苷、非交感胺类正性肌力药，包括磷酸二酯酶抑制剂、腺苷环化酶激活剂和钙促效剂，常用药有咖啡因、氨茶碱等，有正性肌力和血管扩张作用，短期治疗能改善血流动力学参数。

1,6二磷酸果糖：可促进细胞内高能基因的重建．加速葡萄糖无氧酵解，改进心肌能量供应，促进细胞代谢，小儿用量为 $150\sim250mg/(kg\cdot d)$ 。

辅酶 Q_{10} 是心肌能量转换酶，在人体内呼吸链中质子移位及电子传递中起作用，是细胞代谢和细胞呼吸激活剂，可促进氧化磷酸化反应，可改善心肌供能。

6. 病因治疗 对先天性心脏病可行手术治疗，对感染性心肌炎及心内膜炎可用抗生素，肺部疾病可用辅助呼吸机改善肺功能，急性风湿病用肾上腺皮质素及阿司匹林，严重贫血可输红细胞。

（袁雄伟）

第二节　感染性休克

休克是全身微循环灌注不足，组织缺氧导致的各器官系统功能障碍综合征。休克并发于局部或全身性感染者，称为感染性休克或败血性休克（SS）。由革兰阴性杆菌感染所致者，也称内毒素休克或中毒性休克。

一、病 理 生 理

革兰阴性菌感染是小儿感染性休克的常见病因，包括痢疾杆菌、脑膜炎双球菌、变形杆菌、铜绿假单胞菌、肺炎杆菌、志贺菌、沙雷菌等。这些细菌能产生内毒素，在细菌破坏时释放，可引起休克。革兰阳性菌如葡萄球菌、链球菌可引起中毒性休克综合征（TSS）。此外立克次体、病毒、真菌及寄生虫的严重感染也可引起休克。

革兰阴性细菌细胞壁外膜由脂多糖（LPS）与脂蛋白所组成。外膜又可分为三层，最外层的 O 抗原为多糖体，中层为核心糖脂质，内层为 A 脂质。A 脂质具有内毒素的切血流动力学、致热原性与致炎症的性能，是致 SS 的关键成分。金黄色葡萄球菌致 TSS 的毒素为中毒休克综合征毒素（TSST-I）。革兰阳性菌外毒素致 SS 的成分为磷壁酸及肽糖酐。真菌致 SS 的成分为酵母聚糖。病毒及立克次体致 SS 的成分为其毒素或由其抗原抗体复合物引起。

内毒素不能直接引起休克，需通过一系列介质作用。

1. 白细胞介素类（IL） 是一种多肽类蛋白质分子，由多种单核吞噬细胞特别是巨噬细胞吞噬内毒素或免疫复合物后分泌，有多种生物活性：①在视丘产生 PGE_2 ，有致热作用（内致热原）；②在肝内促使产生急性期蛋白；③在骨髓内促进多

核粒细胞成熟进入血循环；④促进 C_3 合成且有中性、淋巴、单核细胞趋化作用；⑤使血管内皮细胞产生 PGI_2，前凝血物质、纤溶酶原抑制因子、血小板激活因子，并促使多核粒细胞、血小板黏附而促进 DIC；⑥可使嗜碱细胞释放组胺、中性粒细胞释出溶酶体酶，损伤血管。

2. **肿瘤坏死因子(TNF)**　是一种肽类物质，由内毒素作用于巨噬细胞后分泌。TNF 在 IL-1 协同作用下，可使循环中粒细胞和内皮细胞的黏附性增加，还可使内皮细胞的前凝血素活性及血小板激活因子活性增加，诱发粒细胞黏附、毛细血管渗漏、血管内血栓形成及局部出血性坏死。TNF 还可激活血管舒缓素-激肽系统，导致血管扩张及低血压，激活 Hageman 因子则导致纤维蛋白溶解，故 TNF 是产生 SS 的主要介质。

3. **补体系统、LPS、磷壁酸、肽糖酐、TSST-I**　酵母聚糖均可通过经典或变异途径激发补体系统。反应过程产生 C3a 及 C5a，二者属超敏毒素，可损伤血管内皮细胞，使血浆渗漏，并使嗜碱细胞释出组胺，致血管平滑肌渗透性增加。C5a 有趋化作用，诱使多核粒细胞在小血管粘聚，移动并释出溶酶体酶、氧自由基及 H_2O_2，损伤肺小血管及毛细血管，可致肺循环不良，发生成人型呼吸窘迫综合征(ARDS)。

4. **磷酯酶产物-花生四烯酸**　内外毒素及 IL-1 可损伤或刺激血细胞释出磷脂酶 A_2，使血小板及肥大细胞释出磷脂酶 C，二者可使细胞膜磷脂裂解为花生四烯酸，并通过脂氧化酶产生白烯酸(LT)，同时可通过环氧化酶作用产生 PGG_2/H，在血管壁合成酶作用下产生前列腺素(PGI_2)，在血浆合成酶作用下产生前列腺素 PGE_2、PGF_2，在血小板合成酶作用下产生血栓素 A_2(TXA_2)，这些物质均有血管活性作用。

5. **内毒素**　其还可引起 ACTH 和内啡肽释放，内啡肽有强烈的抗儿茶酚胺作用，可使血管平滑肌舒张，血压下降，血管渗透性增加，诱发休克。

休克早期血压下降是由于周围血管扩张，休克中期毛细血管前后括约肌均关闭，毛细血管血流中止。休克晚期毛细血管前括约肌开放，后括约肌关闭，血液聚积于毛细血管内，血液通过动静脉短路而循环，导致严重低氧血症。

二、体液紊乱特点

1. **血容量损失**　感染性休克多属于低血容量性休克，其体液紊乱有以下原因：①微血管床开放容纳了大量血流；②微循环内血液淤积，毛细血管内压增加，血管通透性增加，血浆外渗，使有效血容量减少；③结缔组织、胶原及基质在休克时吸收水、钠增加；④细胞膜通透性改变，使钠离子和细胞外液向细胞内转移；⑤体液向体腔如胸腔、腹腔转移，故休克时血容量损失可以很大。

2. **低血钠** 低血钠有多方面原因，如发病前进食少、呕吐、腹泻、尿排钠增加。休克时由于酸中毒 pH 下降，胶原和结缔组织对钠的亲和力增加，吸收大量水和钠使血钠降低。组织细胞缺氧，细胞膜钠泵失调，使钠进入细胞内、钾向细胞外转移。钙内流使细胞内钙超载。

3. **高血钾** 休克时组织破坏，可使钾自细胞内释出。休克时尿少，钾不能排泄，加上酸中毒等可引起高钾血症，严重高钾血症可发生心室纤颤和心搏骤停。

4. **代谢性酸中毒** 组织缺氧，细胞进行无氧代谢使血中乳酸增多，休克时尿量减少又使酸排泄减少，故可迅速发生酸中毒。随着休克时间延长又可使酸中毒加重。酸中毒使心肌收缩减弱，各种酶的活性降低，血管对儿茶酚胺类药物的反应降低，并使肝素灭活、血液黏滞、红细胞易于凝集、发生 DIC。还可使小动脉痉挛，促发肺水肿。严重酸中毒可使细胞溶酶体破坏，引起细胞分解和坏死。

除代谢性酸中毒外，休克早期有效循环血量减少反射可引起呼吸加快，发生呼吸性碱中毒。休克后期肺功能受损（休克肺）可引起呼吸性酸中毒。

5. **血、钙、磷降低** 不论任何原因引起的组织灌注不足均伴有血清钙离子的明显降低，钙离子缺乏常伴有心肌功能减低、心动过速、低血压、EKG 异常、酸中毒、发绀、体温低、意识改变及运动神经兴奋性提高。磷关系到整个人体细胞能量的储备。红细胞内磷酸盐（2,3 DPC）减少，氧与血红蛋白结合力增加，不利于向组织供氧。低磷可导致呼吸衰竭、心力减弱、吞噬功能降低、血小板功能紊乱、出血、溶血、肝损害、神经异常等。

三、临床表现

根据病程可分为 3 期。

1. **休克早期** 神志清醒，但精神不振、烦躁、对外界反应迟钝。常有发热，面色苍白，口唇及指（趾）发绀，手足发凉，冷汗，血压开始下降，脉压小，心率快，尿量减少。

2. **休克期** 神志不清，面色青灰，四肢冰凉，出冷汗，皮肤有网纹，脉弱而快，心音低钝，呼吸深快，血压低甚至测量不到，毛细血管再充盈时间延长，肛温升高、腋温不升高两者相差＞1℃，尿少或无尿。

3. **休克晚期** 昏迷程度加深，皮肤湿冷、苍白或青紫，脉搏摸不到，血压测量不到，心音弱，心律失常。合并脑水肿者可有颅内压增高，可发生脑疝，瞳孔缩小或散大，两侧不对称，呼吸中枢受压出现呼吸节律不齐、双吸气甚至呼吸衰竭，如发生 DIC 可见皮肤瘀斑。

查血常规有血红蛋白、红细胞计数及血球压积增加，提示血容量损失。白细胞计数高，分类左移，有中毒颗粒，提示感染严重。血液、排泄物及病灶脓液培养可发

现病原菌。

血浆$[HCO_3^-]$及 pH 低,为代谢性酸中毒。血尿素氮及血钾升高,提示肾功能减退。血清乳酸含量高,提示细胞缺氧,有乳酸酸中毒。乳酸脱氢酶及转氨酶增高,提示组织坏死。

四、液体治疗

1. 扩充血容量的原则与方案　休克时细胞外液减少、有效循环血量不足,急救时在短时间内补充有效血容量以扩充功能性细胞外液很重要。所以扩容的作用比血管活性药还重要,不少休克患儿未使用血管活性药物,经过扩容及时纠正酸中毒后休克可逐渐减轻。

(1)休克早期微循环障碍:有效循环血量锐减,但脏器功能尚无损害者,补液要遵循一早、二快、三足量的原则,在短时间内迅速补足有效循环血量,改善各器官的灌流状态。

①液体的选择:临床研究证明,在感染性休克应激状态下,体内均存在着暂时性高血糖,故不宜选用高张葡萄糖液,而应选用含钠液。选择何种含钠液,要根据原发病、患儿年龄和病情而异。原发病为中毒型痢疾病用等张含钠液;暴发型流脑用 1/3～1/2 张含钠液;病因不明者用 1/2～2/3 张含钠液;1 岁以下用 1/2 张含钠液;新生儿用 1/3 张含钠液;病情轻者用 1/3～1/2 张含钠液;病情重着用 2/3 至等张含钠液。②扩充循环血量:第一步为快速输液扩容阶段指在最初 30～60min 内,轻症者用 1/2 张液(2∶3∶1 液即 0.9%氯化钠 2 份、5%葡萄糖液 3 份、1.4%碳酸氢钠 1 份)滴速 8～10ml/(kg·h)直至休克得到纠正,然后减慢滴速,用 1/3 张维持;重者用 2∶1 等渗液(0.9%氯化钠 2 份,1.4%碳酸氢钠 1 份)每次 10～15ml/kg(总量不超过 300ml)在 30～60min 内静脉推注。

第二步是继续输液阶段,首批扩容后 6～8h 内,可继续应用 1/2 张液。对有重度脱水者可用 2/3 张液(0.9%氯化钠 4 份、5%葡萄糖液 3 份、1.4%碳酸氢钠 2份)按 30～50ml/kg,在 6～8h 内输入。

最后是维持输液阶段,经以上两个阶段输液后,患儿安稳、四肢温暖、脉搏有力、血压稳定回升,开始排尿则提示休克得到纠正。在休克纠正后,维持液应低于生理需要量,50～80ml/kg 补给,可用 1/5 张液(10%葡萄糖液 4 份、0.9%氯化钠 1份)。患儿排尿后补 10%氯化钾。

(2)休克早期,微循环障碍伴有明显器官功能损害,如婴幼儿重症肺炎等多在并发心力衰竭和(或)呼吸衰竭的基础上又并有休克,此时应补充有效循环血量,则不能一味遵循一早、二快、三足量的原则,对于快速输液更应慎重。此期应:①在综合治疗基础上使用扩血管药物,使淤滞在微循环中的细胞外液重新回到有效循环中。②维持原有输液或应用低分子右旋糖酐 5～10ml/kg。③用 5％碳酸氢钠纠正酸中毒，因其为高渗液，本身即有内扩容的作用。

2. 纠正酸中毒　休克自始至终存在酸中毒，因此纠正酸中毒是很重要的。

(1)轻度酸中毒经扩容后，机体经自身调节逐渐纠正，不需要做其他治疗。

(2)中度酸中毒常用 5％碳酸氢钠。

所需 5％碳酸氢钠 ml＝(－BE)×体重(kg)×0.5

依血气分析结果将-BE 代入上式，先用 1/2～2/3 量，再根据患儿状况决定用量。

3. 扩容时应注意的问题

(1)输液量与输液速度要参考血压、尿量、尿比重、脉率等指标而定，有条件时要根据中心静脉压来控制和决定输液量。临床中常遇到输液量已足、尿量较多，但比重低、血压不回升、休克仍得不到纠正的情况，这表明输晶体相对较少，葡萄糖相对较多。

(2)休克早期：多有应激性高血糖，因此扩容时不能单用含糖液，此溶液达不到扩容目的。此时应输入含钠溶液。休克纠正后，由于糖原大量分解，组织细胞处于饥饿状态，能量缺乏，这时要补给含糖液。

(3)晶体液的优点是无毒性，不引起过敏或免疫反应，并在体内可迅速到达间质。其缺点是约输入后 4h 血循环中仅剩余 40％，因此只能起到暂时的扩容作用。为使扩容作用持续，还应适时输入低分子右旋糖酐来维持足够的血容量。其优点是能维持胶体渗透压、降低血黏稠度、疏通微循环、防止微血栓形成等优点。本药注入后 90min 有 75％从尿中排出，因此扩容时间短，但因其不含蛋白质及红细胞因此并不能取代血浆和血液，急性肾功衰竭时禁用。用量不超过 20ml/(kg·d)。

(4)对输血要严格控制，除失血性休克外，在感染性休克只有当血细胞比容低于 0.35 以下才可考虑输血。因休克时血液浓缩、血流缓慢、血黏度增高，早期输血可诱发弥散性血管内凝血。

(5)感染性休克有效循环血量不足系血液重新分配发生病理性转移，因此扩容不能过快过多，以免增加心脏负担。故在监护中应严密监测心功能。

五、其他治疗

1. 一般护理　患儿宜置于安静环境中，应有专人护理，随时抽吸咽部分泌物，保持呼吸道畅通，防止窒息。使患儿仰卧，头和腿各抬高 30°，且要与平卧位相交替，因抬高腿部能促进下肢静脉回流心脏，头颈抬高可使呼吸动作接近于生理状态，减少腹腔内脏对膈肌及肺下叶的压迫。休克时因微循环障碍，供氧量减少，需氧量增加，机体处于缺氧状态。组织缺氧引起细胞代谢障碍是休克病理生理变化的重要因素,因此供给氧防止无氧代谢十分重要。早期可用鼻导管法或面罩法输氧,有呼吸衰竭者可做气管插管或气管切开,用呼吸机供氧,有助于肺泡扩张,减少肺泡与毛细血管间的氧分压差,提高血氧饱和度,维持 $PaO_2 > 10.64kPa$（80mmHg）、$PaCO_2 < 6.55kPa$（50mmHg）。

观察病情的重点包括①心率:心音应有力,心率应在 80～120,心率过快提示周围循环不良或肺功能不足,心动过缓则提示心肌收缩无力、传导障碍;②血压和脉压:小儿收缩压不应低于 10.64kPa（80mmHg）,脉压是心脏一次排血量的指标,脉压小提示心排血量不足;③皮肤血管舒缩状态:包括皮肤黏膜温湿度、颜色及弹性,甲床颜色及毛细血管再充盈情况;④尿量:是内脏灌注的指标,婴儿每小时尿量应 >10ml,儿童 >20ml;⑤其他:如末梢静脉及颈静脉的盈虚、脉率、脉搏充实度等均能反映循环情况。观察眼底动静脉比例,可提示周围血管阻力。

2. 控制感染　是消除病因的重要措施,抗生素要足量,用两种抗生素联合静脉滴注、在病原菌未决定前根据可疑的原发疾病采用抗生素。如肺炎可用青霉素、氨苄青霉素联合滴注,对青霉素耐药者可用红霉素、先锋霉素类。对流行性脑膜炎可用青霉素、氨苄青霉素、头孢三嗪、氯霉素。对细菌性痢疾可用氨苄青霉素、氯霉素、头孢哌酮。对化脓性病灶考虑为金黄色葡萄球菌感染者,可用青霉素、头孢克洛、头孢噻甲羧肟(复达欣)、头孢三嗪。怀疑为厌气菌感染者可用氯霉素、甲硝唑、氯林霉素。对铜绿假单胞菌感染可用丁胺卡那霉素,头孢呋肟(西力欣)。在确定病原菌后,可根据药物敏感试验采用抗生素。

3. 血管活性药物

(1)抗胆碱能类:阿托品是副交感神经阻滞药,能降低迷走神经张力,增加心率、加快房室传导、扩张周围毛细血管、改善微循环,用量为 0.03～0.05mg/kg。山莨菪碱(654-2)是人工合成的抗胆碱药,作用与阿托品同,副作用较轻、剂量为 0.3～0.5mg/kg。东莨菪碱还有兴奋呼吸中枢及抗惊厥作用,用量为 0.03mg/kg,可加葡萄糖液中静脉注射,每 5～15min 一次,有效表现为瞳孔散大、心率增加、血压上升、面色转红、四肢温暖、脉搏有力。

(2)盐酸多巴胺:为去甲肾上腺素前体,能直接兴奋 α 及 β 受体,对周围血管有选择性收缩作用。大剂量 10～20μg/(kg·min)出现 α 受体作用,使周围血管收缩,血压升高,但肾、内脏血流减少,且有发生心动过速心律失常的危险。小剂量 < 8μg/(kg·min),表现为 β 受体作用,能增加心肌收缩力,增加心排血量,对周围小动脉有扩张作用,使心、肾血流量增加,适用于血容量已补足但休克尚未恢复者,用法以 10mg 加入 10％葡萄糖 100ml 中,则每 ml 含 100μg,每毫升约 20 滴,每滴约含 5μg,根据体重可计算出每分钟所用的微克数,即可算出每分钟滴数。开始用小剂量,根据血压、尿量调整滴速。注意勿与碱性药物及钙剂合用,因这些药物能使

多巴胺失效。

(3) 异丙肾上腺素:为 β 受体兴奋药,能增加心率及心肌收缩力,扩张微动脉及小静脉,降低周围血管阻力,增加回心血量,并有支气管扩张作用。适用于血容量已补足,血压仍低,心搏出量下降和对阿托品无反应的心动过缓者。用量为 1mg 加于 10％葡萄糖 100ml 中滴注,但因其增加心肌耗氧,易诱发心率失常,较少应用。

(4) 酚妥拉明:为 α 受体阻滞药,能抑制阻力血管和容量血管的收缩,扩张毛细血管前括约肌,降低外周阻力,改善微循环,适用于血容量已补足但外周阻力高,特别是低排高阻型冷休克,对休克合并肺水肿者更有效。剂量为 0.5mg/kg、总量不超过 10mg,加于葡萄糖液中滴注。

(5) 缩血管药:常用者有间羟胺(阿拉明)、去甲肾上腺素、苯肾上腺素(新福林)。其作用为兴奋 α 受体,使全身血管收缩,血压升高。并有强心作用,适用于血容量未补足前血压过低者,也适用于皮肤潮红、四肢温暖、以血管舒张为主的高排低阻型暖休克。因血流量与血压/阻力成正比,用缩血管药提高外周阻力,虽能提高血压,但减少了血流量,反而加重休克,故最好与多巴胺联用,后者能使肠系膜、肾、脑血管及冠状动脉扩张,有利于内脏器官的灌注。

4. 阻断炎症系统反应　大剂量皮质激素在抗休克中有以下作用:①抑制吞噬细胞功能,减少 IL-1 释放;②减少补体系统反应的超敏毒素及趋化作用;③稳定细胞膜及溶酶体膜,减少多核白细胞及血小板释出溶酶体酶、自由基等血管损伤物质;④反馈性抑制 ACTH/内腓肽的释放;⑤抑制磷酯酶、脂氧化酶及环氧化酶,使前列腺素产物及白三烯的作用消除;⑥抑制肥大细胞及嗜碱粒细胞的脱粒作用,使组胺及 5-羟色胺作用减少,并可减少血管渗透性,解除血管痉挛,改善微循环、增加心肌收缩力等,防止高动力型 SS 进展为低动力型 SS,故主张早期大量应用。常用甲泼尼龙 5～10 mg/kg 或地塞米松 0.5mg/kg,4～6h 一次静脉滴注。

布洛芬与消炎痛是非激素类抗炎药,为强力脂氧化酶和环氧化酶抑制剂,能减少磷脂化酶产物 TXA_2、PGE_2、白三烯等产生,可早期应用。

纳洛酮是鸦片样受体阻滞药,可与内腓肽受体结合,消除内腓肽的降压作用,并有稳定溶酶体膜、降低心肌抑制因子的作用,可使心排血量增加,用于血管活性药无效者,首次量 0.2mg 静脉推注,每 15min 一次,每次用量加倍,直至 1.2mg。

5. 免疫球蛋白　用于严重感染抗生素不能控制者,剂量为 300～500mg/kg,静脉注射,2～3d 后可再用,有杀菌、中和毒素、清除细菌(调理和增强细胞免疫)和免疫抑制(FC 受体调节或封闭、抑制抗体形成)的作用。

6. 血清及血液　①应用抗内毒素血清可降低病死率;②血液透析可清除循环中的毒素;③输血可补充纤维连结素;④维生素 C、E 可消除体内自由基;⑤自血光

量子疗法，取静脉血经紫外线照射及充氧后回输，有助于消灭病原菌及毒素。

7. 外科手术　有脓肿者可切开排脓。

（袁雄伟）

第三节　过敏性休克

变态反应是某些物质刺激人体后引起的异常反应，有明显的个体差异，对某些特异体质的人则可引起病理反应。变态反应性疾病可分4型：Ⅰ型为速发型，Ⅱ、Ⅲ、Ⅳ型为迟发型，速发型反应引起的循环衰竭称为过敏性休克。

一、病 理 生 理

引起过敏反应的物质称为过敏原，即抗原。抗原不仅有蛋白质、糖类、脂肪，某些能与蛋白质结合的简单物质也能形成抗原，这些简单物质称为半抗原。能引起过敏性休克的物质很多，包括动物、植物、化学物质等。

1. 抗生素类　青霉素、合成青霉素、链霉素、氯霉素、四环素族。

2. 麻醉止痛药　普鲁卡因、利多卡因、去痛片、水杨酸钠、安乃近、复方奎宁，氨基比林。

3. 其他化学药　磺胺类喹诺酮类、右旋糖酐、含碘造影剂、糜蛋白酶、呋喃西林、细胞色素C、鼻眼净、凝血质、氨茶碱、苯海拉明。

4. 动物血清　破伤风抗毒素、白喉抗毒素、抗蛇毒血清等。

5. 激素　胰岛素、促肾上腺皮质激素。

6. 动物毒液　黄蜂、海蜇刺伤，毒蚊咬伤。

过敏体质者接受过敏原后，体内可产生大量免疫球蛋白，即 IgE 型抗体。此特异抗体可与血管周围结缔组织中的肥大细胞和血液中嗜碱性粒细胞膜上的受体结合，使机体处于过敏状态。当再次接受相同的抗原时，抗原即与肥大细胞和嗜碱粒细胞膜上的 IgE 抗体结合，激发细胞内酯酶反应，降低细胞内环磷酸腺苷（cAMP）浓度，使细胞内微丝和微管发生收缩，细胞脱颗粒，并释放组织胺、缓激肽，5-羟色胺、慢反应物质、嗜酸粒细胞趋化因子和血小板激活因子等生物活性物质。这些物质可引起腺体分泌增加、平滑肌痉挛、毛细血管扩张和通透性增加，血管内血浆可渗出到组织间隙，导致循环血容量减少，回心血量减少，心排血量下降，即过敏性休克。

因本病而猝死的主要病理表现有：急性肺淤血与过度通气、喉头水肿、内脏充血、肺间质水肿及出血。镜下可见气道黏膜下极度水肿，小气道内分泌物增加，支气管及肺间质内血管充血伴嗜酸性粒细胞浸润，约80%死亡病例合并有心肌的灶性坏死或病变。脾、肝与肠系膜血管也多充血伴嗜酸性粒细胞浸润。少数病例还可有消化道出血等。

二、临 床 表 现

特点是发生突然,来势凶猛。50%病儿在接受抗原物质后的5min即内出现症状。

1. **症状**　过敏性休克发生时,可涉及多系统,以循环系统的病变最明显。

(1)循环系统表现:由于血管扩张、血浆渗出,表现为面色苍白、出冷汗、四肢厥冷、心悸、脉弱、血压下降,出现休克,严重者心跳停止。

(2)呼吸系统表现:由于喉头、气管、支气管水肿及痉挛或肺水肿,引起呼吸道分泌物增加,出现气急、胸闷、憋气、喘鸣、发绀,可因窒息而死亡。

(3)神经系统表现:由于脑缺氧、脑水肿,表现为神志淡漠或烦躁不安。严重者有意识障碍、昏迷、惊厥、大小便失禁。

(4)消化系统表现:由于肠道平滑肌痉挛、水肿,可引起恶心、呕吐、腹痛、腹泻。

(5)皮肤黏膜表现:由于血浆渗出,可有荨麻疹、血管神经性水肿、皮肤瘙痒等征兆,常在过敏性休克早期出现。

2. **体征**　神志清楚或昏迷,面色苍白或发绀,皮肤可有风团、充血性斑丘疹、眼结膜充血,脉细弱、血压低、四肢厥冷出汗,呼吸困难、两肺痰鸣音或湿啰音,心音低钝,腹部可有压痛。

三、液 体 治 疗

1. **补充血容量**　过敏性休克症是由于血浆外渗,有效血容量不足导致,故应迅速补充血容量,才能纠正休克。可用平衡盐溶液 30ml/kg,以 15ml/(kg·h)速度静脉滴注。最近有人用 5%碳酸氢钠或 7.5%氯化钠 4ml/kg 静滴,1~2min 见效,后以 6%低分子右旋糖酐延长疗效。同时放置导尿管监测尿量,如每小时尿量＞1ml/kg,则表示心排血量及肾血流量已充足。过敏性休克无水的额外损失,故血压回升后即应停止输等张含钠液,改用维持液,可按 100ml/418.4kJ(100kcal)供给,输液速度减为 5ml/(kg·h),如病人神志转清能进食者维持液可减少。如尿量＜0.5ml/(kg·h),表示肾血流量不足,休克尚未纠正,应继续补充平衡盐液。大多数患儿经补充血容量后,血压可回升,尿量增加、心率减慢、脉搏有力,面色转红。如无好转则取静脉血测定钠、钾、氯、钙、血浆$[HCO_3^-]$、血糖及血细胞比容、取动脉血做血气分析,以发现其他影响休克纠正的因素,常见影响休克纠正的因素为酸中毒和低血钙。

2. **纠正酸中毒**　一般在血容量补充后酸中毒可自然纠正。如未纠正表示组织灌注不足,循环功能不全,仍有酸性代谢物产生增多和排泄减少,应继续补充血容量和给碱性液。补碱可根据血浆[HCO_3^-]计算所需碱量,或先给 5% 碳酸氢钠 5ml/kg 以提高血浆[HCO_3^-]10mmol/L,4h 后如未纠正可以再次补给。纠正酸中毒可消除其对心肌的抑制,提高心血管对儿茶酚胺类药的效应,有利于休克的恢复。

3. 补钙 在补充血容量和纠正酸中毒后血压可能仍未恢复,可能与血钙低有关,因大量输液后血清钙离子被稀释,或由于纠正酸中毒后钙进入骨骼内,使离子钙减少,此时可给 10% 氯化钙或 10% 葡萄糖酸钙 10ml,置于维持液中滴注。钙可使周围血管对加压素敏感性增加,增强心肌应激性,有利于血压恢复。

四、其 他 疗 法

1. 一般处理 立即使患者平卧或头部置于低位,清除引起过敏的物质,由皮肤试验或被毒虫咬伤者应在其近心端用止血带紧缚,以减少有害抗原向全身扩散。吸出咽喉部分泌物,保持呼吸道畅通,并给氧吸入。

2. 儿茶酚胺类药 立即肌注或静脉注射 1% 肾上腺素 0.02～0.05ml/kg,必要时在 10～15min 后重复应用,或将药物加于葡萄糖液中静脉注射。如无效可应用其他类儿茶酚胺药物。心跳突然停止可用 5% 碳酸氢钠 5ml/kg 股动脉注射,并做胸外心脏按压。儿茶酚胺类除可使血管收缩维持血压外,还可阻止过敏原引起的组胺释放,使细胞环磷酸腺苷(cAMP)的浓度提高,抑制组胺的作用。

3. 抗组胺药 苯海拉明(2～4ml/kg)、异丙嗪肌注,这些药物能在平滑肌、腺体及血管的细胞膜上竞争与受体结合,阻止其与组胺结合,减少过敏反应。青霉素过敏者可在原注射部位肌注青霉素酶 80 万 U,链霉素过敏者可静脉注射 10% 葡萄糖酸钙 10ml,均有良好的抗过敏作用。

4. 抗胆碱能药 包括阿托品、山莨菪碱、东莨菪碱,能拮抗 α 受体和阻滞 M 受体,解除血管痉挛,活跃微循环,并能兴奋呼吸中枢,解除支气管痉挛,减少呼吸道分泌物,解除肺血管痉挛,降低心前后负荷,阻止肺水肿,改善肾循环。山莨菪碱副作用较阿托品轻,应为首选。用法:山莨菪碱 0.3～0.5mg/kg、东莨菪碱 0.01～0.02mg/kg、阿托品 0.03～0.05mg/kg,静脉注射,15～25min 一次,直到面色出现红润、循环改善为止。

5. 肾上腺皮质激素 可抑制免疫反应,大剂量可使淋巴细胞溶解,使血液、淋巴结、脾内的淋巴细胞减少,抑制网状内皮系统功能,减弱由抗原刺激引起的抗体反应,常用地塞米松 0.3 mg/kg 或氢化可的松 5mg/kg,加入输液中滴注。

6. 氨茶碱类药 此类药物能抑制磷酸二酯酶,阻止 cAMP 分解成无活性的5-AMP,故可使 cAMP 浓度增加,特别适用于伴有支气管痉挛的过敏性休克,常用量为氨茶碱 4mg/kg 加于葡萄糖液静脉滴注。

7. 色甘酸二钠　此药可稳定肥大细胞的细胞膜,阻止其脱粒作用,使其不能形成组胺、慢反应物质、缓激肽等,故特别适用于伴支气管痉挛的过敏性休克,每次 20mg 做雾化吸入。

（袁雄伟）

第 8 章　内分泌系统疾病

第一节　糖尿病酮症酸中毒

糖尿病酮症酸中毒(DKA)是糖尿病常见的急性并发症,易发生于 1 型糖尿病或 2 型糖尿病患者在胰岛素治疗突然中断或减量,以及遇有急性应激情况时(例如各种感染、急性心肌梗死、脑血管意外、手术、麻醉、妊娠与分娩等),体内糖代谢紊乱加重,脂肪分解加速,使酮体生成超过了利用,以致酮体在血液内堆积,表现为血酮体增加,尿酮体阳性,称为糖尿病酮症。如酮体进一步积聚,蛋白质分解,酸性代谢产物增多,血 pH 下降,则产生酸中毒,称为糖尿病酮症酸中毒。

一、病理生理

1. **高血酮症**　因胰岛素缺乏、升糖激素增加使血糖明显升高,脂肪动员和分解加速,大量脂肪酸在肝脏经 β-氧化生成大量乙酰乙酸、β-羟丁酸和丙酮,三者通称为酮体。乙酰乙酸、β-羟丁酸均为强酸,且后者酸性更强(β-羟丁酸/乙酰乙酸比值越高,酸血症越重)。这些产物增多至超过组织的利用度及肾脏的排泄能力,则堆积于血中,是造成 DKA 的主要机制。丙酮本身酸性弱,但通过呼吸排出时,形成烂苹果味。此外胰岛素缺乏,蛋白质分解增强,导致有机酸增多,加重酸血症。

高血酮及酸中毒的危害:高血酮使 pH 下降,从肾脏排出时带走大量的碱,加重酸血症,并使细胞脱水;酸中毒时出现高血钾,使心肌抑制,并减弱血管平滑肌对儿茶酚胺的反应性;过度呼吸致呼吸肌麻痹,且抑制中枢神经系统,有时可致消化道出血。

2. **高血糖**　高渗利尿、脱水等导致高渗状态。

3. **电解质紊乱**　进食少、呕吐、腹泻,体内总的钠、钾随肾脏排出增加而减少,而血浆钠钾因血液的浓缩可升高。

二、体液紊乱特点

1. **酸中毒**　当糖尿病代谢紊乱加重时,脂肪分解加速,大量脂肪酸在肝脏细

胞线粒体经 β 氧化产生大量乙酰乙酸、β-羟丁酸和丙酮,这三者统称为酮体。当酮体生成剧增,超过肝外组织的氧化能力时,血酮体升高称为酮体症,尿酮体排出增多称为酮尿,临床上统称为酮症。乙酰乙酸和 β-羟丁酸是较强的有机酸,大量消耗体内碱储备,若代谢进一步加剧,血酮体继续升高,超过身体的处理能力,便发生代谢性酸中毒。

2. 严重脱水

(1)升高的血糖,加重渗透性利尿,大量酮体从肾、肺排出又带走大量水分。

(2)由于蛋白质、脂肪分解加速,大量酸性代谢产物排出,加重水分丢失。

(3)厌食、恶心、呕吐等胃肠症状,使体液丢失,水分入量减少。

3. 电解质紊乱 渗透性利尿时,使钠、钾、氯、磷酸根等离子丢失;酸中毒时钾离子常从细胞内转移至细胞外,故测血钾可正常;当大量补液时钾可被稀释、并随葡萄糖转移到细胞内,血钾可迅速下降。

三、临 床 表 现

1. 高血糖 胰岛素不足使组织对糖的摄入减少而处于饥饿状态,结果蛋白质及脂肪分解增加,为糖原异生提供氨基酸及甘油。组织饥饿又促使反向调节激素分泌增加而加强上述过程。胰岛素不足也使肝脏的糖原异生增强,反向调节激素也刺激了糖原异生。

2. 脱水与口渴 主要由高血糖及高血酮引起渗透性利尿,过度通气及某些原有疾病等引起呕吐,出现高渗性脱水的表现。

3. 酸中毒 因胰岛素缺乏,酮体无法进一步代谢而堆积,形成酮血症,也可由组织灌注不良引起乳酸中毒所致。

4. 呼吸深快 属于由于脱水致代谢性酸中毒时机体所作出的代偿性反应。

5. 昏迷 系高渗脱水所致,当渗透压值>320mosm/L 时,常出现昏迷。

6. 血浆高渗透压 主要由高血糖所致,可通过下式计算:

$$血浆渗透压 = 血钠(mmol/L) \times 2 + \frac{血糖(mg/dl)}{18} + \frac{BUN(mg/dl)}{28}$$

或血钠(mmol/L)×2+血糖(mmol/L)+尿素(mmol/L)。

7. 高脂血症 系反向调节激素的脂肪分解增强及低胰岛素血症所致。

8. 电解质紊乱 稀释性低钠血症系由高血糖及高血脂引起的高渗稀释所致。纠正后所要达到的血钠水平可按下式计算:

$$血钠 = \left[\frac{血糖(mmol/L) - 5.6}{2} \right]$$

钠的缺失可按 10mmol/kg 估计。由于酸中毒时钾从组织中释出。血钾可能处于假性正常水平,钾缺失的总量可按 5mmol/kg 估计。由于初发病人在入院前

已经历了较长时间的多尿,因此其钾的丢失量可能要比复发者高。

9. 其他表现 尿素氮、肌酐及血清酮体均增高,外周血白细胞增高并有核左移(应激反应而非感染)。血清淀粉酶增高(唾液中淀粉酶增高所致,而非胰腺炎)。此外,患儿还可出现腹痛、血压增高、心率增快及胸骨后疼痛或颈痛伴声音嘶哑、呼吸困难等非特异性症状和体征。

四、诊　断

DKA 是由于体内胰岛素缺乏引起以高血糖(血糖>12mmol/L)、高血酮,或高尿酮伴酸中毒(静脉血 pH<7.3 或血清 HCO_3^- <15mmol/L)为主要改变的临床综合征。DKA 亦可发生于血糖正常情况下,酮症酸中毒分级见表 8-1。

表 8-1　糖尿病酮症酸中毒的分级

	CO_2CP(mmol/L)	CO_2CP(Vol/dl)	pH
轻度酸中毒	<20	<44	<7.35
中度酸中毒	<15	<33	<7.20
重度酸中毒	<10	<22	<7.05

五、液 体 治 疗

1. 补液量、液体张力和补液步骤 液体量包括累积损失量和维持补液量两部分。累积损失量根据脱水程度计算,有明显脱水和酸中毒者一般可按 100ml/kg 补充。生理维持量可按 1 500ml/m² 计算。也可根据体重计算:第 1 个 10kg 体重 100ml/kg,第 2 个 10kg 体重 50ml/kg,第 3 个 10kg 体重 20ml/kg。例如,30kg 体重的患儿补液量可根据表 8-2 计算。

表 8-2　体重 30kg 酮症酸中毒患儿补液量的计算

	维持量	累积损失量	24h 总量
第 1 个 10kg 体重	100ml/kg	100ml/kg	200ml/kg
第 2 个 10kg 体重	50ml/kg	100ml/kg	150ml/kg
第 3 个 10kg 体重	20ml/kg	100ml/kg	120ml/kg
合计	1 700ml	3 000ml	4 700ml

补液开始 1~2h 内用生理盐水 20ml/kg,然后根据血电解质检查结果改用 0.45%氯化钠液。当血糖低至 13.9~16.7mmol/L(250~300mg/dl)时,应补给葡

萄糖液,其浓度开始为 2.5%～5%,后根据血糖和能量需要进行调整。8h 内约应补入累积损失之 2/3 量。补液速度可参考下列数值,第 1 小时为 15ml/kg,第 2 小时为 10ml/kg,第 3～8 小时每小时 8ml/kg,第 9～24 小时每小时 5ml/kg。维持补液的张力为 1/3～1/2 张。神志清醒、呕吐停止后可开始口服液体。

2. 纠正酸中毒　随着液体、电解质、胰岛素的应用,酮体产生停止,一般酸中毒可自行纠正。因此,碳酸氢钠的使用应谨慎。只在有严重酸中毒者可用碳酸氢钠纠正。只有当血液 pH<7.1～7.2 时,方可应用碳酸氢钠,用量为 1～2mmol/kg(相当于 5%碳酸氢钠 2～3ml/kg),并应稀释成等渗液,速度不宜过快,在 4～6h 内将二氧化碳结合力提高到 6.7mmol/L。过量及过快应用碳酸氢钠有许多弊端包括①使氧离曲线左移,降低组织氧释放;②加速钾离子进入细胞内而致低钾血症;③过量应用易致碱中毒;④最重要的是可能诱发脑水肿,机制为 HCO_3^- 与 H^+ 结合生成 CO_2 和 H_2O,CO_2 较 HCO_3^- 更易透过血-脑屏障从而加重脑组织酸中毒(脑脊液反常性酸中毒)。

3. 钾的补充　虽然在治疗开始时患儿血钾通常正常或升高,但这是由于酸中毒时钾离子从细胞内移向细胞外液所致,实际上此时患儿体内总钾量已有缺乏。随着酸中毒的纠正,尤其是应用胰岛素后,大量的钾迅速进入细胞内,甚至可产生致死性低血钾,是本病死亡的重要原因。因此,钾的补充非常重要,排尿后应立即开始补钾(通常在第 2 批液体中开始加入钾盐)。一般用氯化钾浓度为 20～40mmol/L(0.2～0.3),每天钾的需要量为 2～4mmol/kg(150～300mg/kg),严重低钾者需要量可选 7mmol/kg,液体中钾的浓度也可提高。补钾的同时还需注意血钾的监测,ECG 对及时发现血钾改变有帮助。此外,由于总体钾的缺乏不可能在 24h 内补足,在整个输液过程中均应补充,输液停止后再口服补钾 5～7d。

4. 磷的补充　治疗过程中血磷常减低,血磷过低可影响 2,3-二磷酸甘油酯(2,3-DPG)的合成,2,3-DPG 减低可使氧离曲线左移,影响氧在组织中的释放,甚至可引起乳酸酸中毒,影响病情恢复。国外常用磷酸钾代替半量氯化钾静脉补充磷,因国内尚无静脉用磷酸钾制剂,可口服中性磷酸盐合剂。补磷过程中应注意监测血钙,发生低钙血症时应暂停补磷,并给予葡萄糖酸钙静脉滴注。

六、其他疗法

1. 胰岛素的应用　低剂量胰岛素持续应用已被普遍接受。大剂量治疗法由于易致低血糖、低血钾及脑水肿而被弃用。轻症病例可皮下注射给药。因普通胰岛素(RI)的半衰期为 4h,作用维持时间为 6h,所以注射间隔不应超过 6h,一般每次可用 0.25U/kg,每 4～6h 注射 1 次。有明显脱水和酸中毒者应静脉用药,开始可静脉注射 0.1U/kg 的负荷量,然后 0.1U/(kg·h)的速度持续静脉滴注[可用

25U 的 RI 加入 250ml 生理盐水中,按 1ml/(kg·h)]的速度滴入,小于 4 岁的儿童 RI 的滴速可减为 0.05U/(kg·h)。胰岛素应单独使用一个输液瓶输注,另辟补液通路或通过三通管进入静脉补液中。可计算出每分钟滴数均匀地静脉滴入,使用微量输液泵则更为准确。病情稳定后可改为皮下注射 RI。应在停止静脉用 RI 前半小时即开始皮下注射 RI,每 6～8h 1 次,每次 0.25～0.5U/kg,直到静脉输液结束。最初应每小时测定一次血糖。血糖下降速度不宜超过每小时 5.6mmol/L (100mg/dl),下降过快应减慢胰岛素用量。如血糖降低速度在每小时 4.2mmol/L (70mg/dl)以下,则应适当加大胰岛素用量。

2. 脑水肿的预防和治疗 脑水肿也是糖尿病酮症酸中毒患儿死亡的重要原因,通常发生在开始治疗后数小时内,此时患儿脱水、酸中毒及高血糖状态已有好转,又出现嗜睡、头痛,可有神经系统异常体征(包括视盘水肿),严重者可出现昏迷及脑疝。此并发症的关键在于预防,应注意下列几点:①避免液体过多,特别是电解质液过多;②谨慎使用碳酸氢钠,尤其不要用高渗碳酸氢钠液静脉注射,纠正酸中毒时不要操之过急;③血糖下降太快亦为脑水肿的原因,应避免。血糖低至 13.9～16.7mmol/L(250～300mg/dl)时应及时在液体中加入含糖液。应严密观察脑水肿的早期症象,一旦发现有脑水肿的早期症状和体征,应及早静脉注射 20% 甘露醇(每次 1g/kg)。有人指出,虽然临床上明显的脑水肿已不多见,但亚临床状态脑水肿可能极为常见。

3. 治疗过程中的监测 除应进行生命体征及出入量监测记录外,于第一个 24h 内应每 2h 测血糖 1 次,每 2～4h 测电解质及血气分析 1 次。此后视病情而定。

4. 去除诱发因素 有感染者应使用抗生素,治疗过程中酸中毒纠正不理想者应考虑可能存在严重感染;制订合理的饮食计划,调整胰岛素的用量和用法是防止酮症酸中毒的重要措施。儿童糖尿病的饮食管理常有困难,胰岛素的使用常不规律,应加强对患儿的心理治疗和教育,使其自觉接受治疗。糖尿病患儿需进行手术时,术前应补给葡萄糖液,并根据手术的复杂程度和持续时间制订胰岛素的使用计划。术中应每小时测定 1 次血糖,使其维持于 5.6～11.1mmol/L(100～200mg/dl),如存在酮中毒,未纠正前不宜进行手术。

(袁雄伟)

第二节 糖尿病高渗性昏迷

糖尿病高渗性昏迷又称糖尿病高渗性非酮症性昏迷,是糖尿病的严重代谢紊乱,常表现为血糖极度升高,脱水,血浆渗透压升高而无明显酮症酸中毒,一般多伴有不同程度神经系统障碍或昏迷为主的临床综合征。

一、病理生理

在各种诱因的作用下,血糖显著升高,严重的高血糖和糖尿引起渗透性利尿,致使水及电解质大量自肾脏丢失。由于患者多有主动摄取能力障碍和不同程度的肾功能损害,故高血糖、脱水及高血浆渗透压逐渐加重,最终导致糖尿病高渗性非酮症性昏迷状态。脱水一方面能引起皮质醇、儿茶酚胺和胰升糖素等升糖激素分泌的增多,另一方面又能进一步抑制胰岛素的分泌,继而造成高血糖状态的继续加重,形成恶性循环。

糖尿病高渗性昏迷的基本病理生理改变是由于高血糖渗透引起脱水、电解质丢失、血容量不足以致休克和脑、肾组织脱水与功能损害。

二、体液紊乱特点

1. 酸中毒 糖尿病病人因葡萄糖不能被利用,身体只有分解脂肪供给热量,脂肪分解增多使游离脂肪酸增多,超过肝的处理能力,不能经三羧酸循环代谢,使血中 β-羟丁酸、乙酰乙酸、丙酮酸增多,称为酮血症。由于失水和尿少,这些代谢物不易排泄,血中酸性代谢物增多与缓冲物碳酸氢钠结合,使碱储备减少,产生酸中毒。当血液 pH 低至 7.2 时,刺激呼吸中枢引起大而深的呼吸,以排出过多的 CO_2,同时有少量酮体经肺排出,故呼气有酮味。因尿中亦有酮体排出,故尿亦有酮味。

2. 失水 血糖高使血浆渗透压上升,水由细胞内转移至细胞外,加上大量葡萄糖、酮体及电解质自尿中排泄,产生渗透性利尿,尿量增多,故发生脱水。由于酸中毒使呼吸深快,呼吸道挥发的水分亦增多,加上食欲缺乏和呕吐,使失水加重。

3. 失钠 糖尿病由于渗透性利尿可使氯化钠大量丢失,钠丢失比氯多而产生高氯性酸中毒,如输盐水氯更高。酮体从尿中排泄也结合一定量钠离子,钠进入细胞内与钾交换,呕吐也可增加钠与氯的损失。结果细胞外液减少,血容量降低,可产生休克。

4. 失钾 酮症酸中毒机体组织分解,钾从细胞内释出,并从尿中排泄。肾小管分泌 H^+ 及合成氨功能受损,使肾小管内 K^+ 与 Na^+ 交换增加,K^+ 由尿中排出。大量糖及酮体由尿中排泄产生渗透性利尿,钾被大量排泄。肾上腺皮质功能增强也促进钾排泄。在酮症酸中毒时细胞内钾移至细胞外,加上脱水使血液浓缩,肾衰竭,血钾可以不低,在胰岛素治疗 4h 后,血容量恢复,尿中大量排钾,糖原形成钾进入细胞内,可产生严重低钾症状。

5. 钙、磷、镁的丢失 酮症酸中毒使这些正离子从细胞内释出,并由尿中排

泄。

三、临床表现

患者原有多饮、多食、多尿、消瘦等糖尿病症状,由于感染、暴食、甜食过多、胰岛素用量不足、创伤或手术等诱发酮症酸中毒,出现食欲缺乏、恶心、呕吐、口渴、尿少、头痛、嗜睡、腹痛等症状,呼吸加深加快,口唇呈樱桃红色,呼气有酮味。失水使皮肤黏膜干燥,失去弹性,眼球下陷,声音嘶哑,血压下降,脉搏细弱,四肢厥冷,甚至发生休克。由于肾血流量减少,产生尿少及尿闭。肾缺血造成肾小管损害,可发生肾衰竭。由于缺血、缺氧、酸中毒等可致中枢神经系统功能障碍昏迷。

糖尿病酮症酸中毒诊断依据血糖 $>16.7mmol/L$、血 $pH<7.30$、$HCO_3^- <15mmol/L$,血酮体$>44mmol/L$,尿酮体阳性。若血糖$>33mmol/L$,而尿酮轻微或阴性者,应考虑为高血糖性昏迷。

四、液体治疗

糖尿病昏迷脱水常较严重,为中重度脱水,故应按脱水性质及程度分期分批补液。

因患者血糖高,补充血容量及细胞外液不宜用葡萄糖,而用生理盐水 2 份加 1.25%碳酸氢钠 1 份配成,5%碳酸氢钠宜加蒸馏水稀释,因血糖升高 10mmol/L(180mg/dl)所生渗透压使血钠下降 5mmol/L,故在酸中毒时血钠较低,胰岛素治疗后血钠可升高,故补钠应避免过量。如轻度酸中毒[HCO_3^-]$>15mmol/L$,不必另加碱性液。如[HCO_3^-]$<15mmol/L$,可给 5%碳酸氢钠 5ml/kg,能提高血钠5~10mmol/L,待血糖降至 16.7mmol/L(360mg/dl)以下,才给 2.5%~5%葡萄糖液。每给葡萄糖 4g、给胰岛素 1U,补充生理需要量用维持液。

在给胰岛素后钾转入细胞内,血钾降低,故排尿后应立即补钾,严重缺钾可另给 10%氯化钾 2ml(2.5mmol)/kg。有钙、磷、镁缺乏者也应补充。

五、其他疗法

1. 饮食 最初 24h 须禁食,因酮症酸中毒未消除,进食可使症状加重,可给含钾丰富的果汁,逐渐改为流质、软食。热量分配糖类供给 50%,蛋白质 20%,脂肪 30%,分 5 餐供给,以避免发生低血糖。

2. 胰岛素治疗 胰岛素能促进葡萄糖进入细胞内,供给能量,并能促进葡萄糖合成糖原,故能迅速降低血糖,并能抑制脂肪和蛋白质分解,促进其合成,首次用量为 1U/kg,一半由静脉输入,一半由皮下注射,隔 2 小时后再注射 0.5U/kg,第 2 天后用量应减少。胰岛素一次量不宜过大,因可致血糖迅速下降,而脑脊液血糖下降慢,水可自血流进入颅内。引起脑水肿。治疗过程中应定期测血糖、尿糖、尿酮体。如血糖降至 16.68mmol/L(300ml/dl)以下,胰岛素应改为 1U/(kg·d),分4 次皮下注射,早餐前用总量 30%、中餐前 20%、晚餐前 30%、睡前用 10%。在病情控制后应每隔数天减少胰岛素 1～2U 同时监测血糖,直到减至每天最少必需量,即进入缓解期。

(袁雄伟)

第 **9** 章　泌尿系统疾病

第一节　急性肾功能衰竭

急性肾功能衰竭是由不同病因引起的肾脏生理功能急剧减弱甚至丧失而出现的综合征,此时肾小球滤过率下降,肾脏不能按机体需要来调节尿量及尿成分,导致水、电解质及酸碱平衡紊乱和代谢产物在体内堆积。其诊断要点为在某些诱因的基础上突然出现尿少[<250ml/(m² · 24h)],或尿量不少,但血尿素氮及肌酐持续升高,尿比重固定,并有水肿、高钾血症,常伴有心力衰竭及高血压。

急性肾功能衰竭按原发病变的部位分为肾前性、肾性及肾后性三类。临床上一般分为少尿期、多尿期及恢复期。急性肾衰竭病理变化复杂,尽早确定患儿是否发生了急性肾衰竭、判断目前所处的病期及可能的原发病因十分重要。

一、病 理 生 理

根据病因与肾脏关系分为三类。

1. **肾前性**　由于血容量显著减少,肾血流量不足,肾小球滤过率低,发生尿少或无尿,代谢废物不能排泄而发生尿毒症,多见于脱水、失血、烧伤、休克引起的心衰和新生儿围生期窒息。

2. **肾性**　由于肾实质受损引起,可分为两类。①肾中毒:毒性物质作用于肾脏,引起肾小管上皮细胞坏死。药物如磺胺、汞剂、铋剂、碘剂。抗生素如多黏菌素、卡那毒素、万古霉素、庆大霉素、先锋霉素、新霉素。生物毒素如蛇毒、蜂毒、鱼胆、毒蕈、斑蝥毒、细菌毒素等均可引起。②肾缺血:由于肾血流量减少、特别是肾小动脉痉挛引起的肾脏缺血,肾小管的血液供应不足,可发生上皮细胞坏死,多见于急性肾炎、重症感染、败血症、烧伤、脱水、失血等。另一原因是血管内溶血,如血型不合的输血、蚕豆病、伯氨喹啉溶血、黑热病等。溶血释放的血红蛋白通过肾脏排泄,由于血红蛋白结成团块,阻塞肾小管,引起少尿,管腔积尿肿胀,又会增加肾内压力,使肾血流减少,继而产生缺血损害。

3. **肾后性**　由于尿路阻塞引起,常合并尿路感染,多见于泌尿道先天畸形、肿瘤、磺胺结晶所致的肾内阻塞、结核、结石、瘢痕形成等。

急性肾功能衰竭的发病机制有种种学说，传统的观点认为：各种原因所致的血容量减少，均可使肾小球滤过率下降，引起少尿。血管活性物质如儿茶酚胺、5-羟色胺、组胺的释放，可引起肾动脉痉挛而致肾缺血。肾缺血、缺氧及毒性物质作用使肾小管坏死，小管内液外渗至间质，使肾间质压力增高进一步使肾小球滤过率降低。肾小管因管型阻塞可致无尿，尿素氮不能排泄而发生尿毒症。

管-球反射学说认为：低血容量、缺氧及有毒物质可损害肾小管，使其重吸收障碍；管内钠浓度高，可刺激髓质致密斑，使小球旁器产生肾素－血管紧张素，致血管收缩、血流量减少，肾小球滤过率下降。这是机体维持血容量的防卫机制，但其结果是尿少、尿素氮不能排泄，如其病因未解除，这个反射机制的持续作用可致肾功能衰竭。

腺苷学说：各种原因使肾小管受损，小管细胞三磷腺苷含量减少，腺苷释放到间质内增加，腺苷浓度高可致肾素-血管紧张素分泌增加，通过 α_1 受体使入球小动脉收缩，通过 α_2 受体使出球小动脉扩张，导致肾小球滤过率下降，产生尿少甚至无尿，进而形成肾功能衰竭。

二、体液紊乱特点

1. **水钠平衡失调** 肾衰竭早期由于肾小球滤过率下降，肾小管内液体流动缓慢，水重吸收增加，肾小管坏死、管腔阻塞、小管滤液外渗等可导致尿少或尿闭，体内水潴留而发生水肿。虽然肾小管保钠功能受损，但由于尿少，实际排出的钠量并不大，故无真正的钠缺乏，仅形成稀释性低钠血症。如有呕吐、腹泻、进食少、饮水多，可加重低钠血症。恢复期肾小管对 ADH 反应性差，尿量增加，可出现脱水、钠氯损失亦增加，形成缺钠性低钠血症。

2. **代谢性酸中毒** 进食少、脂肪蛋白质分解代谢增加，产生大量非挥发性酸，由于肾小球滤过率低，代谢酸不能排泄。同时因肾小管严重损害而使合成胺和排出氢离子的功能受损，碳酸氢盐回收减少，产生代谢性酸中毒，出现呼吸深快、嗜睡、昏迷，心肌无力甚至心脏停搏。

3. **高血钾** 正常人 90% 的钾由肾脏排泄。肾功能衰竭时钾排出减少。同时细胞分解代谢增加，甚至伴有组织坏死、胃肠道出血，钾被释出。酸中毒也可使细胞内钾外移。每日可升高血钾 0.5mmol/L，如血钾＞6.5mmol/L 则有危险。临床表现为面色苍白、手足感觉异常、疲乏、肌肉酸痛、脉慢、易出现房室期前收缩和室性颤动，心脏扩大，心跳停止于舒张期。有酸中毒、低血钠、低血钙时更易出现钾中毒。

4. **高血镁** 肾衰竭时细胞分解代谢使镁释出，同时因尿少镁排泄减少，使血

镁升高。

高血镁与高血钾的病因相似,血钾与血镁常呈平行性改变,血镁＞2mmol/L时,可出现镁中毒症状,使神经系统和心血管系统受抑制,肌肉软弱、腱反射消失,并有心动过速、传导阻滞、血压下降,严重者出现嗜睡和昏迷。

5. 高血磷、低血钙　高血磷在肾衰竭时较常见,由于细胞分解代谢放出磷,同时有以排泄磷减少。血磷高可使血钙降低,并间接影响甲状旁腺,使其分泌增加。血钙低的原因尚有食物钙吸收减少,血磷高时可自肠道排泄,在肠内与钙结合成不溶性磷酸钙、减少钙吸收,可出现手足搐搦症。

三、临 床 表 现

临床经过可分三期

1. 少尿期　尿量减少是急性肾功能衰竭的最早症状,可持续 7～14d。小儿正常尿量可按公式估计:24h 尿量 ml＝400＋100×(年龄－1)。每日尿量＜10ml/kg、婴儿＜10ml/h,儿童＜15ml/h 为少尿,每日尿总量＜50ml 为无尿。此时尿比重低而固定,尿比重在 1.010 左右,与血浆比重相似,是急性肾功能衰竭特征之一。由于尿少、尿素氮及其他代谢产物不能排泄而产生一系列症状,如恶心、呕吐、厌食、腹泻、头痛、倦怠、淡漠、嗜睡、烦躁、昏迷、抽搐等。此期由于细胞外液过多可发生水肿、高血压、肺水肿和心力衰竭,若细胞外液低渗,水渗入细胞内,可发生脑水肿和水中毒。

2. 利尿期　为肾间质水肿消退和肾小管上皮再生阶段,多在少尿期的第 1 周末或第 2 周开始,尿量逐渐增多或突然增多,其机制为①肾小球滤过增加;②滤液中尿素增多,产生渗透性利尿;③肾小管重吸收减少。由于肾浓缩功能差,故排泄大量低比重尿,尿比重 1.010 左右。由于短时期排出大量水和电解质,可迅速出现脱水、低钠、低钾、低钙和碱中毒。多尿早期血中尿素氮尚未降低,病人有消瘦、肌肉软弱、麻木、鼓肠、肠鸣音消失,腱反射减弱等表现,甚至可因水电解质紊乱而死亡。

3. 恢复期　发病 5 周后,尿量逐渐恢复至正常,血尿素氮已不高,但肾小管功能仍未恢复,尿浓缩功能差、尿比重仍低于 1.020,约需 3 个月始恢复。少数患者可有永久性肾功能损害,肾组织恢复约需 1 年。

急性肾功能衰竭早期表现为尿少,故根据原发病史、尿少、尿液改变等特点,诊断并不困难,但应区别是肾前性少尿还是肾实质病变引起,需作有关的生化检查,根据临床表现鉴别方法可参考表 9-1。

表 9-1 肾前性与肾性功能衰竭的区别

检查项目	肾前性	肾性
吐、泻失水	+	-
脱水征	+	-
水肿	-	+
尿常规	正常	异常
尿比重	>1.020	<1.015
尿尿素氮	>15g/L	<10g/L
尿钠	<20mmol/L	>40mmol/L
尿渗透压	>450mOsm/L	<350mOsm/L
尿渗透压/血渗透压	>1.5	<1.5
尿尿素/血尿素	>10、婴儿>5	<10、婴儿<5
血红蛋白	↑	↓
血钠	正常或↑	↓
血钾	轻度缓慢↑	↑
氮质血症	轻	明显
补液试验	尿量增加	尿量不增加

四、液体治疗

1. 少尿期 此期制订输液方案的原则为严格控制液体入量,尽可能保持水、电解质和酸碱平衡,等待肾功能恢复。应综合分析后谨慎地根据病情变化实施具体输液方案,一般从以下几方面考虑。

(1)每日液总量,可按下列方式计算:每日入量=前1日尿量+不显性丢失量+异常丢失-食物代谢和组织分解所产生的内生水量

不显性失水量可按 $400\sim500ml/(m^2\cdot d)$,或 $1ml/(kg\cdot h)$ 计算。体温上升 $1℃$ 应增加 $75ml/(m^2\cdot d)$,或增加不显性失水 10%。食物代谢和组织分解的内生水为 $100ml/(m^2\cdot d)$。以不含钠液补充不显性失水;用 $1/3\sim1/2$ 等渗含钠液补充呕吐、腹泻等异常丢失。

评价液体入量是否恰当的最主要指标为体重变化:每日体重减轻 $10\sim20g/kg$,说明所补液量合适。另外还可参考血钠浓度。

(2)高钾血症的处理,血钾 $\geq6.5mmol/L$ 应积极处理。

①葡萄糖酸钙:钙剂虽不能直接影响血钾浓度,但 Ca^{2+} 与 K^+ 对心肌有拮抗作用,故能防止后者对心脏的毒性作用,适用于高钾血症伴心律失常者,可立即使心电图得到改善。同时肾衰患儿往往血钙减低,故补充钙盐具有双重意义。剂量为 10% 葡萄糖酸钙每次 $0.5\sim1ml/kg$,缓慢静脉注射(每次不超过 10ml)。作用维持

12h,每日可用2～3次,凡用洋地黄者应慎用。

②碳酸氢钠:通过纠正酸中毒、使K^+从细胞外向细胞内转移而使血钾下降,作用迅速,持续时间短。剂量为5％碳酸氢钠每次2ml/kg静脉注射。应警惕过多钠盐可扩大细胞外液,加重水肿,并可导致心力衰竭。

③高张葡萄糖和胰岛素:通过增加糖原合成,促进K^+进入细胞内。葡萄糖每次1.5g/kg,每3～5g葡萄糖加胰岛素1U,混合后静点。15～30min开始作用,维持4～12h。

(3)钠的补充:经常出现血钠降低,但少尿期以稀释性低钠血症较多,严格限制液体入量是合理有效的治疗方法。单纯由于血钠降低而给钠盐可造成血容量增加,有很大危险性。如考虑为缺钠性低钠血症者,当血钠<120mmol/L,同时又出现低钠综合征的症状,可适当给予3％氯化钠。该溶液1ml含钠0.5mmol,1.2ml/kg可提高血钠1mmol/L。可先给3～6ml/kg,提高Na^+2.5～5.0 mmol/L,再根据病情变化补充。或按下公式计算用量,分次补给(一般先给总量的1/3),使血钠提高到130mmol/L:

需用的3％NaCl溶液(ml)＝[130－血钠浓度(mmol/L)]×0.6×体重(kg)÷0.5

(4)纠正酸中毒:轻症可不予治疗;重者当pH<7.1,如血钠偏低,酌情用5％$NaHCO_3$使pH提高至7.2。如因水肿、高血压等忌用钠盐者,可用3.64％三羟甲基氨基甲烷(THAM)3～5ml/kg静脉滴注。

(5)低钙血症的处理 凡血磷过高和接受碱性液治疗者均易发生。可静脉缓慢滴注10％葡萄糖酸钙0.5～1ml/kg,每次最大量10ml。短期内重复2～3次。

(6)利尿:尿少期可用利尿药,但效果不理想,甘露醇或山梨醇剂量为0.5～1g/kg,静脉注射,无效则不宜再用。呋塞米剂量为1mg/kg,静脉注射4～6h一次,无效可增至2ml/kg。也可用利尿合剂:10％葡萄糖250ml,维生素C 500mg、普鲁卡因0.5g、氨茶碱125mg、咖啡因125mg静脉滴注。其他如妥拉苏林25mg肌注,或酚妥拉明0.2～0.3mg/kg加入10％葡萄糖100ml中静脉滴注,有解除肾血管痉挛作用。

如病情严重,上述治疗无效应采用透析疗法。

2. 利尿期 虽然此期尿量明显增多,但肾功能仍不正常,尤其肾小管保钠能力尚未恢复而常出现低钠血症,同时大量利尿易致低钾血症而危及生命。因此补充水分和电解质等的损失成为主要问题。如不能检查尿Na^+和尿K^+的损失量,可估计Na^+浓度为100mmol/L,K^+浓度为30mmol/L计算(此期水和钠补充量不能完全按损失量补足)。

(1)纠正低钾血症:及时开始每日给钾2～3mmol/kg口服,如低钾严重可静脉补充,即将10％KCl加入补液中稀释,其K^+最大浓度不超过40mmol/L,均匀慢速滴入,需监测血钾浓度及心电图。

(2)补充足够的水分:防止脱水和休克,以口服水及盐为好,不足时静脉补充。注意如尿量超过 3 000ml,只需补给 1/2～2/3 量。

(3)低钠血症的处理:对消化道症状减轻的患儿应鼓励多食入含盐饮食。如需胃肠外补液,可参考尿钠损失量补以维持液或 1/3 张液体。当血钠明显减低并出现临床症状的可参见前文中所述方法补充 3%氯化钠溶液。

五、其他疗法

1. **一般护理** 患儿应绝对卧床休息,给予低蛋白、低盐、高糖、高脂饮食。限制蛋白质摄入可减少代谢产物的蓄积,减轻肾脏负担,不能进食者可供给足量葡萄糖液以满足热量的需要,并供给各种维生素,特别是复合维生素 B、维生素 C。应注意每日测量体重、记录出入量等。

2. **控制惊厥** 除应用镇静药如苯巴比妥、安定等对症处理外,应根据病因进行治疗。低钙血症常见于尿毒症患者,可给 10%葡萄糖酸钙静脉滴注。低钠血症引起者可根据血钠值计算所需钠量,用高张含钠液补充。如有高血压脑病可用利血平,首次量为 0.07mg/kg,口服药有降压灵、卡托普利并用双氢克尿塞利尿。

3. **防治感染** 做好保护性隔离、预防交叉感染,避免应用对肾脏有毒性的药物如多黏菌素、新霉素、卡那霉素、链霉素、庆大霉素等,可选用青霉素、红霉素、头孢菌素、氨苄青霉素。

4. **治疗并发症** 如有心衰可用洋地黄,但应注意易引起积蓄中毒,尤其低血钾时更应慎重,最好用疗效快、毒性小、排泄快的毛花苷 C 或毒毛旋花子苷 K。

5. **前列腺素及其他** 有报道前列腺素治疗急性肾功能衰竭可使肾血流量增加,肾小球滤过率增加,并使血管对肾素活性降低,病情改善。

有人认为肾小球小动脉平滑肌细胞含钙增加,与急性肾衰开始时血管收缩有关,早期应用钙抑制剂维拉帕米使细胞含钙量降低,可解除小动脉痉挛,增加肾血流量。

6. **透析疗法** 有腹膜透析和血液透析两种,通过透析可排除代谢废物、纠正水和电解质紊乱和维持酸、碱平衡,使急性肾衰病死率降至 50%以下。透析指征:①血尿素氮显著升高;②血钾＞7mmol/L;③临床有尿毒症表现如恶心、呕吐、意识障碍;④有循环系统过度负荷表现如高血压,心力衰竭者;⑤有严重酸中毒。腹膜透析容易操作,适于小儿及体弱者,但若病情要求迅速清除毒素,纠正系统功能障碍,可做血液透析。

（万力生）

第二节 慢性肾功能衰竭

慢性肾功能衰竭,简称慢性肾衰竭,是由于肾单位受到破坏而减少,致使肾脏排泄调节功能和内分泌代谢功能严重受损而造成的水与电解质、酸碱平衡紊乱出现的一系列症状、体征和并发症。小儿慢性肾衰的原因与第1次检出肾衰竭时的小儿年龄密切相关。5岁以下的慢性肾衰竭常是解剖异常的结果,如肾发育不全、肾发育异常、尿路梗阻以及其他先天畸形;5岁以后的慢性肾衰竭则以后天性肾小球疾病如肾小球肾炎、溶血性尿毒综合征或遗传性病变如 Alport 综合征、肾囊性病变为主。

一、病 理 生 理

目前以"健存"肾单位、矫枉失衡和肾小球过度滤过学说来解释:①当肾脏病变严重时,大部分肾单位毁损,残存的肾单位则需加倍工作,以补偿被毁坏了的肾单位功能,随着病变的进展,"健存"的肾单位越来越少,即使加倍工作亦无法代偿时,就出现肾衰竭的症状;②当肾功能衰竭时,机体会出现某些代谢异常(不平衡),为了矫正这种异常,却又引起机体新的失衡现象,如肾小球滤过率下降,尿磷排出减少,血磷升高,随之钙降低,导致甲状旁腺素分泌增多,这种情况持续下去,就会引起继发性甲状旁腺功能亢进,随之而来可产生肾性骨病、周围神经病变、皮肤瘙痒及转移性钙化等一系列失衡症状;③当健存肾单位为了代偿被毁坏了肾单位功能时,不得不增高肾小球血液灌注及滤过率,如长期过度负荷,便可导致肾小球硬化。导致尿毒症的毒素,传统上公认的有尿素、胍类、酚类、吲哚类、芳香酸、肌酐、尿酸、脂肪酸、中分子物质等,近年来提到的尚有细胞代谢产物,从肠道吸收的聚胺类、腐肉素、血浆中高甲状旁腺素及尿毒症时体内微量元素的变化(如铝蓄积可产生尿毒性脑病及肾性骨病等)等。总之,尿毒症的毒素种类繁多,其与尿毒症症状的关系及产生机制十分复杂,随着科技的进步,必将揭开其全貌,为防治尿毒症提供依据。

二、体液紊乱特点

1. 脱水或水肿 本病因肾浓缩尿液的功能减退而致夜尿、多尿,加上恶心、呕吐和腹泻等,如不适当利尿或不注意补充液体,则易引起失水而加重病情。肾排水能力差,多饮水或补液不当,则又易导致水潴留,表现为水肿、血容量过多、高血压、心力衰竭等。甚至产生肺水肿、脑水肿等严重后果。这种肾维持水平衡能力减退所致的对水耐受性降低,既易失水又易水过多,是尿毒症重要特点,为此,维持水的平衡就成为慢性肾功能衰竭重要治疗措施。

2. 低钠血症和钠潴留

(1)失钠:有些患者有失盐性肾病,可造成钠的缺失、血容量减少及低血压。其基础疾病常为肾小管、间质疾病,主要是集合管受损,不能调节尿中氯化钠的排泄。

(2)钠过多:许多肾衰病人对氯化钠的排泄不能随钠摄入的增加而增加。当体内钠过多时,细胞外液增加,引起体重增加、高血压、水肿、心力衰竭等。

3. 低钾血症和高钾血症　虽有各种对血种的调节机制,但病人仍易发生高钾血症,即使体内钾总量未增加也可有高钾血症。酸中毒、输血或摄入钾增加,均可加重该疾病。高钾血症可导致严重的心律失常,有时可无症状而突然出现心搏骤停,部分病人有肌无力或麻痹。

4. 低钙血症和高磷血症　本病血钙常降低,但一般很少引起症状。尿毒症患者常有肌肉抽搐或痉挛,但这常常是由于肾衰时的神经肌肉病变。由于本病的肾组织不能生成 $1,25(OH)_2D_3$(活性维生素 D_3)、从肠道吸收减少,从而发生低钙血症。

血磷的浓度由肠道对磷的吸收及肾的排泄来调节。当 GFR$<$20ml/min 时,血磷才恒定地升高。血磷升高是肾衰患者发生甲形旁腺功能亢进的重要原因,血钙亦随之相应降低;低钙血症使 PTH 分泌增加,令肾小管对磷重吸收减少,磷排出增多,此种调节机制可使血磷维持在正常范围内。一直到 GFR$<$20ml/min,才不能代偿,此时,如不限制磷的摄入,就会出现血磷升高。防止血磷升高有利于防止甲状旁腺功能亢进。

5. 代谢性酸中毒　其原因为:①代谢产物如磷酸、乙酸等酸性物质由于肾的排泄障碍而潴留;②肾小管分泌氢离子的功能受损,氢-钠离子交换功能不全,因而碳酸氢钠不能重吸收而从尿中丢失;③肾小管细胞制造氨的能力降低,与尿中氢离子结合成铵(NH_4^+)减少,因而,不能很好地酸化尿。多数患者能耐受轻度酸中毒,但如二氧化碳结合力$<$13.5mmol/L,则可有较明显症状表现为深而长的呼吸、食欲缺乏、腹痛、恶心和呕吐;虚弱无力、头痛、躁动不安,严重者可昏迷;心肌收缩力减弱,出现心力衰竭;血管扩张,血压下降。酸中毒可导致中枢神经系统代谢紊乱、意识障碍、呼吸中枢和血管运动中枢麻痹而致命。它是尿毒症最常见的死因之一。

三、临床表现

慢性肾衰竭早期往往无临床症状,仅表现为氮质血症及基础疾病的症状,晚期才逐渐表现出尿毒症症状。慢性肾衰临床表现颇为复杂,可累及身体各脏器、各系统。

1. 消化系统　是最早和最常出现症状的系统,常有食欲缺乏、上腹饱胀、恶

心、呕吐、腹泻,舌和口腔黏膜溃疡,口有尿臭味,可有消化道出血等。与体内潴留物质刺激胃肠及口腔黏膜,以及水、电解质、酸碱代谢紊乱有关。

2. 心血管系统　可有高血压,尿毒症心包炎、心肌病,心律失常,心力衰竭。

3. 呼吸系统　出现酸中毒的深大呼吸,尿毒症支气管炎、胸膜炎及胸腔积液,尿毒症肺炎。

4. 血液系统　尿毒症的贫血为正细胞、正色素性贫血,可有出血,表现为皮下出血、鼻出血、月经过多,严重时可发生颅内出血。可有粒细胞或淋巴细胞减少,中性粒细胞吞噬和杀菌能力减弱,易发生感染。

5. 神经系统和肌肉系统　早期可有注意力不集中、疲乏、失眠。晚期出现性格改变,抑郁、记忆力减退、淡漠,尿毒症期常有精神异常、谵妄、幻觉、抽搐、昏迷等。周围神经病变,有肢体麻木、烧灼感或疼痛感、肌肉无力、感觉障碍、有末梢神经炎表现及不安腿综合征。

6. 皮肤症状　肤色深而且灰黄,干燥无光泽、有时可见到尿素霜,皮肤瘙痒可见到抓痕或感染形成尿毒症皮炎。

7. 肾性骨营养不良症(肾性骨病)　常见的纤维性骨炎、骨软化症状、骨质疏松症和骨硬化症。患者常有骨酸痛及行走不便。

8. 内分泌失调　患者在感染时,可发生肾上腺皮质功能不全,血浆肾素正常或升高,活性维生素D降低,促红细胞生成素降低,胰岛素、脂高血糖素及甲状旁腺素等的灭活减少,生长激素生物作用减低。

9. 代谢失调　体温调节功能异常故体温过低,基础代谢率下降,糖耐量代谢异常,高尿酸血症,可有高脂血症,机体蛋白质不足。

10. 水、电解质和酸碱平衡失调　脱水可因呕吐、腹泻、夜尿及多尿等引起。水过多由饮水或补液过多引起。低血钠、高血钠、低血钾和高血钾与尿量和饮食等有关。低钙血症及高磷血症和高镁血症因肾衰磷排泄减少引起。酸中毒是尿毒症最常见的死亡原因之一。

11. 易并发感染　与机体免疫功能低下、白细胞功能异常、抵抗力降低等因素有关,是尿毒症死亡原因之一。

12. 生长发育迟缓　营养不良、激素特别是生长激素效应减低、性激素产生受抑制有关。

四、液体治疗

1. 水与电解质的处理　小儿肾功能不全时,罕见须限制入量,通过脑"渴中心"进行调节,除非发展到终末期肾衰竭时则须用透析。绝大多数小儿有肾功不全时用合适的饮食可维持正常的钠平衡。有些患儿因解剖异常而发生的肾功能不全,由尿丢失大量钠时,则须由饮食补充钠;患儿有高血压、水肿或充血性心力衰竭时须限制钠,有时联合用呋塞米,用量为 $1\sim4mg/(kg\cdot24h)$。

由于饮食中有过多的钾摄入、有严重酸中毒或醛固酮缺乏,即使有中度肾功能不全也可发生高钾血症,但在绝大多数肾功能不全的小儿可以维持钾平衡,如肾功能不全进一步恶化时,须做透析治疗。高血钾症可先试用控制饮食中钾摄入加口服碱性药物或降钾树脂(聚苯乙烯磺酸钠,Kayexalate)治疗。

小儿肾功能不全也几乎均伴有酸中毒,一般不需要处理,除非血清碳酸氢盐低于 $20mmol/L$,此时则需用碳酸氢钠加以矫正。

2. 肾性骨营养不良　当有高血磷症、低血钙症、甲状旁腺内分泌水平上升及血清碱性磷酸酶活性增高时,常并发肾性骨营养不良。一般当肾小球过滤率低到正常的 30% 以下,则血清磷水平上升,血清钙下降,继发甲状旁腺功能亢进。高血磷症可用磷低的饮食控制,也可用碳酸氢钙或抗酸剂口服以促进磷从肠道排出。

五、其 他 疗 法

1. 饮食　当小儿肾小球滤过率下降到正常 50% 以下时,小儿生长速度下降,其主要原因有摄入热量不足。虽不了解肾功能不全时合适的热量摄入量是多少,但应尽可能使热量摄入达到或高于该患儿的年龄组。可用不受限制的糖类增加饮食中热量的摄入如糖、果酱、蜂蜜、葡萄糖聚合物以及脂肪类,但须病人能耐受。当尿素氮高于 $30mmol/L(80mg/dl)$ 时患者可感到恶心、呕吐及厌食,这些可因限制蛋白质摄入而缓解。因小儿在肾衰时仍须一定量的蛋白质用以生长,故可给蛋白质 $1.5g/(kg\cdot d)$,并应给予含有多量必需氨基酸的高质量蛋白质的食物如蛋、奶,其次为肉、鱼、鸡及家禽。牛奶含磷太高,不宜多用,须用葡萄糖、花生油一类食物以补充热量。由于摄入不足或透析时丢失,小儿有肾功能不全时,可能有水溶性维生素缺乏,须常规补充。如有微量元素如铁、锌等缺乏时也须供应,脂溶性维生素如 A、E、K 则不必补充。

2. 贫血　多数患儿血红蛋白稳定于 $60\sim90g/L(6\sim9g/dl)$,不需输血,如血红蛋白低于 $60g/L$ 则应小心输入红细胞 $10ml/kg$(小量可减少血循环超负荷的危险)。

3. 高血压　对高血压紧急情况可舌下含服硝苯吡啶或经静脉注入二氮嗪即降压嗪($5mg/kg$,极量 $300mg$,在 $10s$ 内注入)。严重高血压并发血循环超负荷时可给呋塞米($2\sim4mg/kg$,速度为 $4mg/min$)。肾功能不全时,须小心应用硝普钠,因可有毒硫氰酸盐积聚。

对持续高血压可联合限制盐摄入($2\sim3g/d$)、应用呋塞米[$1\sim4mg/(kg\cdot d)$]、心得安[$1\sim4mg/(kg\cdot d)$]及肼苯达嗪($1\sim5mg/kg$)、长压定及甲巯丙脯酸。

总之应争取早期诊断,去除病因,如发现得太晚,即使去除病因,肾组织的损害也已难于恢复。如病因为尿路梗阻,应做相应的手术治疗,但患儿往往处于肾功能不良时期,不能耐受太大的手术,可先做肾造口术或耻骨上膀胱造口术,以利引流。如有持续性或间断性脓尿,应积极控制感染,并追踪复查。对于终末期肾脏疾病或难于恢复的肾功能衰竭患儿,近年来应用慢性血透析(人工肾,亦称长期间歇性血透析),使很多患儿能继续存活或恢复正常生活。现行的长期规律性透析,一般每周透析 2~3 次,可于夜间睡眠时进行透析。接受慢血液透析治疗的儿童,其第二性征的发育,体重增长等均无明显异常,仅身高稍受影响。近年来,国外慢性血液透析的施行已由医院转移至患儿家庭中,在儿童透析期已有长达 4~5 年者。腹膜透析亦已用于治疗慢性肾衰,主要在腹腔内长期固定导管,每日按时进行透析,在家庭中亦可遵照医嘱进行。

小儿终末期肾衰治疗的最终方法是肾移植。在国外 5 岁以上小儿肾移植的成功率与成人相同,肾移植之前(为了使患儿生命延续下来,以等待适宜的供肾)或肾移植在出现排异现象之后,均有赖于有效的慢性血透析。

(万力生)

第三节　肾小管性酸中毒

肾小管性酸中毒(RTA)是由于近端肾小管重吸收碳酸氢盐或远端肾小管排泌氢离子功能缺陷所致的临床综合征。根据肾小管受损部位及其病理生理基础分为 4 型:Ⅰ型为远端肾小管酸中毒(DRTA)又称经典型肾小管酸中毒。Ⅱ型为近端肾小管酸中毒(PRTA)。Ⅲ型为Ⅰ型和Ⅱ型的混合,又称混合型。Ⅳ型肾小管酸中毒是由于先天性或获得性醛固酮分泌不足或肾小管对醛固酮反应不敏感所引起的代谢性中毒和高钾血症。每型根据其病因又可分为原发性或继发性肾小管酸中毒。

一、病 理 生 理

1. 远端(Ⅰ型)肾小管性酸中毒　远肾单位正常时 H^+ 的分泌是由特异的 H^+ 泵进行的,H^+ 泵则由化学梯度所产生。远肾单位即能产生尿与血浆间的较高 H^+ 的陡峭浓度梯度。由于远端肾小管细胞结构紧密,使分泌至管腔中的 H^+ 不易反漏,从而维持尿与血浆间足够的 H^+ 浓度梯度,从而促使 H^+ 的分泌。

当远端小管和集合管主动排泌 H^+ 和维持 H^+ 梯度的功能下降时,尿酸化出现障碍。人体每日代谢过程中的酸性代谢产物不能完全排出,血浆[HCO_3^-]下降而 Cl^- 代偿性地增高时,可发生高氯性酸中毒。尿酸化障碍可因以下机制引起肾小管酸中毒。

(1)H$^+$泵的缺陷:由先天性或获得性损伤引起 H$^+$泵功能障碍时均使 H$^+$分泌减低。当有酸中毒或静脉输入硫酸钠时尿不能酸化,尿 pH 均>5.5。补给 NaHCO$_3$ 或磷酸盐时尿 PaCO$_2$ 亦不能增高至>10mmol/L。

(2)依赖电压的 H$^+$转运缺陷　远端肾小管必须重吸收 Na$^+$使管腔产生负电位差,H$^+$才能分泌,若远端肾单位 Na$^+$的重吸收障碍或 Cl$^-$重吸收增加则使管腔内负电位差降低,即使 H$^+$泵功能正常也不能刺激 H$^+$分泌,同时钾的排泌也发生障碍,因一部份钾是由 Na$^+$-K$^+$被动交换排泌的,此类病人有高血钾及高尿钠,由于病人的醛固酮分泌正常或增高,NaHCO$_3$ 负荷时尿 PaCO$_2$ 并不增高,此类属高血钾 4 型 RTA。

(3)酸的回漏:只发现于应用两性霉素 B 的病人,有远端 HCO$_3^-$ 回漏至肾小管细胞,NaHCO$_3$ 负荷时尿 PCO$_2$ 低。

(4)碳酸氢盐的分泌增加:集合管也有分泌 HCO$_3^-$ 的功能,如 HCO$_3^-$ 分泌过多可引起 DRTA。这种缺陷表现在当 NaHCO$_3$ 负荷时尿 PaCO$_2$ 增高,肾小管内 HCO$_3^-$ 增多,H$_2$CO$_3$ 和 CO$_2$ 生成亦增加。

(5)羟基处理功能缺陷:一般情况下体内的水可产生 OH$^-$ 和 H$^+$,OH$^-$ 在肾小管细胞内由碳酸酐酶的作用与 CO$_2$ 结合形成 HCO$_3^-$,释放出 H$^+$,HCO$_3^-$ 产生后立即重吸收,当碳酸酐酶缺乏时近和远端尿酸化同时出现障碍,产生混合型肾小管酸中毒。

(6)H$^+$分泌速率依赖缺陷:当 H$^+$分泌速率减慢时就不足以维持远端肾小管腔内陡峭的 H$^+$浓度梯度,尿酸化发生障碍。此时特点为 NaHCO$_3$ 负荷时尿 PaCO$_2$ 不上升,但严重酸中毒时尿酸化可正常,尿 pH 可低于 5.5。此类病人常不出现代谢性酸中毒。实际上 H$^+$分泌速率减慢常是远肾单位多种尿酸化缺陷的早期表现,现在称为不完全性 I 型肾小管酸中毒。

2. 近端(Ⅱ型)肾小管性酸中毒　正常近端肾小管泌 H$^+$及 HCO$_3^-$ 重吸收机制已于酸碱平衡紊乱章中叙述。下列都可能是造成近端 RTA 形成的发病机制:①管腔侧 Na$^+$-H$^+$逆转运障碍使泌 H$^+$发生障碍;②底侧端 Na$^+$-HCO$_3^-$ 协同转运障碍,使重吸收回及细胞内新生成的 HCO$_3^-$ 无法从该处重返回血内;③细胞内或小管腔内碳酸酐活力不足或被抑制;④钠通透性障碍;⑤Na$^+$-K$^+$-ATP 酶活力下降;⑥细胞内 ATP 生成不足;⑦细胞膜再循环障碍等。它们总的机制是直接或间接通过或泌 H$^+$不足,或 HCO$_3^-$ 生成及返回障碍而使酸中毒产生。

二、体液紊乱特点

1. 酸中毒　由于远端肾小管排 H$^+$减少而在体内潴留,引起代谢性酸中毒,而

近端肾小管酸中毒时,HCO_3^- 重吸收功能障碍,患儿碳酸氢盐的肾阈降低至17～20mmol/L以下(正常为 25～26mmol/L,小婴儿为 22mmol/L),即使血浆 HCO_3^- 正常时,由于肾阈降低,滤液中的 HCO_3^- 仍会大量从尿中排出,引起酸中毒。

2. **低钾血症**　肾小管酸中毒除高氯性酸中毒外,由于远端肾小管肾单位 H^+ 排泌障碍,H^+-Na^+ 交换减少,竞争性的 K^+-Na^+ 交换增加,致使排钾过多,造成低钾血症;近端肾小管由于 $NaHCO_3$ 的大量丢失,血浆容量减少,引起继发性醛固酮增多,结果是 NaCl 重吸收增加,代替丢失的 $NaHCO_3$ 而产生高氯血症酸中毒,吸钠排钾引起明显的低钾血症。

3. **低钙血症**　慢性酸中毒可导致尿钙排出增加,妨碍 25(OH)D 转变为 1.25$(OH)_2D_3$,此外,有些患儿胃酸缺乏,影响肠道对钙的吸收,使血钙偏低。低血钙可引起继发性甲状旁腺功能亢进,增加磷廓清,血中磷酸盐与钙离子降低则使骨质不能矿化,形成佝偻病。

三、临床表现

1. **远端肾小管酸中毒**　①由于远端肾小管泌 H^+ 障碍,血浆 HCO_3^- 下降,则回收 Cl^- 增多,且由于醛固酮增多,在保留钠的同时也保留了 Cl^-,而使血氯增高,引起高氯性酸中毒,表现为虚弱无力、厌食、恶心、呕吐、呼吸深快或感觉迟钝;同时肾小管泌 H^+ 减少,造成 H^+ 与 Na^+ 交换,使大量 K^+ 丢失而致低血钾,可表现为肌无力,严重者可出现周期性麻痹;K^+ 的大量丢失又引起 Na^+ 排出的增多,最后 Ca^{2+} 代替 K^+、Na^+ 排出,引起低钠血症,低钙血症。前者病人可有头痛、表情淡漠、血压偏低等;后者病人可有手足搐搦及肾骨病。②远端肾小管泌 H^+ 障碍也可导致尿液不能酸化,尿 pH＞6.0;尿液浓缩功能减退,引起烦渴、多饮多尿。③其他:病人可出现血尿、肾绞痛、继发尿路感染和肾盂肾炎,严重时可损害肾小球而导致尿毒症。

2. **近端肾小管酸中毒**　HCO_3^- 大量排出,使肾素-血管紧张素-醛固酮系统活性增强,继发性醛固酮增多刺激 Na^+-K^+ 交换,致使 K^+ 排泄增多,引起低钾血症;同时葡萄糖,氨基酸从尿中排出,尿酸及磷酸盐排泄增多,致使尿酸及磷酸盐血浓度降低,引起酸中毒,主要症状有疲劳、乏力、恶心、厌食等。而近端肾小管酸中毒的典型表现仍为高氯性酸中毒。

四、液体治疗

1. **碱性药物**　碱性药物的作用在于纠正酸中毒,早期使用能使临床症状得以改善或完全消失。常用制剂有 2 种:①碳酸氢钠和枸橼酸盐混合液。碳酸氢钠可直接发挥作用,急性或慢性酸中毒时均可采用。Ⅰ型患儿碳酸氢盐丢失甚少,只需中和体内酸性产物,一般给予 1～5mmol/(kg·d);Ⅱ型肾小管酸中毒用碱性药物治疗除要中和体内潴留的酸性产物外,还须补偿尿中丢失的碳酸氢盐,故需较大剂量,开始可用 5～10mmol/(kg·d),静脉注射或口服,治疗过程中需根据血碳酸氢盐或二氧化碳结合力及 24h 尿钙排出量调整剂量,其中尿钙排泄量是指导治疗较敏感的指标,应调整剂量使 24h 尿钙排泄量在 2mg/kg 以下。碳酸氢钠剂量过大,可产生腹胀,嗳气等副作用。②枸橼酸盐混合液:有 2 种制剂,一种为枸橼酸钠、枸橼酸钾各 100g,加水至 1 000ml,每毫升含碱基 2mmol;另一种为枸橼酸钠 100g,枸橼酸 140g 加水至 1 000ml,每毫升含钠 1mmol。剂量为 1mmol/(kg·d),分 4～5 次口服。

2. 钾盐补充　当有明显低钾血症时,应先补钾盐再纠正酸中毒,以免诱发低钾危相。常使用含有钾盐的枸橼酸盐合剂,开始剂量 2～4mmol/(kg·d),分 3～4 次口服,患有近端肾小酸中毒者最大剂量为 4～10mmol/(kg·d)方能维持正常血钾浓度。治疗过程中根据病情及血钾浓度调整用量。因氯化钾含有氯离子应慎用。

3. 钙制剂应用　在纠正酸中毒过程中也可出现低钙血症,甚至出现惊厥,均需要补充钙剂。严重低钙血症可静脉滴入 10% 葡萄糖酸钙,每次 0.5～1.0mg/kg 或每次 5～10mg 加倍稀释后缓慢输注。输注同时应进行心脏监护,心率低于 60/min 时应停止注射,以防发生心搏骤停。必要时可间隔 6～8h 重复使用。一般低钙可口服钙剂,按 15mg/kg 钙离子补充。

4. 维生素 D 治疗　慢性酸中毒可影响维生素 D 及钙代谢,特别在远端肾小管酸中毒并有明显佝偻病时需补充维生素 D。它可促进胃肠黏膜和肾小管对钙的吸收,提高血钙浓度,利于骨的矿化。可选用以下维生素 D 制剂:①普通维生素 D_2 或 D_3,剂量可自 5 000～10 000U/d 开始,渐加量,个别可高达 10 万 U/d。②25(OH)D,50μg/d,或双氢速变固醇 0.1～0.2mg/d。③1,25(OH)$_2$D$_3$,剂量为 0.5～1.0μg/d,可收到良好疗效,治疗过程中必须密切监测血钙浓度,开始每周查 1 次,以后可每月 1 次。当血钙恢复正常,佝偻病症状减轻时,应减量,以防发生高钙血症及维生素 D 中毒。

五、其他治疗

1. 利尿药　利尿药的应用对 Ⅰ、Ⅲ 型肾小管酸中毒病例可减少肾脏钙盐沉积;对重症 Ⅱ 型病例需大量使用碳酸氢盐时,不仅可以提高碳酸氢盐的肾阈,减少尿中丢失,还可以减少碱性药物的用量;对 Ⅳ 型肾小管酸中毒治疗同时使用利尿药有助于纠正酸中毒和降低血钾浓度。

2. Ⅳ 型肾小管酸中毒的治疗　除按原则纠正酸中毒外,由于其病理改变缺乏

醛固酮或远端肾小管及集合管对醛固酮反应低下,肾小管对 $NaHCO_3$ 的重吸收减少,$NaHCO_3$ 排出增多,尿排酸、排钾、排铵减少,致使 H^+ 及 K^+ 在体内潴留,引起代谢性酸中毒和高钾血症。故Ⅳ型患儿禁忌补钾。Ⅳ型肾小管酸中毒常见于 Addison 病,先天性肾上腺皮质增生症(又称肾上腺生殖器综合征)及肾发育不良等,须补充糖皮质激素或盐皮质激素,目前常用的糖皮质激素为氢化可的松,剂量 $10\sim20mg/m^2$,盐皮质激素多应用氟氢可的松,剂量 $0.15mg/m^2$。

　　如肾小管酸中毒合并有肾浓缩功能受损的,必须供给充足的水分,每日 $2\sim5L/m^2$。

六、预　后

　　本症多数病例需要长期治疗,甚至需终生治疗。应定期门诊随访测定血的 pH。碳酸氢盐浓度和尿钙排出量,谨慎调整药物剂量。其预后取决于早期诊断,早期合理治疗和长期坚持规律性治疗。若能早期合理治疗,可预防严重肾钙化和肾功能不全,预后较好。若中断治疗,代谢性酸中毒所致临床症状可复发,则导致肾功能不全或衰竭,造成预后不良。

(万力生)

第10章 神经系统疾病

第一节 高热惊厥

单纯由于发热发生的惊厥，并非由中枢神经系统器质性疾病或全身代谢紊乱引起者，可诊断为高热惊厥。多发生于6个月至5岁的小儿。发病率约5%，以男孩为多，男女之比约2：1，是小儿常见急症之一。

一、病理生理

小儿发热容易引起惊厥，主要因其大脑尚未发育成熟，皮质神经细胞分化不全。因而分析鉴别及抑制能力较差，兴奋冲动易于泛化所致。发热原因常由于感染，以上呼吸道感染最为常见，病毒与细菌感染均可引起。多数有高热惊厥家族史。

二、临床表现

高热惊厥是一种短暂的自限性发作，具有以下特点。

惊厥与发热的关系：惊厥多发生于开始发热时，即在发热数小时内，体温升高至39℃以上时可发生，但也有发热不高即发生惊厥者，可能与患儿对发热的敏感性不同有关；或与体温升高速度有关。一般在发热过程中只发作一次，但也有多次发作者。患儿有过一次发作后，再次发热时又可发生惊厥，而且以后发作时温度可以较低，即多次发作的病人以后低热也可发生惊厥。

有些小儿惊厥发作前有惊惧状态，手足有小抽动、眼凝视，然后突然发生四肢强直抽搐、两手握拳、眼睑抽动，眼球震颤或偏向一侧、呼吸不规则或暂停、口唇发绀，持续数十秒至数分钟，发作停止后逐渐清醒。发作当天脑电图80%有异常改变，表现为明显的慢波节律，枕部显著，且表现不对称，此外还有棘波、尖波，惊厥发作2周后脑电图可恢复正常。脑脊液无异常改变，无神经系统后遗症，体格和智力不受影响。

高热惊厥可分为两型：

1. 单纯型　发病多在 6 个月至 5 岁间,发热早期出现惊厥,发作持续不超过 1min。惊厥为全身性、对称性,发作后很快清醒,发作前后均无神经系统异常体征,热退 1 周后脑电图恢复正常。

2. 复杂型　任何年龄均可发病,低热或无发热也可发生惊厥,发作常持续超过 1min。在一次发热中可多次发作,复发次数多,发作呈明显局限性或两侧不对称,有神经系统异常体征,热退一周后脑电图仍有异常,有的转变为癫痫。

三、液体治疗

高热惊厥如发病时间不长,可无明显的脱水,但为防治惊厥、迅速退热、控制感染等,需要静脉给药,故可输维持液,用量为 20～30ml/kg,液体中可加入青霉素或头孢菌素类,并加地塞米松 0.3mg/kg,输液速度为 10mg/kg,皮质素有降低颅内压、减轻脑水肿的作用,能减少由单核细胞释放的内源性致热原、阻断内生性致热原对体温调节中枢的影响,抑制体温中枢的前列腺素释放,并能抑制 α 受体,使皮肤血管扩张和出汗,故有退热解痉作用。输液后如患儿体温下降、神志清醒,即可停止输液。

四、其他疗法

1. 一般处理　惊厥时应立即置患儿于侧卧位,将纱布包裹压舌板或筷子放于上下牙床之间,避免舌咬伤。抽吸咽喉部分泌物防止吸入窒息,同时给予氧吸入,松解衣服和领扣,并用温水擦躯干和四肢,使皮肤血管扩张以散热。

2. 止惊　用安定 0.5mg/kg 或巴比妥钠 5～8mg/kg 肌注或静脉注射,也可用副醛 0.1～0.2ml/kg 肌注,或用 10％水合氯醛 0.1～0.25ml/kg 灌肠。

3. 控制感染　发热常由感染引起,可用青霉素或头孢菌素静脉滴注,对青霉素过敏者可用红霉素、磷霉素、庆大霉素等。

（万力生）

第二节　癫痫持续状态

癫痫是发作性暂时性脑功能不全,由脑内神经细胞群过量放电引起,根据放电神经数量和位置不同而有各种类型发作。临床表现有肌肉抽搐和意识障碍,也有感觉、情绪、行为或自主神经功能异常。癫痫患者约半数起病于小儿期,因此对小儿智力发育有一定影响。长时间发作或反复频繁发作称为癫痫持续状态。小儿发病率较成人高,是儿科急症之一。

一、病 理 生 理

癫痫分原发性和继发性两大类。原发癫痫是指原因不明或有遗传因素者,脑部多无明显病理或代谢改变,遗传方式为常染色体显性遗传或多基因遗传。继发癫痫是指脑部有局限性或弥漫性器质性病变,可由于发育异常、外伤、感染、缺氧、代谢异常、中毒及新生物疾病引起。

二、体液紊乱特点

1. 脱水　由于肌肉持续痉挛、发热、大汗等原因使水分损失,加上昏迷、不能进食和饮水等可发生脱水。肌肉抽搐使肌糖原大量分解,可引起低血糖。肌肉抽搐时产生大量中间代谢产物如乳酸等,形成新的渗透分子,使细胞内液渗透性升高,细胞外液向细胞内转移,加上水的异常损失,最后细胞外液渗透性和钠也升高,形成高张性脱水。

2. 代谢性酸中毒　肌肉抽搐产生大量乳酸,可引起代谢性酸中毒。

3. 高钾血症　持续惊厥可引起缺氧,使细胞代谢障碍,细胞内钾逸出于细胞外,产生高钾血症。

三、临 床 表 现

癫痫根据临床表现有以下类型:

1. 局限性发作　①运动性发作;②感觉性发作;③自主神经性发作;④精神症状性发作。

2. 全身性发作　①失神性发作;②肌阵挛性发作;③阵挛性发作(婴儿痉挛症);④强直性发作;⑤强直-阵挛性发作;⑥失张力性发作。

癫痫持续状态以大发作(强直-阵挛性发作)多见。大发作的特点是全身强直-阵挛性抽搐、意识丧失,年长儿可有先兆如恐惧、眩晕、眼花、感觉异常、腹部不适等,然后突然意识丧失,直立时可发生跌倒、呼吸暂停、青紫、瞳孔散大。抽搐开始为四肢强直,两手握拳,两眼上翻或斜视,面部及四肢呈阵挛性抽搐、口吐白沫,有时舌被咬伤,心率加快、血压升高,呼吸急促不整,尿粪失禁,发作经过 1~5min 后入睡,20min 后逐渐清醒。如患儿发生全身强直阵挛性抽搐,持续时间在 30min 以上,或反复发作 30min 以上,发作间歇期意识不恢复,称为癫痫持续状态。随着发作时间延长可出现自主神经系统症状,如高热、腺体分泌增多、瞳孔改变、肌张力增高或减低、巴宾斯基征阳性、脑电图出现局限性或广泛性慢波至双侧棘慢波。

小儿癫痫持续状态 75% 发生于 3 岁以下,如果发生于年长儿,可能为原发性癫痫,常由于癫痫患儿突然停药或与感染、中毒、代谢紊乱有关。

癫痫持续状态的病死率为 6%～30%，呼吸功能不全、心律失常、心力衰竭、休克、用药不当均可造成死亡，存活者常有神经系统后遗症。年龄小、开始治疗晚、惊厥持续时间长者预后差，遗留神经系统后遗症也大。后遗症有智力低下，局限性运动障碍，行为异常和慢性癫痫等。

四、液 体 治 疗

1. **纠正脱水**　本病早期多为高张性脱水，而且脱水程度较轻，故可给维持液 30～50mg/kg，输液速度为 10mg/(kg·h)。如癫痫持续时间较久，患者昏迷不能进食，应按生理需要量供给维持液，用量为 100ml/418.4kJ。如测定血钾过高，可用去钾维持液。如化验血钠低，患儿抽搐不止，则可能发生低钠血症引起的脑水肿，应按低钠血症处理。

2. **纠正酸中毒**　可根据血浆 $[HCO_3^-]$ 结果计算碱量，用 1.4% 碳酸氢钠液补充，先给总量的一半，其余在 6h 后根据情况再给。

3. **纠正低血钙**　血钙低使神经肌肉兴奋性增高，可诱发或加重癫痫，应给予 10% 葡萄糖酸钙或 10% 氯化钙 10ml 加于维持液中滴注。

五、其 他 疗 法

1. **一般处理**　使患者侧卧，吸出口鼻及咽分泌物防止吸入窒息，用纱布包裹压舌板置于上下牙床之间防止舌咬伤，松解衣扣，给氧吸入，高热者给予物理降温。

2. **控制惊厥**　选择作用快、疗效时间长、无抑制呼吸作用的药物，通常用安定 0.25～0.5mg/kg，最大量不超过每次 5mg，年长儿不超过每次 10mg，肌注或静脉缓慢注射，生效快但维持时间短，故在应用安定后肌注苯巴比妥 5～8mg/kg，其作用时间长，可保护机体免受脑水肿和缺氧的损害。如安定和苯巴比妥均未能控制惊厥，可用苯妥英钠 10mg/kg 或阿米妥 5mg/kg 加于葡萄糖液中滴注。如惊厥仍未能得到控制，可用 γ 羟基丁酸钠 80～120mg/kg 静脉缓慢注射，每分钟 3～5ml，此药为静脉麻醉药，注射 3～5min 即可使患儿止痉、进入深睡状态，10min 后进入麻醉状态，用药 3h 后可清醒。此药危险性比硫苯妥钠小，但注射速度也不宜过快。

3. **脑水肿处理**　持续惊厥很易导致脑水肿，表现为呕吐、视神经盘水肿、瞳孔散大或不对称、呼吸不规则、昏迷抽搐加重。可用地塞米松 0.3～0.5mg/kg 或氢化可的松 5mg/kg 加于输液中滴注，还可用 2% 甘露醇 1g/kg 静脉快速滴注或注射呋塞米药利尿药。

4. **去除病因**　在抗惊厥的同时，应积极寻找癫痫持续状态的原因，如由代谢紊乱、感染、外伤、肿瘤等引起者，可给予相应的治疗，如因停用抗惊厥药引起者，应恢复抗癫痫药治疗。

5. 抗癫□药　根据不同类型选用不同药物。癫痫大发作及精神运动性发作选用苯妥英钠 $2\sim10mg/(kg\cdot d)$、丙戊酸钠 $10\sim60mg/(kg\cdot d)$、苯巴比妥 $2\sim5mg/(kg\cdot d)$ 等。失神性小发作可选用丙戊酸钠、乙琥胺 $10\sim40mg/(kg\cdot d)$、硝基安定 $0.5mg/(kg\cdot d)$ 或三甲双酮 $20\sim35mg/(kg\cdot d)$ 等。婴儿痉挛症可用泼尼松 $1mg/(kg\cdot d)$、维生素 B_6、硝基安定、苯巴比妥等。局部性发作可用卡马西平 $10mg/kg$。癫健安栓是丙戊酸的前体，水解后可形成丙戊酸，用量为 $15\sim30mg/(kg\cdot d)$，分 2 次早晚经肛门直肠给药。另外近年来对难治性癫痫采用大剂量免疫球蛋白 $100\sim200mg/kg$ 静脉注射，每 3 周一次，连续 10 次，对婴儿痉挛症效果更好。

癫痫治疗尽量先选一种药物，药量应从小量开始逐渐增加，按体重计算的药量可先给半量，然后逐渐增加至控制发作为止，将全日量分 2 次服。更换药物应交替过渡至少 7d，在停止发作后继续服药 $2\sim4$ 年。再经 2 年逐渐减量至停用。如减量过程中又发作，应重新给予足够有效药，疗程 $3\sim5$ 年。

（万力生）

第三节　急性脑水肿

神经系统受内源性或外源性有害刺激，脑组织含水量急剧增加，使其体积与重量增加称为急性脑水肿。超过生理代偿功能的脑水肿可引起颅内压增高，脑组织向压力低处移位，如被挤压入硬脑膜间隙或颅骨生理孔道，称为脑疝。

一、病理生理

许多疾病都可以并发脑水肿，常见的病因如下。

1. 感染　颅内感染如各种脑膜炎、脑炎，全身感染如败血症、中毒性痢疾、中毒性肺炎。

2. 缺血或缺氧　持续惊厥、各种原因引起的窒息、严重心肺疾患、颅内出血、脑外伤等。

3. 中毒　各种食物或药物中毒、输血反应。

4. 水、电解质紊乱　脑水肿根据其发病机制可分三型。

(1) 血管源性脑水肿：由于血-脑屏障通透性增高，使血管内液体渗出至血管外，主要在白质中形成水肿，即神经纤维聚积处发生水肿。临床上见于化脓性脑膜炎、脑脓肿、脑外伤、脑肿瘤、窒息和脑缺血（后期）。

(2) 细胞毒性脑水肿：由于脑细胞膜泵衰竭，K^+ 漏出于细胞外，Na^+ 进入细胞内、Cl^- 和水随之进入细胞内，使细胞肿胀，发生于白质、灰质。见于缺氧、缺血、水

中毒、瑞氏综合征、毒血症和化学中毒。

（3）间质性脑水肿：由于脑脊液分泌吸收功能失调，使脑脊液过多所致，见于脑积水。

以上分型只是为了便于理解，实际上病变过程很难分开，常是一、二型甚至三型合并存在。如化脓性脑膜炎，既有血-脑屏障损伤，又有脑细胞钠泵功能障碍，并发蛛网膜粘连，发生脑积水。

二、体液紊乱特点

水、电解质紊乱：如水中毒，低钠血症，酸中毒，急性肾衰竭，盐潴留，糖尿病高血糖胰岛素用量过大，血钙、镁过高或过低。

三、临 床 表 现

脑水肿在原发疾病基础上发生精神改变、头痛、烦躁、呻吟、小儿不能诉头痛则用手敲打头部，呕吐呈喷射性。由于视盘水肿，出现视物模糊、眼无法睁开、眩晕、失去定向力、继而嗜睡、谵妄。婴儿常有前囟隆起，头后仰，并有高血压，脉搏减慢。大脑皮质受压可有神志改变，肌张力增高，呈去大脑强直。脑细胞缺血、缺氧，脑皮质受刺激可发生惊厥。皮质缺氧与激酶系统受损引起广泛抑制和昏迷。如颅内高压持续加重，可出现瞳孔大小不等，眼球转向下，呼吸节律不整以及颈项强直时，应考虑脑疝可能。动眼神经受压可出现瞳孔先缩小后扩大，或两侧不对称。脑干受压，影响延髓呼吸中枢可出现呼吸不规律、双吸气或叹息样呼吸，重者呼吸心跳停止。存活者因昏迷时间长，可出现去皮质综合征，貌似清醒，但意识丧失对外界无反应。

脑水肿患儿有颅内压增高，故化验周围血可有白细胞增多，中性粒细胞比例高。脑脊液压力高，常超过 1.96kPa（200mmHg）。脑脊液细胞、蛋白和生化改变根据原发病而不同。腰椎穿刺有一定危险因此应谨慎。眼底检查可见视网膜静脉充血、扩张。可根据病情需要做颅骨 X 线片、脑血管造影、脑超声波、头颅 CT 检查。

四、液 体 治 疗

脑水肿昏迷不能进食，应静脉输液供给营养和水分，但脑水肿又需要脱水治疗，二者似乎相互矛盾，故应根据"边补边脱"的原则，以保持轻度脱水状态为宜。

1."边补边脱"的液体疗法　小儿急性脑水肿限制液体入量，使全身及脑组织呈脱水状态，方有利于脑水肿的恢复，因此应"快脱"；然而，如患儿已发生脱水或休克，急需补液恢复组织的灌注以保证脑组织供血，因此应"快补"，这需要将"脱"与

"补"按病情的差异辨证地结合起来,液体疗法也就有"快脱慢补""快补慢脱""快补快脱""慢补慢脱"等不同的方案。

凡脑水肿合并休克或较严重的脱水均需"快补慢脱",合并脑疝或呼吸衰竭者则需"快脱慢补",上述二者并存者,则需"快补快脱",应用甘露醇和(或)呋塞米后,尿量大增者需"快补慢脱",合并心、肾功能障碍,尿量少者应"先利尿,再慢补慢脱",新生儿、婴幼儿尿量不多者,一般均应"先利尿,再慢补慢脱",后两种情况均为了防止加重脑水肿与心脏负荷过重。轻症或恢复期均应"稳补稳脱"。

以上"补"与"脱"的多少与液体中电解质含量的多少应成正比,即补液多者所补充的电解质液亦相应地增多,当然,更需根据个体电解质的测定结果而作出相应调整。

在进行液体疗法过程中,应注意令患儿始终保持轻度脱水状态,即眼窝稍下陷,口唇黏膜略感干燥,而皮肤弹性与血压则仍维持在正常范围。

2. 具体补液方法

(1)水:供给生理需要量 100ml/418.4kJ 用维持液,如有呕吐的异常损失,可补充呕吐液。由于应用脱水药和利尿药,患者尿量增加,故应记录出入量,第 1 天输液量可用下式计算:输液量=前一天尿量+异常损失量+不显性失水量。不显性失水量婴儿为 45ml/418.4kJ、幼儿为 35ml/418.4kJ、儿童为 30ml/418.4kJ,应使用维持液补充。如脑水肿系由低钠血症引起者应输高张含钠液。

(2)晶体液与胶体液:小儿急性脑水肿应用甘露醇等脱水药的目的是提高血浆渗透压至 295～320mOsm/L(正常值 280～290mOsm/L)使脑组织脱水。血浆渗透压的维持主要是由晶体渗透压所决定,胶体渗透压占极次要的部分。然而,胶体渗透压对持续吸收组织液进入血管内,维持有效循环量却起到极重要的作用。在输液开始的 8～12h,可给一部分白蛋白或新鲜冰冻血浆(FFP),每日 1～2 次以提高胶体渗透压;贫血者给予浓缩红细胞。

(3)纠正酸中毒:因惊厥和呼吸障碍常伴有代谢性酸中毒,酸中毒可使血管渗透性增加,致脑水肿加重,故应及时纠正。可用 5% 碳酸氢钠 5ml/kg 加于维持液中滴注,可提高血浆$[HCO_3^-]$5～10mmol/L,以后可根据测血浆$[HCO_3^-]$结果予以补充。

(4)补钾:在利尿脱水过程中钾亦同时损失,除维持液含少量钾外,可另给 10%氯化钾 1～2ml/kg,稀释为 0.3%溶液输入。

(5)补钙:在利尿脱水过程中钙自尿中损失,在酸中毒情况下骨骼中钙可析出以补充血钙,纠正酸中毒后钙进入骨骼中,使血钙降低,引起手足搐搦症或惊厥,可给 10%葡萄糖酸钙 10ml 加入维持液中滴注。

五、其 他 治 疗

1. **一般处理**　应积极治疗原发病,早期输氧,因缺氧可加重脑水肿。加强护理,每半小时翻身一次,防止压疮形成。及时清除呕吐物,保持呼吸道通畅,头部稍抬高,注意勿使颈静脉受压。有呼吸衰竭者可用山梗菜碱、可拉明、安钠咖等呼吸兴奋药。有高热、惊厥者可用低温疗法,能降低脑代谢和耗氧量,增加脑对缺氧的耐受力,减少脑水肿发生的概率,降低颅内压,保护酶系统。

2. **脱水疗法**　20%的甘露醇或 25%山梨醇为高渗性强力脱水药,对细胞性脑水肿效果较好,这种糖醇在静脉内可吸收脑内水分至血管内,故有脱水作用。甘露醇可在其他器官的毛细血管内皮间自由渗透,故对其他器官无脱水作用。可使血容量暂时增加,继而产生利尿作用,用量为 0.5~1g/kg,快速滴注,6~8h 一次,可使血浆渗透压增加 10mOsm/L 约可排出水 100ml。症状好转后用药间隔可延长,连续 3~5d;也可用呋塞米或利尿酸,与甘露醇有协同作用,可减少甘露醇用量和减轻心脏负荷,剂量为 0.5~1mg/kg,肌注或静脉注射,每日 2~4 次。尿素亦为强脱水药,并可透过血-脑屏障,用舌血尿素及非蛋白氮可与甘露醇有协同作用,用量为 0.5~10mg/kg,可用 10%甘露醇溶解尿素配成 30%尿素甘露醇溶液,静脉滴注,30min 内滴完,15min 发挥作用可降低颅内压的 70%~95%。

3. **糖皮质激素**　为治疗脑水肿安全而有效的药物,能减少炎症渗出,稳定细胞膜,降低血管通透性,减少脑脊液形成,对血管源性脑水肿疗效最好。用氢化可的松 5~8mg/kg 或地塞米松 0.3mg/kg 加于维持液内滴注,可降低颅内压 20%,此药尚有保护心肌、扩张血管、改善微循环的作用。

4. **低分子右旋糖酐**　适用于合并休克或弥散性血管内凝血者,可扩充血容量,疏通微循环,剂量为 10ml/kg,每日 1~2 次,静脉滴注。

5. **血管扩张剂**　妥拉苏林、酚妥拉明、654-2、阿托品等血管扩张药,有解除脑血管痉挛,改善脑血流灌注的作用,并可减轻心脑负荷和治疗心力衰竭。氢溴酸东莨菪碱尚有抑制大脑皮质和抗惊厥作用,用量为 0.02~0.03mg/kg,10~30min 一次,逐渐减量和延长时间至停药。

6. **强心苷类**　脑水肿治疗过程易导致心力衰竭,应用地高辛可防治心力衰竭,并有减少脑脊液生成的作用。

7. **过度换气法**　机制是降低 $PaCO_2$,使脑血管收缩,血流减少,颅内压下降,可用呼吸机或气囊做人工过度换气,吸入氧浓度为 40%~100%,使 $PaCO_2$ 维持在 3.33~4.66kPa(25~35mmHg),PaO_2 维持在 12kPa(90mmHg),时间不超过 1h,$PaCO_2$ 不能<3.33kPa(25mmHg),否则可引起脑缺血,治疗过程为每 4h 做血气分析以调整过度换气速度。

8. 高压氧舱治疗　中枢神经缺氧是小儿脑水肿的主要病理因素。脑水肿病变可使颅内压增高，又可加重脑缺氧。高压氧治疗可提高脑水肿治愈率，减少和防止后遗症。高压氧治疗可使血浆中溶解氧的浓度增加，增加血氧弥散。纠正脑缺氧，使脑血管收缩，降低脑血流量。降低血-脑屏障的通透性，正常在 2 个大气压下吸氧，脑血流量降低 18.5%，颅内压下降 40%～50%。

9. 血浆或白蛋白　在补液和脱水治疗 24h 后，应补充一些血浆或白蛋白以提高胶体渗透压，因输液较多后胶体渗透压下降，使脑水肿加重。输 1g 白蛋白可保留循环内水分 18ml，25g 白蛋白相当于血浆 250ml。

10. 促进脑细胞恢复　脑水肿可使脑细胞受损，在脑水肿控制后可给 ATP、辅酶 A、细胞色素 C、肌苷、维生素 B 或 C、脑活素等。胞二磷胆碱为脑代谢激活剂，能降低脑血管阻力，增加脑血流量。意识障碍者可给克脑迷、氯酯醒。

（万力生）

第四节　急性颅内高压

凡由多种致病因素引起颅内容积增加，侧卧位腰椎穿刺所测得的脑脊液压力超过 1.92kPa，即为颅内压增高，若出现头痛、呕吐、视力障碍及视盘水肿等一系列临床表现时，称为颅内压增高综合征。急性颅内压增高是一种由多种原因引起的儿科急症。如不及时处理，可导致严重的神经系统后遗症，甚至可能死亡。急症处理中，除了脱水，用肾上腺皮质类固醇、给氧及冬眠等综合治疗以外，正确输液也是抢救成功的关键。因为脱水治疗时，需限制入量，但过分限制入量，又可导致严重的脱水、血液浓缩及电解质紊乱，输液过多、张力太高，又可使脑水肿加重、病情恶化。

一、病 理 生 理

1. 正常与异常颅内压的界定　颅腔是一相对密封固定的、由骨性结构围绕形成的空腔，其中含有脑组织、脑脊液和血液。成年后颅骨无法伸缩，因此，颅腔内任何一种内容物稍有变化就会与其他内容物互相影响。正常成人颅腔的内容物约 1 450ml，其中脑组织约占 1 300ml，脑脊液占 65ml（不包括枕大孔以下的脑脊液），血液占 110ml。根据 Monrose-Keffie 学说，在颅腔内总体容积不变的情况下，各组成成分的任何一种容量的增加都是需要以其他两种成分的减少为代价的，或者导致颅内压增高的结果。

颅内压会随着年龄的增长而变化，婴儿的颅内压与成人完全不同。正常成人的颅内压维持在 80～180mmH₂O，超过 200mmH₂O 为颅内高压症。多数的情况

下,当颅内压超过 250～300mmH$_2$O 时就需要积极的治疗;颅内压超过 500mmH$_2$O 时病情已非常严重,随时可能危及患者的生命。

2. **脑灌注压**　脑部具有自动调节脑压的功能,以保证正常的脑血流灌注。脑灌注压(CPP)＝平均动脉压(MAP)－颅内压(ICP),脑灌注压在 50～150mmHg (1mmHg 约等于 13.6mmH$_2$O)的范围内,脑能够维持正常的脑血流量需求。平均动脉压的下降,或者颅内压的增高,都会引起有效脑灌注压的迅速下降。当脑灌注压低于 50mmHg 时,脑的自动调节能力即失去代偿,脑血流量随脑灌注压的降低而被动下降,脑功能就会遭受到损害。

二、体液紊乱特点

1. **脑水肿**

(1)血管源脑性水肿:临床常见。系由于脑毛血管内皮细胞通透性增加,血-脑屏障破坏,血管内蛋白质渗往细胞外间隙,使细胞外间隙扩大所致,通常以脑白质部分水肿为主。常见于脑外伤、脑肿瘤、脑血管意外,脑炎和脑膜炎等病变的脑水肿早期。

(2)细胞毒性脑水肿:多由于脑缺血缺氧或各种中毒引起的脑水肿。缺血、缺氧或中毒,神经元、胶质细胞和血管内皮细胞膜上的钠泵障碍,钠、氯离子进入细胞内合成氯化钠,细胞内渗透压增加,水分大量进入细胞内而引起细胞内水肿。常见于脑缺血缺氧、一氧化碳及有机磷中毒、败血症、毒血症及水电解质紊乱等。此类水肿以灰质明显。

(3)间质性脑水肿:由于脑室系统内压力增加,使水分与钠离子进入脑室周围的细胞间隙,见于阻塞性脑积水。

(4)渗透压性脑水肿:当血浆渗透压急剧下降时,为了维持渗透压平衡,水分子由细胞外液进入细胞内,引起脑水肿。

2. **脑脊液量增加**　由于脑脊液循环通路阻塞或脑脊液生成过多(如脉络膜丛乳头状瘤、侧脑室内炎症等)、脑脊液吸收减少(如颅内静脉窦血栓形成蛛网膜下腔出血蛛网膜粘连等)均可致脑脊液量增加,引起颅内压增高。

3. **颅内容积量增加**　脑外伤后脑血管扩张,颅内占位性病变,高血压脑病,呼吸道梗阻、呼吸中枢衰竭时 CO$_2$ 积聚(高碳酸血症)引起的脑血管扩张、脑血容量增加,均可引起颅内压增高。

三、临 床 表 现

1. **头痛**　是颅内压增高的主要症状,以额部和枕部疼痛较明显。婴幼儿常表现为躁动不安或用手拍打头部;新生儿和小婴儿则睁眼不眠,呈脑性尖叫和额囟隆起症状。

2. 呕吐 多在头痛剧烈时发生,常呈喷射状,与进食无关,伴有或不伴有恶心。儿童患者多见。其机制可能系颅内压增高刺激延髓呕吐中枢所致。颅后凹肿瘤,呕吐也较多见。

3. 视盘水肿 视盘水肿早期表现为眼底视网膜静脉扩张、视盘充血、边缘模糊,继之生理凹陷消失,视盘隆起(可达 8～10 屈光度),静脉中断,网膜有渗出物,视盘内及附近可见片状或火焰状出血。早期视力正常或有一过性黑矇,如颅内压增高无改善,可出现视力减退,继发性神经萎缩,以致失明。视盘水肿的机制,主要为颅内蛛网膜腔脑脊液压力增高,使视神经鞘内脑脊液压力增高,进而视神经受压,轴浆流动缓慢或停止,视盘肿胀。

4. 意识障碍 早期常出现躁动不安、淡漠、嗜睡,严重者进入昏迷。

5. 惊厥及肌张力改变 可出现频繁惊厥,及肌张力明显增高,严重者可呈去皮层强直,甚或去大脑强直;但如果累及小脑,肌张力反而降低,深反射消失。

6. 生命体征改变 ①呼吸障碍:轻者节律不等,深浅不均,如出现叹息样、周期性(潮式呼吸)或长吸式呼吸,提示延髓衰竭,脑功能有明显损害,预后极差;②循环障碍:在病情突然恶化时可有皮肤苍白,发凉,指(趾)末端发绀等表现;③血压升高:收缩压高于年龄×2+100mmHg,晚期血压下降提示延髓功能衰竭;④脉搏缓慢,但在小儿较少见;⑤可出现高热:脑疝形成后体温可上升至 40℃,晚期体温可不升。

7. 脑干功能障碍及脑疝形成 开始呼吸加快变深,体温升高,脉搏加快,血压更高,继而出现脑疝,常见的有小脑幕切迹疝和枕骨大孔疝。前者在颅内高压临床表现的基础上,出现双侧瞳孔不等大,和(或)呼吸节律不齐等一系列中枢性呼吸衰竭的表现;后者在前面的基础上,瞳孔先缩小后散大,眼球固定,中枢性呼衰发展迅速,短期内可出现呼吸骤停。

四、液体治疗

1. 每日输液量 原则上限制在 800～1 200ml/m²,对高热、腹泻或有额外体液丢失者需酌情补充。或根据每日出量补充使患儿处于轻度脱水状态为宜。

2. 液体张力 急性颅内压升高输液时液体张力原则上要求在 1/5～1/3 张之间。液体的张力应根据患儿一般情况如每日尿量、尿比重、血清钾、钠、氯、渗透压以及年龄、血压等及时调整。

临床上常用的易引起水电解质紊乱的脱水药、利尿药介绍如下。

(1)20％甘露醇:剂量每次 0.5～1g/kg,产生渗透性脱水作用,直接使脑组织脱水,起效快,维持 3～6h。在体内不被代谢,肾小管内不被吸收,保持足够水分以维持其渗透压导致水和电解质经肾脏排出体外产生强的脱水及利尿作用,同时引起低钠、钾、镁及低钙等副作用。

(2)呋塞米:通过利尿使全身脱水,达到间接使脑组织脱水目的,并有减轻心脏负荷,抑制脑脊液生成的作用。剂量每次 0.2~2mg/kg,颅内压升高急性期与甘露醇合用,可增加疗效,并减少各自的用量,由于水、电解质丢失明显,不宜长期使用。

3. 输液速度　输液过程中,除了脱水药需静脉注射以外,其余静脉液体需要 24h 匀速滴入,可按 0.5~1ml/(kg·h)给予。

几种输液方案

(1)脑水肿合并休克时:先补后脱或快补慢脱。

(2)脑水肿并心肾功能不全时:先用利尿药,慢补慢脱。

(3)轻症或恢复期患儿:少脱少补。

(4)新生儿婴幼儿:慢脱慢补。

五、其 他 治 疗

1. 降低颅内压

(1)甘露醇:常为首选。20%甘露醇溶液 0.25~1.0g/kg 快速静滴,每 4~6h 重复 1 次。当脑疝出现时可提高至 1.5~2.0g/kg,此药起效较快,可维持 4~6h。

(2)甘油制剂:10%甘油果糖注射液静滴,用量为 0.5~1g/kg,60~120min 滴完,每隔 4~6h 1 次。本品起效较慢,作用时间较长,较少发生反跳,常与甘露醇间隔使用。

(3)呋塞米:可与脱水药同时应用,剂量为每次 1~2mg/kg,肌内或静注,每日 2~6 次。

(4)肾上腺皮质激素:对血管源性脑水肿疗效较好。常用的有①地塞米松:抗脑水肿作用强,开始用冲击大剂量,每次 0.5~1mg/kg,静注,每 4h 1 次,共 2~3 次,继之减量至每次 0.1~0.5mg/kg,每日 3~4 次,根据病情用 2~7d。用药后 12~36h 见效,4~5d 达到高峰。②氢化可的松:此药作用迅速,但脱水作用较地塞米松弱,急性患儿可配合地塞米松应用,每日 1~2 次。③甲泼尼龙:目前认为其起效快,副作用少,疗效优于地塞米松。激素应注意当原发感染的病原不明或不易控制时,要慎用;用药时间较长时要逐渐减量停用。注意呼吸道通畅,防止过度通气,发生低氧血症及高碳酸血症时应迅速纠正,使 $PaCO_2$ 保持在 2.2~4kPa(15~30mmHg),PaO_2 保持在 13.3kPa(100mmHg)以上,可明显降低颅内压。

(5)低温治疗:应用冬眠药物和物理方法降低体温,可增加脑对缺氧的耐受力,降低颅内压。

2. 减压手术　减压手术在应用脱水药和利尿药无效后,或颅内压增高发生脑危象早期时应用,可选用颞肌下减压,枕下减压。也可做脑室穿刺引流或脑室分流术。

（万力生）

第11章 外科疾病

第一节 围手术期

围手术期小儿的液体治疗可分为维持和补充两个部分。维持量需要的多少与代谢密切相关,婴儿与小儿的代谢率比成年人高。补充量主要取决于液体的丢失量,包括术前禁食、疾病过程(如呕吐、腹泻、大汗)及液体的转移程度(如第三间隙滞留)以及失血量。

一、维持量的估算

Hollday 和 Segar 提出采用能量消耗和体重之间的关系进行估计。该方法按每 10kg 为一个年龄段,以不同的基数分段计算 24 小时内每小时所需的液体维持量。通常计算方法是:0~10kg 内为 4ml/kg,10~20kg,为 2ml/kg,>20kg 为 1ml/kg。即所谓"4/2/1"法。

例如一名 26kg 小儿 24 小时内维持正常需要的每小时液体量是:第一个 10kg 段计为 40ml+第二个 10kg 段计为 20ml+第三个 10kg 段(即大于 20kg 段)计为 6ml,共为 40ml+20ml+6ml=66ml/h。

二、补充液的需要量

需要补充的液体量可分为四个方面。即:失液量、术中正常维持量、第三间隙丢失量、失血量。

1. 液体丢失量 通常由于术前禁食或疾病本身因素所致。其计算方法为:液体丢失量=维持量×禁饮小时数。计算结果的 1/2 量在第 1 个小时内补充,第 2、3 小时各补充 1/4 的计算量。如果手术时间短或生命体征表明需较多的液体量,则可在更短的时间内输入或增加输入的量。儿童的心率变化能敏感地反映血容量的变化,输液期间应密切观察。对于婴儿应在禁食之初即开始通过静脉输液补充维持量,以防发生失水、低血糖等不良反应。

2. 术中维持量 手术过程中维持量的丢失仍在继续,在计算液体总量时不应对此忽视。应在术中额外丢失量的基础上加上正常每小时维持量。

3. 第三间隙失水量或转移到组织间隙的水量 取决于手术范围的大小。一般小手术,为 $1\sim2ml/(kg\cdot h)$;中手术为 $3\sim5ml/(kg\cdot h)$;腹腔内大手术为 $8\sim10ml/(kg\cdot h)$。

4. 失血量 是计算需补充液体量的决定因素,在允许的范围内失血不必用红细胞来补充,而可用晶体或胶体溶液来代替。小儿血容量的估计方法是:新生儿约为 85ml/kg,婴儿 80ml/kg,学龄前为 75ml/kg,成年人为 70ml/kg。通常认为,如失血量>20%,必须补充红细胞,15%~20%则根据患儿情况而定,<10%不需要输血。若用晶体溶液补充失血量时则应补充约 3 倍的量。临床上出现心动过速、低血压、皮肤斑点等常表明血细胞总数不足。

举例说明:3 岁病儿,双侧隐睾手术术后。需补充液体的计算过程是

(1)估计小儿体重:体重=年龄×2+8。$3\times2+8=14kg$。

(2)每小时维持量:第 1 个 10kg 为 4ml/kg,第 2 个 10kg 为 2ml/kg,即 40ml+8ml=48ml/h。

(3)缺失量=每小时维持量×禁饮小时数。即 48ml×10h(术前晚 10 点至次日晨 8 点)=480ml。

(4)手术影响:双侧隐睾手术为中型手术[$3\sim5ml/(kg\cdot h)$],即 14kg×5ml/(kg·h)=70ml。

(5)补充方法:第 1 小时:240ml(1/2 缺失量)+48ml+70ml=358ml。

第 2 小时:120ml(1/4 缺失量)+48ml+70ml=238ml。

第 3 小时:120ml(1/4 缺失量)+48ml+70ml=238ml。

输液总量=834ml。

(王　斌)

第二节　失血性休克

大量失血而引起的休克称为失血性休克,常见于外伤引起的出血、消化性溃疡出血、食管曲张静脉破裂所引起的出血等。失血后是否发生休克不仅取决于失血的量,还取决于失血的速度;休克往往是在快速、大量(超过总血量的 30%~35%)失血而又得不到及时补充的情况下发生的。

一、病 理 生 理

1. 微循环的变化 目前认为,微循环灌注量减少是各种休克共同的发病基础。但不同类型的休克微循环变化有其不同的特点。以最常见的低血容量性休克

为例,根据其微循环的变化特点,一般将休克的发展过程分为3个时期。

(1)微循环缺血期:属休克早期,微动脉、后微动脉、毛细血管前括约肌和微静脉痉挛,进入真毛细血管网的血液减少,血流限于通过直接通路或开放的动-静脉短路回流,使微循环灌注量显著减少,处于明显的缺血状态。

微循环血管持续痉挛,主要是由于各种休克的原因通过使有效循环血量减少或直接引起交感-肾上腺髓质系统兴奋和儿茶酚胺大量释放所致。休克时体内产生的其他体液因子或炎性介质如血管紧张素、加压素、血栓素、心肌抑制因子、肿瘤坏死因子(TNF)、白介素(IL)等也参与了血管收缩的过程。

本期微循环变化除了引起组织缺血缺氧的损害作用外,也有一定的代偿意义,故又称为代偿期。

(2)微循环淤血期:如休克在早期未能得到控制,微循环缺血缺氧持续一定时间后,终末血管床对儿茶酚胺的反应性降低,微动脉、后微动脉、毛细血管前括约肌收缩力逐渐减弱,血液不再限于通过直接通路和动静脉短路,而是大量涌入真毛细血管网,此时微静脉也扩张,但由于血液流变学的改变如红细胞和血小板的聚集、白细胞贴壁、粘附、血液黏度增加,使毛细血管阻力增加,故微循环灌大于流,大量血液淤滞在微循环的血管内。休克由微循环缺血期发展为微循环淤血期。早期的代偿反应已不复存在,甚至回心血量越来越少,因此又称为失代偿期。

(3)微循环衰竭期:属休克晚期,由于微循环淤血和灌注量减少更加严重,组织器官长时间严重缺氧而发生损伤和功能障碍。此期微循环变化特点为:①微血管反应性显著下降;②弥散性血管内凝血(DIC)形成;③毛细血管出现无复流(no-reflow)现象。由于微循环发生上述改变,使组织灌注量持续性严重减少,从而引起更为严重的缺氧和酸中毒,加上此时许多介质和细胞因子特别是溶酶体酶、氧自由基、TNF、IL、血栓烷等呈"级联反应"(或称"瀑布样"反应),可导致组织细胞及重要生命器官发生不可逆性损伤,甚至发生多器官功能衰竭(MOF),故又称此期为难治期或不可逆期。

2. 器官功能的变化

(1)心功能的改变:在休克发展过程中,心脏是最容易受影响的器官之一。心功能一旦发生障碍又会加重微循环的障碍。休克早期伴随着反射性交感兴奋、心率增快、心收缩力加强、射血分数增加,可出现心功能代偿性增强。此后,心功能逐渐降低,休克晚期或重度休克时常可发生心力衰竭。其主要机制为:①心肌缺血缺氧;②细胞因子对心肌损害;③酸中毒和高钾血症。

(2)肾功能的改变:休克早期发生的少尿和氮质血症一般是由于肾血流量减少、肾灌注不足、进而使肾小球滤过严重减少所致,尚无肾脏的实质性损害。随着休克持续时间延长,持续性肾缺血可引起肾小管损伤、肌红蛋白、游离血红蛋白以及其他毒性产物的产生,导致急性肾小管坏死和急性肾功能衰竭(少尿或无尿)发生。

(3)肺功能的改变:早期由于肺血流减少致使死腔通气量增多,由于代谢性酸中毒兴奋呼吸中枢,加之疼痛、焦虑而产生代偿性呼吸加快,肺通气量增加,可引起低碳酸血症。肺低灌注损伤导致低氧血症,长时间严重低血容量和低心排血量使呼吸肌血流减少导致呼吸肌无力,一氧化碳排出障碍,引起呼吸性酸中毒。在休克晚期,尤其严重休克病人,常发生急性呼吸衰竭,主要表现为进行性呼吸困难和顽固性低氧血症,肺出现淤血、水肿、出血、肺不张、微血栓形成及栓塞、肺泡内透明膜形成等病理变化,称为急性呼吸窘迫综合征(ARDS)。

(4)脑功能的改变:在休克早期,由于血液的重新分布和脑循环的自身调节,保证了脑的血液供应,因而除了应激反应引起的烦躁不安外,没有明显的脑功能障碍表现。当休克发展到失代偿期特别是晚期时,由于动脉血压明显下降,低于脑循环自身调节的限度或因脑循环发生DIC,脑组织灌注量减少,脑细胞缺血、缺氧,引起中枢抑制,患者可出现神志淡漠甚至昏迷。

(5)肝和胃肠功能的改变:休克时常有肝功能损害,严重时可出现部分肝细胞坏死。有效循环血量减少,引起肝细胞缺血、缺氧,加之肠道产生的毒物增多,经肝门静脉入肝,不能充分解毒,引起肝细胞损害。休克时胃肠道因微循环痉挛而发生严重缺血,继而转变为淤血。因长时间严重缺氧,胃肠壁发生水肿甚至坏死,有时可发生应激性溃疡。肠道黏膜屏障功能减弱或破坏,致使肠道细菌毒素被吸收入血,即所谓细菌移位(bacterial tramslocation),进而引发一系列炎性介质释放和级联反应,使病情愈加复杂和恶化。此外,胃肠黏膜的坏死或溃疡出血,可使血容量进一步减少而使休克加重。

(6)多系统器官功能衰竭:严重休克晚期常可同时或相继发生多个系统或器官功能衰竭,这是不可逆性休克和休克致死的主要原因。

二、临床表现

美国外科协会按照失血量将失血性休克分为4级:

I级:轻度失血,失血量占全血量的15%以下,在成人或为750ml以下。

II级:中度出血,失血量占全血量的15%~30%,在成人或为750~1 500ml。

III级:重度失血,失血量占全血量的30%~40%,在成人或为1 500~2 000ml。

IV级:极严重失血,失血量占全血量的40%以上,在成人或为2 000ml以上。

三、液 体 治 疗

1. 迅速补充血容量 可先迅速输注生理盐水或平衡盐溶液1 000~2 000ml。

若血压回升并能维持时表明出血量少且已停止出血;若检查红细胞比容在30％以上则不需输血,否则应适量输血,最好为新鲜全血,使红细胞比容维持于30％。

补液过程中血压仍低,而中心静脉压也低时应继续补液。若中心静脉压升高则提示补液过量或心功能不全,应使用西地兰0.2～0.4mg静脉注射,中心静脉压可下降至正常;若使用西地兰后中心静脉压下降明显,低于正常时为液量不足应继续补液。

2. 止血 在补充血容量的同时,应尽快止血。一般情况下应在休克基本纠正后进行根本止血。但对于难以一般措施控制的出血,应在补充血容量的同时进行手术止血。

3. 补充血容量和治疗原发病及止血是治疗失血性休克的中心环节,但也不应忽视其他的一般治疗措施。

(王　斌)

第三节　烧　伤

小儿烧伤是指12岁以下的儿童受热力(火焰、热水、蒸气及高温固体)、电能、放射能和化学物质等作用引起的损伤。根据小儿生长发育阶段分为五期:新生儿期(出生～28天),婴儿期(满月～1周岁),幼儿期(1～3岁),学龄前期(3～7岁),学龄期(7～12岁)。小儿烧伤多见于幼儿和学龄前儿童。特别是1～4岁小儿。小儿烧伤患者约占烧伤总人数的50％。烧伤原因以开水、火焰和稀饭烧伤为多见。小儿烧伤死亡率我国报道约为18％,美国报道为30％左右,常见的死亡原因有休克、败血症、肺炎及心肌炎等。

一、病 理 生 理

热烧伤的病理改变,取决于热源温度和受热时间。小儿烧伤的全身反应,常比成人受相同面积(占体表％)和深度的烧伤者严重。病理改变,除了高温直接造成的局部组织细胞损害,其他为机体的各种反应所致。

1. 局部病变热力作用于皮肤和黏膜后,不同层次的细胞因蛋白质变性和酶失活等发生变质、坏死,而后脱落或成痂。强热力则可使皮肤、甚至其深部组织炭化。烧伤区及其邻近组织的毛细血管可发生充血、渗出、血栓形成等变化。渗出是血管通透性增高的结果,渗出液为血浆成分(蛋白浓度稍低),可形成表皮真皮间的水疱和其他组织的水肿。

2. 全身反应面积较小、较表浅的热烧伤,除疼痛刺激外,对全身影响不明显。面积较大、较深的热烧伤,则可引起下述的全身性变化。

(1)血容量减少:伤后 24～48h 内,毛细血管通透性增高,血浆成分丢失到组织间(第三间隙)、水疱内或体表外(水疱破裂后),故血容量减少。严重烧伤后,除损伤处渗出外,其他部位因受体液炎症介质的作用也可有血管通透性增高,故血容量减少更加明显。除了渗出,烧伤区因失去皮肤功能而蒸发水分加速,加重了脱水。机体在血容量减少时,通过神经内分泌系统调节,降低肾的泌尿以保留体液,并产生口渴感。毛细血管的渗出经高峰期后可减少至停止,组织间渗出液可逐渐吸收。然而,如果血容量减少超过机体代偿能力,则可造成休克。

(2)能量不足和氮负平衡:伤后机体能量消耗增加,分解代谢加速,出现氮负平衡。

(3)红细胞丢失较重的烧伤可使红细胞计数减少:其原因可能是血管内凝血、红细胞沉积、红细胞形态改变后易破坏或被网状内皮系统吞噬,故可出现血红蛋白尿和贫血。

(4)免疫功能降低:伤后低蛋白血症、氧自由基增多、某些因子(如 PGI_2、IL-6、TNF 等)释出,均可使免疫力降低;加以中性粒细胞的趋化、吞噬和杀灭作用也削弱,所以烧伤容易并发感染。

二、临 床 表 现

1. **烧伤面积的计算**　所谓烧伤面积是指皮肤烧伤区域占全身体表面积的百分数。临床上常用的计算方法有两种,一种叫"手掌法",即不管男女老少,伤者五指并拢,一侧手掌所占的面积为其本人全身体表面积的 1%;另一种方法叫"中国九分法",即头、面、颈分别占 3%(共 9%),躯干前、后面和会阴部分别占 13%、13% 和 1%(共 27%),双手、双前臂和双上臂分别占 5%、6% 和 7%(共 18%),双足、双小腿、双大腿和双臀部钟占 7%、13%、21% 和 5%(共 46%),但女性和小孩有点不同,成年女性双足和双臀各占 6%,小孩头部为 9%＋(12－年龄)%、双下肢为46%－(12－年龄)%。

2. **烧伤深度的判断**

一度:伤及表皮浅层,局部轻度红肿,灼痛,无水疱形成。一度烧伤不需特殊处理,3～5 天自愈,不留瘢痕。

浅二度:伤及表皮及真皮浅层。患者感觉剧痛,红肿明显,形成较大水泡,疱壁薄,疱液较清,疱皮剥脱后见基底潮红,如果处理得当,10 天左右可以愈合,愈后早期有色素沉着,一般无瘢痕形成。

深二度:伤及真皮深层。疼痛较迟钝,肿胀明显,水疱不大,疱壁较厚,疱液较浑浊,基底较苍白或红白相间,如果处理得当,3～4 周可以愈合,愈后有不同程度的瘢痕增生。

三度：伤及皮肤全层甚至皮下组织、肌肉、骨骼。此型烧伤感觉和疼痛消失，无水疱，感觉冰凉，皮肤无弹性呈皮革样，苍白、焦黄甚至炭化，理论上，三度烧伤直径超过5cm，则需要手术植皮才能愈合。

3. 烧伤严重程度的分类

（1）轻、中、重、特重度烧伤分类法

轻度烧伤：总面积10%以下的二度烧伤。

中度烧伤：总面积11%～30%或三度面积10%以下的烧伤。

重度烧伤：总面积31%～50%或三度面积11%～20%的烧伤。

特重度烧伤：总面积51%以上或三度面积21%以上的烧伤。

（2）小、中、大面积烧伤分类法

小面积烧伤：相当于轻度烧伤。

中面积烧伤：相当于中度烧伤和重度烧伤。

大面积烧伤：总面积51%～80%或三度面积21%～50%的烧伤。

特大面积烧伤：总面积81%以上或三度面积51%以上的烧伤。

4. 烧伤合并症和并发症　烧伤如果合并颅脑损伤、骨折、内出血、吸入性损伤（呼吸道烧伤）等，或原来患有重要器官（如心、肺、肝、肾等）的严重疾患，或伤后并发休克、感染、重要器官的功能障碍等，将严重的影响烧伤的治疗效果，甚至对生命造成威胁。因此要对这些合并症、并发症及时、积极进行治疗。

三、治疗原则

1. 脱离致伤源。

2. 补充血容量防治休克，应用抗生素防治感染。

3. 镇静止痛。

4. 正确处理创面。

5. 用药原则：①轻度烧伤以外用药为主。②中度烧伤病人要防治感染及休克，可选用青霉素类、先锋霉素类、丁胺卡那及电解质、胶体溶液等治疗。外用药选用 SD-Ag 混悬液或霜剂。③重度及特重度烧伤者除了选用基本药物治疗外，可考虑选用特需药。

四、液体治疗

小儿复苏补液在其质和量方面有其特点：①小儿烧伤后，失液量较成人相对多，在补液时，输液量就相对较大，尤其是伤后最初 8h 内，所以在早期复苏补液时输液速度上应多加注意。争取既能合理补充液体，又不给患儿心、肺、脑等器官造成太大负担，避免发生心功能不全、肺、脑水肿等。②小儿烧伤后，水电解质易发生比例失调,肾脏浓缩稀释及对钾的排泄功能尚不完善,所以在补液时一定要注意所补液体的张力,根据病人具体情况调整,维持水、电解质平衡,避免碱失衡及水中毒等。③因为小儿烧伤以后食欲差,进食少,创面有大量渗出,虽早期补液张力较大,但在疾病修复过程中仍易发生血内电解质成分及蛋白质成分普通低下的情况,所以应继续加强补液纠正,改善食欲,增加消化系统方面的营养供给,从根本上消除电解质紊乱。

五、创 面 处 理

小儿烧伤创面的处理,基本与成人相同,但应注意以下几点:

1、小儿皮肤娇嫩且薄,附件少,创面一经感染很容易加深。但小儿生长能力旺盛,只要处理恰当,有效地防治感染,创面愈合速度比成人快。例如小儿深二度创面如无感染,一般2周内可基本愈合,在成人则需3周左右。

2. 小儿体温受环境影响,在气温较高时,包扎面积太大,易发生高热,甚至抽搐。故应多采用暴露疗法。但小儿多不合作。当烧伤面积较小时,尤其在四肢,采用包扎疗法,可便于护理和保护创面。对采用暴露治疗者,应适当约束固定。

3. 小儿皮肤薄,自体皮供皮的厚度不超过0.3mm。在切取自体皮时,应尽可能薄些。植皮区要妥善固定,给予约束,以保证植皮的良好固定和生长。

4. 创面用药时应注意:①由于小儿体表面积与体重的比例相对地较成人为大,因此药物浓度不宜过高,使用面积不宜过广,以免因药物吸收过多而引起中毒;②由于小儿皮肤娇嫩,应注意保护,尤其是使用浓度较高或刺激性较大的药物时更应注意,以免药物刺激正常皮肤引起皮炎、湿疹或糜烂,甚至引起脓皮症,增加创面处理的困难。

5. 创面在愈合过程中,皮肤瘙痒感明显。在此期间,应注意对患儿采取制动措施,并设计保护刚刚愈合的创面,防止被患儿抓破,造成感染或遗留瘢痕。

6. 颜面、手及其他功能部位深度烧伤的创面,应在休克期顺利度过以后,病情稳定的状态下,尽可能采取早期切痂植皮术。大面积三度烧伤的小儿,更应早期切痂植皮。在手术过程中,必须注意呼吸循环功能的稳定,尽可能防止出血过多,缩短手术时间,保证输液与输血。

7. 小儿皮炎薄嫩,对疼痛刺激耐受性差,清创时动作要轻柔,有耐心,把创面刺激降低到最低限度。

(王　斌)

第四节 烧伤休克

烧伤休克绝大多数为继发性休克,通常发生在烧伤后最初数小时至十多个小时,属于低血容量性休克,是由于受伤局部有大量血浆液自毛细血管渗出至创面和组织间隙,造成有效循环血量减少。

一、休克期补液的必要性

(一)血容量减少的原因

1. 烧伤后的休克是因体液渗出引起的渐进性血容量减少造成的低血容量性休克。其根本原因是毛细血管扩张,通透性改变,使其渗透压增加了2倍,造成血浆样液体渗出增加,导致血容量锐减。

致使渗出增加的主要因素是热损伤效应。红细胞受热50℃即可溶血,温度达到70℃时,仅1s的时间即可致表皮坏死。血管内皮细胞损伤是导致渗出增加的直接因素。微循环中的毛细血管壁由单层内皮细胞构成,厚约1μm,热损伤后内皮细胞的微丝发生收缩,内皮细胞肿胀隆起,使内皮细胞间的裂隙增宽,造成体液外渗。

热力对组织的损害,还表现在远离烧伤部位的毛细血管通透性增加。烧伤后的缺氧代谢使乳酸堆积量增多,产生代谢性酸中毒,血pH降低促使肥大细胞释放组胺等血管活性物质,使毛细血管扩张,通透性增加,继而使血浆样液体渗出至血管外,同时淋巴管扩张,通透性也迅速增加。若在淋巴管内注射染料,可见创面上大分子蛋白随淋巴液一起渗出。

2. 血管内胶体渗透压的降低加重了血浆成分的外渗:胶体渗透压的高低主要取决于血浆蛋白的多少,正常人血浆胶体渗透压的80%由白蛋白形成,每克蛋白可以维系4mmHg的胶体渗透压,因而血浆白蛋白的减少肯定会使之相应降低。

渗出丢失的蛋白不仅体现在创面上,也反映在各内脏器官中。此外严重烧伤后机体的应激反应,以白蛋白为原料合成了急性期反应蛋白,消耗了一部分白蛋白;严重烧伤后肝功能障碍导致白蛋白的合成减少,再加上高代谢反应使消耗增多、食欲减退使入量减少以及营养不良等因素,促使血浆白蛋白水平迅速降低。由于血浆蛋白的不断渗出,胶体渗透压值亦不断降低,促使液体外渗,恶性循环的结果使血容量减少,这些均提示休克期复苏补充胶体的必要性。

3. Na^+与水分的同步丢失:严重烧伤后一方面水分伴随Na^+渗出,另一方面细胞膜因缺氧而使细胞跨膜电位下降,细胞膜上Na^+-K^+-ATP酶活力显著下降及细胞膜通透性增加,导致Na^+进入细胞内,K^+游离到细胞外。当Na^+进入细胞内时,为了维持细胞内外渗透压的平衡,细胞外液的水分亦随之入内。致使有效循环血量明显减少。

血液渗透浓度的正常值为(285 ± 7)mmol/L,它的高低主要受血浆溶质成分的影响。烧伤后早期尚未发生血糖和尿素氮明显升高时,由于Na^+的丢失,会使血液渗透浓度降低,为保持细胞内外和血管内外渗透压平衡,水分亦随之同步丢失。这一结果提示了休克期复苏补充Na^+的重要性。

4. 创面水分蒸发量增加:烧伤创面因失去了正常皮肤屏障而使水分蒸发量大增。

(二)血管通透性变化规律

烧伤后由于血管和细胞膜通透性增加,使血管内液体转移到组织间隙和细胞内,造成血容量锐减,但尚未明确渗出速度何时最快。既往认为渗出的高峰期在伤后$6\sim8h$,所以在伤后8h应补充第1个24h补液量的一半。按常规公式在伤后8h补充第1个24h补液量的一半,显然补液速度偏慢。伤后30min至2h创面渗出最快,烧伤面积愈大,渗出的高峰时间愈靠前。所以伤后$2\sim3h$应加速补液,以伤后3h左右补充全天补液量的30%、8h补约60%为好。

(三)红细胞变化

烧伤后早期不仅仅是血浆成分的丢失,还有红细胞的变化。尤其是红细胞在热力作用下会出现溶血、凝集、形态变化和生成受抑等情况。应用^{32}Cr和^{32}P标记红细胞,可观察到大面积烧伤后$8\sim10h$红细胞被破坏12%,48h被破坏42%,伤后1周内每天减少9%的红细胞。红细胞受破坏速度惊人,因而烧伤后出现贫血是不可避免的。

红细胞减少的原因:①烧伤后溶血颇为常见。当温度达$40\sim50℃$时红细胞即发生形态和化学方面的改变,大面积深度烧伤患儿平均有32%的红细胞溶血;②热力损伤直接造成红细胞形成血泥或凝固坏死,大面积深度烧伤患儿每1%TBSA三度面积即损失1%的红细胞;③红细胞变形性下降,导致周围血流阻力增高而影响微循环,甚至堵塞微血管;④红细胞半寿期缩短,正常红细胞的寿命大约是120d,热力损伤后红细胞的半寿期缩短至$5\sim6$d;⑤红细胞生成受抑制,主要是由于骨髓内红细胞生成素受到抑制。烧伤血清中存在抑制红细胞生成的物质,此物质可能是烧伤组织的分解产物或创面感染释放的毒性物质;⑥消化道出血使红细胞丢失过多;⑦烧伤后患儿感染重,代谢高,消耗大,食欲差,营养不足。

危重烧伤患儿伤后出现的红细胞破坏增多、生成减少的贫血现象,给予了临床治疗如下启示:休克期复苏方案中应包括补充红细胞,以减少因贫血而导致的缺血缺氧性损害。

二、临床表现

烧伤休克基本为低血容量性休克,故其临床表现与创伤或出血性休克相似,其特点如下:

1. 脉搏增速 烧伤后血管活性物质分泌增多,使心肌收缩能力和心率增加,以代偿地提高心排血量。所以烧伤早期均有心率增加。严重烧伤可增至 130 次/分钟以上。若心率过速,则每次心排血量减少,加上周围血管阻力增加,脉搏则表现为细数无力,严重休克时,脉搏更显细弱。

2. 尿量减少 是烧伤性休克的早期表现。一般能反映组织血液灌注情况,也可以较敏感地反映烧伤休克的严重程度。烧伤早期尿量减少,主要是因为有效血容量不足,肾血流量减少所致,但也与抗利尿激素、醛固酮分泌增多,限制了肾脏排出水分与钠盐有关。

3. 口渴 是烧伤休克较早的表现。可能与细胞内、外渗透压改变及血容量不足有关,同时也受下丘脑-脑垂体-肾上腺皮质系统的控制。

4. 烦躁不安 是血液灌注不足因而脑细胞缺氧的表现。其症状出现较早。能反映烧伤性休克的严重程度,也是治疗反应较敏感的指标。脑缺氧严重时,可有谵妄、躁狂、意识障碍,甚至昏迷。但需与脑水肿及早期感染相鉴别。

5. 恶心与呕吐 是烧伤休克早期症状之一。常见原因也是脑缺氧。呕吐物一般为胃内容物,严重休克时,可有咖啡色或血色呕吐物,提示消化道黏膜严重充血水肿或糜烂。呕吐量过大时,应考虑急性胃扩张或麻痹性肠梗阻。

6. 末梢循环不良 烧伤早期常可见到皮肤发白,肢体发凉,有时表现口唇轻度发绀、表浅静脉充盈不良、按压指甲床及皮肤毛细血管使之发白后,恢复正常血色的时间延长。

7. 血压和脉压的变化 烧伤早期血管收缩,周围阻力增加,血压往往升高,尤其是舒张压,故脉压差变小。以后代偿不全,毛细血管床扩大,血液淤滞,有效循环血量减少,则血压开始下降。提示休克已较为严重。在血压变化中,脉压变小出现较早。

三、液体治疗

补液是防治烧伤休克的有效措施,应及时建立静脉通道,保证补液通畅。

1. 补液的成分 休克期补液有 4 种方案:①胶体、电解质与水分兼顾,胶体中不含全血;②同方案①,但胶体中包括全血;③以 Parkland 公式为代表的第 1 个 24h 只补充乳酸钠林格液;④高渗盐溶液。持第 1 种方案者居多,普遍认为烧伤后既有血浆渗出,又有 Na^+ 与水分的丢失,故补液应兼顾两者。有些学者对第

2种方案心存疑虑,担心休克期补全血或红细胞会加重血液浓缩、增加血液黏度、阻滞微循环、形成微血栓。结果证明,休克期补充全血有益无害,有利于纠正贫血,改善低蛋白血症,减轻缺氧和水肿,恢复血流动力学指标的稳定,改善免疫功能,保护内脏器官,临床效果好,治愈率高,没有出现上述顾虑。第3种方案的理论依据是烧伤后早期主要是 Na^+ 与水分的丢失,补足 Na^+ 便可以纠正休克,而补充胶体会渗至组织间隙,加重回吸收障碍。其缺点是补液量大,渗出多,水肿重。有鉴于此,提出了第4种方案——补充高渗盐溶液,它可比前者减少1/3的补液量,但需监测血液渗透浓度,如其过高易发生高钠血症甚至引起高渗性昏迷,所以临床较少应用。

休克期补充的胶体、电解质有多种,可以因地制宜。胶体补充包括血浆、白蛋白、适量全血或红细胞。也可适量补入一些代血浆如右旋糖酐、低分子右旋糖酐、羟乙基淀粉氯化钠注射液(706代血浆)、琥珀酸明胶(血定安)、60g/L 或 100g/L 羟乙基淀粉(贺斯)及 60g/L 羟乙基淀粉(万汶)。其中万汶是较好的人工胶体,相对分子质量为 $1.3×10^5$,取代级 0.4 可以扩容 100%,平台效应 4~6h,最大剂量 50ml/(kg·d),安全性好。电解质溶液则推荐乳酸钠林格液,既往以补充等渗盐水为多,其实它并不符合生理要求, Na^+ 、 Cl^- 各 154 mmol/L,补入量偏大易产生高氯性酸中毒或诱发高钠血症。

2. 补液方式 ①液体治疗:烧伤补液量应根据烧伤面积的大小,烧伤的深浅计算,一般公式为:第一个 24h 总量=面积×体重(kg)×2+生理需要量(100~150ml/kg);第二个 24h 总量=面积×体重(kg)×2+生理需要量(100~150ml/kg)。②补液方案:伤后的第一个 8h 输入总液体量的一半,后 16h 输入其余的一半。原则是胶体、晶体、葡萄糖交替输入。第二个 24h 以后按此原则均匀输入,根据尿量调节滴速。③调节补液量的临床指标:尿量 1ml/(kg·h),神志清,安静,无烦躁,心跳有力,能触及背动脉搏动,心率在 140/min 以下,肤色正常,外周静脉及毛细血管充盈良好,血压≥80~90mmHg 肢端温暖。

3. 纠正酸碱紊乱 休克时因缺乏氧代谢而使乳酸产生增多造成代谢性酸中毒。烧伤早期,常因紧张、疼痛、休克和吸入性损伤缺氧而有时过度换气造成呼吸性碱中毒。均从各个方面直接或间接地影响着体内酸和碱的平衡,干扰着血液 pH 的稳定。在临床上如果对此认识不足和处理不及时,均会加重复杂的功能紊乱,甚至形成恶性循环,使病变趋向复杂,给治疗带来困难。为此,对复杂的病情及酸碱平衡紊乱要做到及时诊断和处理。

4. 病情观察与输液速度的调节

(1)观察意识情况:小儿烧伤后常哭闹,应与休克引起的烦躁不安相鉴别。1周岁以上患儿遵医嘱服镇静剂后如无效,应考虑为休克及缺氧。1岁以内患儿休克期常表现为嗜睡、精神萎靡,切不可误认为是正常现象,此时要维持呼吸道、留置导尿管及静脉输液管道(最好尽早建立 2 条静脉输液通路,一路以胶体为主,另一路以晶体及水分为主)的通畅,晶体、胶体、水分交替输入,应稍加快输液速度(滴速根据患儿烧伤面积大小,创面渗出量多少及尿量多少而决定),患儿安静后仍可保持此时滴速均速输液。

(2)观察心率的变化:患儿因创面大量渗液,有效循环血量减少,心率代偿性加快可达 $160 \sim 180/min$,甚至 $200/min$。心率快除因血容量不足引起外,哭闹时心率变化也很大,故需连续观察变化的规律才有价值,并与尿量观察相结合。在应用强心药的同时可酌情加快输液速度,以增加有效循环血量,减慢心率,使心率维持在 $120 \sim 140/min$。

(3)观察每小时尿量:尿量能直接反应有效循环血量的变化,是小儿烧伤休克期补液的重要指标。小儿尿量需要保持在 $1ml/(kg \cdot h)$ 以上,若 $<1ml/(kg \cdot h)$ 即为少尿,提示单位时间内补液量不足,需加快输液速度;若超过 $1ml/(kg \cdot h)$,则要适当减慢输液速度。当患儿尿量 $>1ml/(kg \cdot h)$、心率仍 $>180/min$ 且表情淡漠、反应迟钝时要警惕发生脑水肿可能,需立即减慢输液速度,且以输入血浆和平衡盐为主。如大量输入液体后,心率仍 $>160/min$,尿量 $<1ml/(kg \cdot h)$ 时,要进行综合分析,患儿是否因体温过高而引起心率增快。遵医嘱给予利尿药时必须在血容量补足的前提下,否则会加重休克,心率会更快。

四、其他治疗

1. 保持良好的呼吸功能 休克时,特别是伴有吸入性损伤者,气体交换功能多受抑制,严重者可并发急性呼吸功能衰竭。因此维持良好的呼吸功能是防治烧伤性休克的重要措施。主要是保持呼吸道通畅。如经常抽吸呼吸道内的痰液、脱落黏膜等以排除机械性梗阻;头颈部深度烧伤水肿或吸入性损伤发生呼吸困难时,应及时实行气管切开,不宜犹豫等待。因为梗阻时间过长,缺氧不但可加重休克,甚至可诱发呼吸功能衰竭或心搏骤停,同时如果颈部水肿明显增重后再行紧急气管切开,不仅手术困难,往往也易误伤大血管、胸膜等重要组织;为了解除支气管痉挛及减轻呼吸道黏膜充血水肿,可静脉滴注氨茶碱和肾上腺皮质激素等。如有缺氧则应给氧,严重者可用呼吸器辅助呼吸。

2. 镇静、镇痛药物的应用 烧伤后剧烈疼痛和病人恐惧是对中枢神经系统的强烈刺激,故镇静、镇痛对休克的防治有一定作用。一般采用度冷丁或吗啡。反复应用时,可同时用巴比妥类药物;血容量补充后也可应用非那根等药物。如因血容量不足而烦躁不安时,加大镇静剂并不能使病人安静,有时还可由于用量过大而抑制呼吸、加重脑缺氧,反而使烦躁加重。

3. 心功能辅助治疗 严重烧伤休克期,经大力补液而心率明显增快达 140/min 以上,特别是复苏林补液较迟或补液不足,并经心电图证实有缺氧性损害时,应考虑药物治疗以保护心脏功能。休克不能靠补液纠正,如中心静脉压增高,则提示液体负荷过重,心功能不全者,用药指征更明确。洋地黄类强心药物,西地兰、毒毛旋花花子苷 K 等,常需 24h 内给饱和量,以后逐日用维持量以增强心肌收缩力,从而增加心排血量。多巴胺具有增强心肌收缩力,借以减轻心脏负担的作用,并能使肺和肾的循环阻力减轻。补液中以小剂量维持静脉滴注即可显效。RA642 具有升高血压,提高心排血量,降低末梢循环和肺循环阻力的作用,并可使冠状动脉、肾动脉和肠系膜上动脉的血流量增多,是一种在休克复苏中辅助心血管功能的药物。

4. 降低外周血管阻力 使用 α 肾上腺功能阻滞药,能改善微循环血流并增强组织灌注。用药前应实践血容量,以防因血管床扩大,产生或加重相对性的血容量不足,并适当纠正代谢性酸中毒。

5. 肾功能辅助治疗 严重大面积烧伤休克,深度烧伤或电烧伤后的血红蛋白尿或肌红蛋白尿,液体超负荷,吸入性损伤和复合颅脑外伤所致的肺水肿和脑水肿,无机磷等烧伤后的化学中毒引起的肾功能损伤,均需良好的肾功能以利排尿或排出毒物。在必要的补液之后,仍不能排尿或尿量不够满意时,应使用利尿药。常用甘露醇或山梨醇。在补足血容量的情况下,可用呋塞米或利尿酸钠,可以单用或与甘露醇合用。在脱水治疗大量利尿中,要注意钠和钾的丢失。

6. 激素治疗 大多数只是在复苏困难或出现肾上腺皮质功能不全的病人时的才应用。对于复苏困难的病人,用量要大,时间要早。有人主张成人一次静脉滴注氢化可的松琥珀酸钠 2 000～3 000mg,甚至更大;但也有人主张 1 000mg 即可,必要时重复注射一次。在有肺水肿或脑水肿时,也可使用。

7. 氧自由基清除剂的应用 在严重烧伤时,烧伤组织血管内白细胞被激活,细胞膜上的 NAD(P)H 氧化酶被激活,增强磷酸戊糖途径代谢,产生氧自由基 O_2、$OH \cdot O_2^-$、H_2O_2 铁离子等,使细胞遭受更严重的破坏。氧自由基清除剂的使用,将可减轻因休克所致的各内脏或组织细胞的损害,从而提高烧伤的存活率。应用二甲基亚砜(DMSO)、过氧化物歧化酶(SOD)清除氧自由基;用过氧化氢酶清除 H_2O_2;用脱乳铁素清除铁离子;用维生素 E 减轻肺血管的损害。SOD 和过氧化氢酶联合应用,可清除 O_2^- 和 H_2O_2,可以消除肺部损害。

8. 休克期交换血浆疗法 用血细胞连续分离器或血细胞连续加式器,在置换出病人的血浆的同时,等量换入同型的冷冻新鲜血浆。5 岁以下的儿童,以换同型全血为宜。严重烧伤后发生的成人呼吸窘迫症,严重电烧伤后发生的持续性的重度血红蛋白尿和肌红蛋白尿,有的复苏补液疗法不能奏效。严重烧伤后,有很多能

使血管通透性增强和细胞膜功能不全的血清因子参与休克期循环的病理生理,应用交换血浆疗法消除这些血清因子有助于休克复苏。

(王 斌)

第五节 外科补液常见失误及其防范

一、不判断脱水的性质而盲目输液

外科医生对于休克往往要比脱水重视得多,殊不知大多数休克是由体液丢失细胞外液容量减少所致。由于丢失的体液中所含电解质多寡的不同,脱水有等渗、低渗和高渗之分,其中,等渗和低渗脱水最为多见。

如果休克是由于脱水所致,用大量而迅速的静脉输液以尽快补足血容量,是治疗休克的主要措施。即使没有休克,亦应尽快纠正脱水以改善病情,防止并发症的发生,在制定治疗措施时,外科医生应根据病史、症状、体征和化验检查判断脱水的性质,再以此选用适宜的液体输入。脱水的性质区别见表11-1。不判断脱水性质,盲目大量输液,可能导致不良后果。

表 11-1　脱水性质区别

脱水性质	外液量	内液量
等渗脱水	减少	正常
低渗脱水	减少	增加
高渗脱水	减少	减少

从表11-1可以看出,外液量减少是三种脱水共有的特点,但在数量上又有所区别,低渗脱水的细胞外液量减少最多,等渗脱水次之,高渗脱水的外液量减少不多。外液减少即血浆和组织液的减少,前者表现为血压下降和休克发生,后者表现为皮肤充实度降低和皮肤弹性减弱。眼眶凹陷,婴儿前囟凹陷是组织液减少的表现。细胞内液量增加,是低渗脱水的特点,细胞水肿,颅内压增高,因而神经症状明显,表现为淡漠、疲倦、嗜睡、头痛、恶心、呕吐、意识障碍、视物模糊、昏迷、抽搐等。内液量的减少,是高渗脱水的特点;也可引起脑细胞损害,产生神经系统症状,表现为出现幻觉、谵妄、狂躁等,并有极度口渴。上述情况应先判断脱水性质再行补液。

二、重度低渗脱水与水中毒鉴别不清

两者症状与体征极为相似,临床易出现误诊。脱水与水中毒的鉴别见表11-2。

表 11-2　脱水与水中毒的鉴别

表现及实验检查	低渗性脱水	水中毒
症状和体征	有	无
休克	昏睡、昏迷	昏睡或昏迷
神经症状	不显	不渴、唾液、泪液增多
口渴	湿冷	苍白湿冷
皮肤黏膜	很差	充盈
皮下静脉充盈度	减少	增加
血钠	<135mmol/L（重度<120mmol/L）	<110mmol/L
尿中 H^+	极少或无	减少
血浓缩	明显	无

从表 11-2 可以看出，两者均表现出神经及精神方面的症状，低渗性脱水表现已为人们所熟悉，而水中毒的临床表现却不容易引起重视，甚至容易误诊。水中毒的表现可分为急慢性两类：急性水中毒起病急骤。水过多引起脑细胞肿胀致颅内压增高，可出现一系列神经、精神症状，如头痛、嗜睡、躁动、精神紊乱、定向力失常、谵妄、甚至昏迷。慢性水中毒的症状往往被原发疾病所掩盖，常有不明原因的恶心、呕吐、嗜睡等。有时唾液、泪液增多。患儿就诊时常有无意识随地吐唾液的表现，故常误诊为精神障碍。诊断有困难时，应先测血清钠以此鉴别。

三、低渗脱水与水中毒在治疗原则上的失误

1. 治疗原则上的失误　低渗脱与水中毒治疗上有着本质的区别；前者既是脱水，可酌情补液，重点是调节水盐平衡。水中毒则应限水、脱水、利尿、调节水盐平衡。二者在补钠问题上，可根据血钠测定值按公式计算：需补钠量（g）＝[142(mmol)－血钠测得值(mmol)×体重(kg)×0.6]÷17(17mmol＝1g 钠盐)。在调节渗透压平衡问题上，应根据临床症状及血清钠检测结果，重在补钠并酌情补水。水中毒者应予脱水，20%甘露醇快速静滴。

2. 选择液体种类上的失误　纠正低渗性脱水或水中毒时，往往需要用大量等张含钠液。在生理盐水中，Na^+ 和 Cl^- 的浓度都是 154mmol/L，而正常血浆中 Na^+ 和 Cl^- 的浓度分别为 142mmol/L 和 104mmol/L。生理盐水中的 Cl^- 浓度比血浆多 1/3。血浆中 Cl^- 浓度过高，有抑制 HCO_3^- 的能力，可导致高氯性酸中毒，所以，生理盐水并不符合要求。临床上多主张使用平衡溶液（乳酸林格液）作为纠正脱水时使用的等渗钠液，平衡液可使 CO_2CP 上升，无须单独考虑用碱性溶液纠正酸中毒或用钾量多少问题，使输液方案尽量简化。只要休克、酸中毒、低钾血症得到

纠正,酸碱平衡的紊乱也能自行纠正。

四、在缺钾问题上的错误认识

缺钾是临床外科中常常遇到的问题。由于在钾的摄入量不足时,肾钾的排出增多(每日约为 40～60mmol/L),如患儿不能进食,或在输液时未予补充,缺钾即可发生。缺钾和补钾方面容易出现以下两个问题。

1. 误认为生化结果正常即表明不缺钾 一般认为<3.5 mmol/L 即为低血钾,其实这是一种错误的认识,这是因为血钾的浓度常常不能反映体内含钾的变化。比如①在饥饿状态或严重创伤和感染情况下,钾即被释出细胞外,使血钾增高;②在酸中毒时,细胞外液的 H^+ 与细胞内液的 K^+ 交换,使细胞外液的 K^+ 浓度增高;③在酸中毒时,肾小管上皮细胞排出 H^+ 的作用加强,排 K^+ 作用减弱,使血钾进一步增高;④休克、脱水、肾功能衰竭而出现少尿或无尿时,排 K^+ 的主要途径即被阻断,钾无从排出。由此可见,在体内缺钾的情况下血钾却可以增高,甚至可达到危及生命的程度(>6mmol/L)。血钾浓度同全身含钾关系是:检测血钾低者表明全身缺钾,而全身表现缺钾,血钾检测不一定低,血钾高者,全身含钾量多半不高。但 K^+ 代谢紊乱所引起的临床症状,主要受血钾浓度的影响。其突出表现为肌无力、腱反射减弱、口苦、厌食、恶心、呕吐、腹胀、心脏受累、心电图改变出现 T 波低平或倒置,上述表现可因人而异。

2. 没有掌握好补钾的时机和方法 ①休克、无尿和严重酸中毒尚未纠正时血钾常常很高,故这时切忌补钾,相反,要严密注意有无危险的高钾血症。②休克及酸中毒得到矫正,并开始有尿后,血钾即迅速下降,此时即须补钾。③纠正代谢性酸中毒时,在输完碱性溶液后,常须再输入 K^+ (约 60mmol),以防血钾突然降低。④即使体内严重缺钾,每日钾的补充量最多也不能超过 100mmol(相当于 10%氯化钾 60ml),否则可能引起危险的高钾血症。氯化钾一般用量是:小儿 0.1～0.3g/kg。可按公式计算:氯化钾(g)=[5(mmol)－血钾测得值(mmol)]×体重(kg)×0.0149。⑤缺钾的量很难估计,故补钾时一般只补到血钾浓度恢复正常或到患儿已能由口进食为止。口服氯化钾,易引起呕吐或腹泻,反而使缺钾加重。⑥静脉输入钾盐时切忌过浓过速。浓度不应超过 40mmol/L,即氯化钾 3g/L,速度不少于5h(即每小时不超过 200ml)。

(王 斌)

第 12 章 其他疾病

第一节 尿 崩 症

尿崩症是由于抗利尿激素(ADH)分泌不足或肾小管对 ADH 反应低下引起的代谢性疾病,以口渴、多饮、多尿为主要症状,男孩较女孩多见。

一、病理生理

按病变部位可分为下丘脑-垂体性尿崩症和肾性尿崩症二类。

垂体性尿崩症:由于 ADH 分泌不足引起,肾小管对水重吸收减少,故尿量大增。可分为原发性和继发性两类。原发性者少见,可能与控制 ADH 合成的基因缺陷有关,为常染显体显性遗传或性联遗传。继发性可由于颅内肿瘤(颅咽管瘤、松果体瘤、垂体瘤、胶质瘤)、炎症(结核性脑膜炎、真菌性脑膜炎、脑炎、梅毒)、浸润性疾病(黄色瘤、结节病、嗜酸细胞肉芽肿、白血病)、颅脑手术及外伤、产伤、窒息、颅内出血、DIC 等引起。

肾性尿崩症:此病是肾小管缺陷的遗传性肾脏病、为性联染色体隐性遗传。患者多为男性,女性为基因携带者。在正常情况下 ADH 能激活腺苷环化酶,使 ATP 脱磷而生成 cAMP,后者能增加远端肾小管和集合管对水分的通透性,使肾小管管腔水分被扩散至髓质高渗区,使尿浓缩。另一方面,肾性前列腺素有抑制腺苷环化酶的作用,使 ATP 不能转变为 cAMP,使水分不能透过远端肾小管和集合管进入髓质高渗区,故肾性前列腺素过多可能是肾性尿崩症的原因。

二、体液紊乱特点

尿崩症排出大量低张尿,尿渗透性<240mmol/L,比重低于 1.006,故血液被浓缩。血钠>150mmol/L,为高张性脱水。血钾、血钙也可升高,易发生浓缩性碱中毒。

三、临床表现及诊断要点

患儿多因口渴、多饮、多尿而引起家长注意,每日饮水量达 3~8L,饮水后大量排尿,尿量几乎与饮水量相等。尿清亮无氨臭味,比重在 1.001~1.007。患儿嗜水甚于食物,如禁饮水则烦躁不安、头晕、疲乏、食欲缺乏、发热,严重者中枢神经系统受损发生惊厥和昏迷。患儿少汗、皮肤干燥、营养不良、体格及智能发育缓慢。

根据口渴、多饮、多尿病史,每日饮水量或排尿量在 2L 以上,尿比重<1.006,尿糖阴性,可考虑此病。进一步确诊可作禁饮水试验:试验前先排尿测定其尿量和比重,并测量体重,然后禁饮水,每小时排尿一次,测其尿量和比重,同时测体重。患者可能出现口渴越来越重,甚至出现脱水或其他严重症状,体重下降超过 2%,应考虑中止该试验。如无不良反应,试验需持续 4~6h,在最后一次排尿后取血以监测血钠浓度。正常人或精神性烦渴者尿量逐渐减少,比重逐渐上升,最后一次尿比重达 1.035,血钠在正常范围。尿崩症患儿每小时尿量减少不多,尿比重上升不大,试验结束后血钠>150mmol/L。

为了区别垂体性或肾性尿崩症可作加压素试验;用水剂垂体加压素 5~10U 皮下或肌内注射,如 15min 内尿量减少,比重上升,持续 45min,可认为系缺乏 ADH 所致。如尿量不减少,尿比重不上升,可能为肾性尿崩症。

如禁饮水试验正常,可作高张盐水试验:先禁食 8h,在 1h 内饮水 20ml/kg,每 15min 留尿一次共 2 次,如每次尿量在 15ml 以上,然后静脉滴注 3% 氯化钠 0.2ml/(kg·min),持续 45min,每 15min 测尿量和比重。正常人或精神烦渴者在滴注上液后 15min 尿量减少,如尿量不减少则为尿崩症。此试验对真性尿崩症有一定危险,因大量盐负荷会引起严重高张性脱水,故应慎用。

确诊尿崩症后应进一步查明病因,可作头颅正侧位照片、观察有无异位钙化、蝶鞍大小、形态及骨质变化。检查视力、视野、视盘有无水肿,做垂体前叶功能测定,气脑造影、头部 CT 检查等。

四、液 体 治 疗

小儿处于生长发育阶段,需要水分较多,故不宜限制饮水,以免影响生长发育和造成脑损害。患者主要由于抗利尿激素分泌不足或肾小管对其缺乏反应,只是水重吸收减少,盐重吸收并无障碍,故易引起高张性脱水,只缺水而不缺盐,因此可让其自由饮开水补充,而对盐和蛋白质则应适当限制,因食入 1 渗透分子溶质(相当于氯化钠 58.5g,能产生正负离子共 1 000mOsm,或相当于蛋白质 200g,能产生尿素 60g 即 1 渗量),要使此大量溶质稀释为 100~200mOsm/L 的尿排泄,需供给水 5~10L。故应限制钠盐为 1g/d、蛋白质 1~2g/(kg·d)。

如患儿出现明显的脱水或其他严重症状,应立即进行输液,按高渗性脱水处理,输液量按脱水程度供给。因患儿已有高钠血症,故补充血容量和细胞外液均用5%葡萄糖液。待病人症状改善后可改为口服液体。

五、其 他 治 疗

1. 药物治疗 部分性尿崩症可给氢氯噻嗪 $1\sim2mg/kg$、分 $2\sim3$ 次口服,能使尿量减少。可能由于增加钠、钾排泄,使血液渗透压不升高,口渴感减少、饮水和排尿也可减少,因此需同时服氯化钾并限制食盐。或用氯磺丙脲每日 $20mg/kg$ 分 2 次服,能增加肾小管对 ADH 敏感性而抗利尿,但副作用有低血糖、肝功能损害、粒细胞减少。也可用酰胺咪噻口服,每日 3 次,每次 0.1g。消炎痛是前列腺素抑制剂,每次 $1mg/kg$,每日 $2\sim3$ 次,可用于肾性尿崩症,阿司匹林也有同样作用。

完全性垂体性尿崩症口服药物疗效常不满意,需补充 ADH,水剂垂体加压素皮下注射,用量过大有恶心、腹痛、面色苍白等副作用。鞣酸垂体加压素(长效尿崩停 5U/ml)可深部肌注,用量由 0.1ml 开始逐渐增加,量不超过 0.8ml,一次肌注能维持 $5\sim7d$。粉剂尿崩停用于鼻吸入,每次 $20\sim50mg$,一日 $3\sim4$ 次,但长期应用可引起慢性鼻炎、鼻出血、过敏性哮喘等。此外尚有人工合成的 1-去氨基,8-右旋精氨酸血管加压素(DDAVP),此药改变了某些氨基酸结构,使抗利尿作用明显增加,而加压作用减弱,鼻内吸药每日 2 次,每次 $2.5\sim10mg$。如无垂体加压素,可取新鲜羊脑垂体,加食盐少许,研碎后灌肠也有效。

2. 病因治疗 如由颅内肿瘤引起者可作手术切除或放疗。结核病合并尿崩症应积极抗结核治疗。对精神性烦渴可作暗示治疗,尽量限制饮水量,纠正多饮习惯,能逐渐恢复。脑外伤引起者应积极作外科治疗。原发或遗传性病例症状较轻,预后较好。由脑炎、脑膜炎引起者预后较差。

(万力生)

第二节 急性白血病

白血病为小儿常见的恶性肿瘤(占第 1 位),分为急性淋巴细胞性白血病(急淋)及急性非淋巴细胞性白血病(急非淋)。急性淋巴细胞性白血病(ALL)是小儿时期最常见的类型,其病理细胞在体内的恶性增殖和广泛浸润,常可破坏人体各系统(包括体液代谢)的生理调节功能,因而常导致一系列严重的和复杂多变的水、电解质和酸碱平衡紊乱。

一、病 理 生 理

白血病的主要病理表现有白血病细胞的增生与浸润。非特异性病变则为出血及组织营养不良和坏死、继发感染等。白血病细胞的增生和浸润主要发生在骨髓及其他造血组织中,但也可出现在全身其他组织中,致使正常的红细胞、巨核系细胞显著减少。骨髓中可因某些白血病细胞增生明显活跃或极度活跃,而呈灰红色或黄绿色。淋巴组织也可被白血病细胞浸润,后期则表现为淋巴结肿大。有50%~80%的白血病致死者有明显中枢神经系统白血病改变。常见者为血管内白细胞淤滞、血管周围白细胞增生。其他最常发生白血病浸润的脏器是肾、肺、心脏及胸腺、睾丸等。总的看来,急性白血病浸润组织脏器比较集中而且严重,破坏组织能力较大。白血病在疾病过程中,大多伴有不同程度的出血,可发生在任何部位,但多见于造血组织、皮肤黏膜、心包膜、脾、胃及中枢神经等。其出血常发生在有白血病细胞浸润的基础上。由于白血病细胞浸润、出血,梗死及全身代谢障碍,局部或全部组织可有营养不良与萎缩,甚至坏死等。近年来由于大量化疗药物和抗生素的应用,其尸检病理变化有新的表现,白血病细胞崩解浸润消失,出现了纤维蛋白渗出,组织细胞吞噬,继而纤维化。骨髓可出现萎缩或纤维化,某些真菌、原虫的感染增多,药物引起的病变增多。

二、体液紊乱特点

由于本病的上述病理和治疗特点,在病程中和化疗、抗生素治疗过程中,常发生复杂多变而顽固的水、电解质和酸碱平衡紊乱,诸如各种性质的脱水。代谢性酸或碱中毒,血清钾、钠、钙、镁、磷酸盐等电解质浓度过高或过低等。分述如下。

1. 脱水 最常见者为等渗性脱水。其原因多为化疗药物毒性反应或胃肠道继发炎症所引起的急性吐泻。但如为慢性吐泻,由于钠离子丢失过多,则常为低渗性脱水。而高热、出汗及继发于白血病的尿崩症,因其丢失的水分含钠量甚少,故失水多于失钠,血钠浓度升高,表现为高渗性脱水。但当本病的病理细胞大量增殖或大量破坏(化疗后)时,大量钠离子可能反常地被摄入白细胞内或自细胞内骤然释出,血钠浓度随之锐减或骤增,从而导致脱水性质变幻莫测,并可能使上述常见的脱水原因与脱水性质之间的相应关系发生变化。因此,在估计本病引起的脱水性质时,应考虑到这一特殊的因素。为避免误诊,必须争取反复检测血清钠浓度,并以此作为确定脱水性质的依据。

2. 电解质紊乱 白血病出现电解质紊乱的多样性上已略述。这些电解质紊乱可由于白血病本身或药物作用所致,故可发生于治疗前、中、后的任何阶段。不同阶段和原因所出现的电解质紊乱在病理和类型上各有其特点:化疗前或病情复发时出现的电解质紊乱多为血钠、钾、镁、磷酸盐降低和血钙升高。由于在用药前即已发生,可以确定此时的上述电解质变化系白血病本身所引起。其发生机制如下:①胃肠功能障碍和营养不良而致电解质摄入不足或丢失过多。②大量增生的白血病细胞摄取过多的电解质,同时由于钠泵功能障碍,进入细胞内的钠离子难以转移到细胞外。③垂体抗利尿激素分泌失调(分泌过多),或白血病细胞分泌一种和抗利尿激素相类似的物质,使尿量减少而尿钠排出增加,故可致稀释性低血钠和低血氯,此称抗利尿分泌失常综合征(SIADH)。尿钠浓度及尿液渗透压增高为此种低钠血症的特点。④血清和尿液溶菌酶增加,在直接刺激肾脏排钾的同时,尚可通过损害肾小管的机制使钾排出增加。⑤白血病侵及骨和甲状旁腺。前者引致骨质中钙离子移入血液,后者则使甲状旁腺激素(PTH)释出,而白血病细胞本身也可产生类 PTH 物质(称 PTH 异位分泌),三者皆可引起高血钙。此外,如若中枢神经系统白血病继发尿崩症,由于失水多于失钠,可呈高钠血症。

化疗或抗感染治疗后,由于多种细胞药物或抗生素的作用,除可使电解质的上述紊乱加重外,也可发生高钾、高磷酸盐血症和低钙血症。其主要机制如下:①化疗时白血病细胞迅速溶解、破坏并释放大量钾离子和磷酸盐,遂出现血钾和磷酸盐的升高。由于血清中钙、磷二者的含量呈反比关系,故血清磷酸盐的升高必然导致低血钙。白血病细胞破坏后可释放抗利尿素样物质,因而化疗后也可出现低钠血症。②左旋门冬酰胺酶、长春新碱、6 巯基嘌呤、激素等化疗药物和某些抗生素如多黏菌素 B、庆大霉素等均可损害肾脏。引起肾衰竭、尿毒症和代谢性酸中毒,继而导致高钾、低钙血症,但使用抗生素后更常见者为低钾、低钠和低氯血症。此因长期大量用抗生素易至肾小管中毒,使上述电解质排出增加所致。③左旋门冬酰胺酶还可诱致甲状旁腺功能低下引起低钙血症。④未被控制的细菌感染。由于组织分解,细胞内大量无机磷释入血液,血磷升高遂使血钙降低。

3. 酸碱平衡紊乱 急性白血病常见的酸碱平衡紊乱有代谢性碱中毒、代谢性酸中毒、肾小管性酸中毒、乳酸性酸中毒等。低钾常和代谢性碱中毒伴存,故认为低钾是白血病并发代谢性碱中毒的主要原因。代谢性酸中毒常与感染性、出血性休克及各种原因引起的肾功能损害有关,而肾小管性酸中毒则归因于白血病本身或药物所致的肾小管障碍。乳酸性酸中毒一般仅见于复发期病人,特别是广泛性白血病浸润的病人最为明显。有人发现急性淋巴细胞白血病或急性粒细胞白血病患者并发休克或肺水肿时较多出现严重的乳酸性酸中毒,但病人常无明显缺氧。故认为此种酸中毒可能是由于病人的糖代谢紊乱所致。亦有人经体外实验提示,白血病细胞在不缺氧的情况下亦可产生多量的乳酸并足以引起酸中毒。但基本原因仍然与白血病细胞大量增生所引起的组织缺氧有关。因白细胞数量增多和随之而来的血液黏稠度增加有助于白细胞聚集并淤塞微血管,因而血液灌注不足,组织缺氧,遂产生乳酸并导致乳酸性酸中毒。

简而言之,急性白血病并发的体液紊乱有如下特点。①复杂多变和发展迅速:此因急性白血病本身具有反复发作及病情变化迅速的特点,且导致体液紊乱的因

素较多,故可同时或先后发生各种类型的体液紊乱。其临床表现常相互混淆或掩盖。如不注意系统观察和全面检查,极易漏诊或误诊。②病情顽固:急性白血病的体液紊乱一旦发生,病情常较顽固,与通常病所致者迥然不同,可能与其发病因素较复杂和白血病本身的病情较顽固有关。③易为白血病本身的病情及化疗药物反应所掩盖,或彼此相混淆,使体液紊乱的临床表现难于发现。④体液紊乱多数与白血病病理变化(例如白细胞大量增生和破坏等),化疗及使用抗生素等因素有关。

三、临床表现及诊断要点

由于本病的广泛性浸润及其对机体各种生理功能的扰乱,临床表现十分复杂。主要且常见者为贫血,出血,发热(继发感染),肝、脾淋巴结肿大,中枢神经系统及其他部位的浸润表现(如胸骨压痛或脑炎、脑膜炎样症状等),末梢血常见红细胞及血小板减少,白细胞轻中度增多并出现原始、幼稚白细胞,但亦有血象呈三少且无原始、幼稚白细胞出现者。骨髓白细胞极度增生,其中原始、幼稚细胞占绝大多数。由于本病的病理特点和多种治疗药物的影响,病程中尚可同时或先后出现前述的多种水、电解质和酸碱平衡紊乱。

根据临床表现、血象和骨髓象。典型的急性白血病诊断一般不难。不典型者可根据不同情况注意与白血病样反应、传染性单核细胞增多症、再生障碍性贫血、血小板减少性紫癜及粒细胞缺乏症等鉴别。确诊后尚应进一步鉴别白血病的细胞类型。

关于本病并发水、电解质和酸碱平衡紊乱的诊断,最关键的是首先提高对此并发症的认识。病程中应随时警惕其发生,由于本病并发的水、电解质和酸碱平衡紊乱可能较为复杂多变,而本病的某些临床表现或化疗药物毒性反应的症状又常和此类并发症的表现相混淆,故诊断时应结合病史、病因、症状、化验及其他有关检查(如心电图等)进行全面分析,方能避免漏诊或误诊。

四、液体治疗

1. 脱水 应根据脱水程度、性质计算补液量、选择液体种类和决定补液速度。在无特殊病理的情况下,按每日生理需要的质和量补充水、电解质,同时要注意静脉输注药物所补充的液体亦应计入每日输液量。

2. 低钠血症 本病并发的低钠血症多由于抗利尿激素分泌过量所致,属一种稀释性低钠血症。通常轻症者无明显症状,可适当限制补液量。如低钠严重并出现恶心、呕吐、乏力、嗜睡、抽搐等水中毒症状时,应严格控制水分并静滴3%高渗盐水以迅速提高细胞外液渗透压,紧急控制脑部症状,剂量为 5ml/kg,在 3h 内缓慢静滴。上述剂量约可提高血钠 10mEq/L。必要时可于数小时后重复一次。但应密切注意充血性心衰和高钠血症的发生。如低钠伴有水肿者,提示体内总钠量过多,在限制进水的同时应使用利尿药以排出体内过多的钠盐。

3. **高钠血症** 急性白血病所见的高钠血症多继发于尿崩症,故常伴有高渗性脱水。轻症者增加补充无钠溶液即可;重症者除限制钠盐外可用低渗溶液静滴以纠正高钠和脱水。同时可用 1-去氨基,8-D-精氨酸血管加压素、垂体加压素、氢氯噻嗪及氯磺丙脲控制尿崩症。

4. **低钾血症和高钾血症** 由于白血病并发低钾或高钾的原因较复杂,程度可能较重,单纯使用液体疗法(补钾或给予钾离子的对抗剂)纠正可能见效较慢而不显著,必须同时查明低钾或高钾的原因并给予病因治疗。如为白血病病理过程本身所致者应给予抗白血病治疗,若和化疗药物或抗生素有关则应暂停或更换有关药物,但在治疗"高钾血症"之前,应注意排除假性高血钾。此种情况多见于白细胞计数很高的患者,系由于送检的血液离体后大量白细胞破裂释出钾离子所致。但病人并无高血钾的临床表现和心电图征象,可资鉴别。

5. **低钙血症和高钙血症** 轻症低血钙患者仅感四肢麻痛或手足抽搐,可静注 10% 葡萄糖酸钙 10ml,随后口服钙剂维持,同时口服维生素 D_2(骨化醇)以促进肠道吸收钙。饮食宜选高钙、低磷食物。重度低钙血症者发生全身痉挛及癫痫样惊厥,可出现呼吸暂停危象。应立即静注上述剂量的葡萄糖酸钙,一日 2～3 次,同时应避免输血或大量输液,以防过多无机磷或枸橼酸盐进入体内加重低钙血症。如经上述治疗后血钙已恢复正常,但抽搐未愈,则应考虑可能伴有血镁过低。

高钙血症可口服磷酸盐,静注磷酸钠、硫酸钠、类固醇,以及增加液体摄入等方法有一定的降血钙作用,但最有效的方法仍是病因治疗,经抗白血病治疗后,高钙血症往往即行消失。

6. **低镁血症和高镁血症** 低镁血症临床表现酷似低钙血症,且低镁血症常伴有低钙或低钾,后者可能抵消低镁的症状,故诊断时应参照血镁及尿镁测定结果。血镁低于 1.5mEq/L,24h 尿镁排量少于 3mEq(即 36mg)即可确诊。如无化验条件而肾功能良好者,对本症可疑病人可试用 25% 硫酸镁 10ml 加入 5% 葡萄糖溶液 250ml 静滴 1～2h,在严密观察下如病情好转,即可判断有低镁可能。此外,如症状酷似低钙血症而血钙正常或补充钙盐无效,甚至症状加重者,亦可怀疑本病,按上法试验,连用 3～4d,症状好转时减量或停用。对长期饮食不足者,亦可每日补充治疗。

高镁血症不常见。治疗可用 10% 葡萄糖酸钙静注(钙对镁有拮抗作用)。如系肾功能衰竭所致的高血镁,则应设法改善肾功能并用透析疗法治疗。

7. **代谢性碱中毒** 白血病常见者为缺钾性代谢性碱中毒。此种碱中毒除具有一般代谢性碱中毒的临床表现外,尚有低血钾及尿液呈酸性等特征,此有别于非

缺钾性代谢性碱中毒。其液体疗法于轻症者只需补充适量生理盐水和钾盐即可纠正,重症(血液 pH>7.60)者可用较大量 5％葡萄生理盐水静滴,连用 2 天,或 2％氯化铵口服或静滴治疗,同时适量补钾。

8. 代谢性酸中毒　在病因治疗的同时补充碱性药物。但如未能排除乳酸性酸中毒,则避免用乳酸钠而应首选碳酸氢钠治疗。

9. 乳酸性酸中毒　临床表现和一般代谢性酸中毒相似,但如伴有缺氧、周围循环衰竭、低血压者应怀疑本病,如测知血中乳酸量增高则可确诊。应首先采取措施维持足够的心排血量和周围循环灌注,其次试用等渗的碳酸氢钠或 THAM 纠正酸中毒,但忌用乳酸钠。

10. 肾小管性酸中毒　此种酸中毒是由于远端肾小管排泌氢离子或近端小管对碳酸氢盐再吸收障碍,或二者皆存在而重吸收氯离子过多所致的一种高氯性酸中毒,但肾小球功能正常。其临床特征:单纯近端肾小管性酸中毒主要为生长发育障碍;远端肾小管性酸中毒则除生长发育障碍外,尚有肾性骨病(骨质软化、病理性骨折等)、钙化肾、烦渴、多尿及低钾、低钠、低钙等表现。化验所见为血氯升高,二氧化碳结合力降低。虽然酸中毒严重,但尿液却呈碱性、中性或弱酸性,且常无氮质血症。后面两点最具特征性,可以之与肾性尿毒症性酸中毒区别。其液体疗法首先可补充碱性药,可口服碳酸氢钠,但一般多用枸橼酸钠混合液(枸橼酸 140g,枸橼酸钠 98g,加水至 1 000ml,每 ml 含钠 1mEq)口服,3/d,每次 10ml,直至血浆碳酸氢盐维持在 18～22mEq/L 为佳,如伴有低钾血症,需同时用枸橼酸钾或醋酸钾。如有骨质软化应同时给予维生素 D,以增加钙的吸收和促使钙沉着于骨骼。

五、其他治疗

以综合治疗为原则,其中包括化学药物治疗、放射治疗(主要针对脑膜白血病)、免疫治疗、中医治疗及支持疗法等。

(万力生)

第三节　急性中毒

急性中毒是儿科常见的类急重病症。由于毒物种类、中毒途径、中毒程度不同,因此病情较复杂,体液紊乱的情况也各异。轻者可无体液紊乱,也不需输液,重者常伴水、电解质和酸碱平衡紊乱,有时可同时伴有多种紊乱,甚至危及生命。即使无体液紊乱,也常需输液治疗。有时因治疗失误引起医源性体液紊乱。严重中毒常伴有休克、脑水肿、肾衰竭或心力衰竭等严重并发症,使液体疗法更加复杂。以上情况决定了液体疗法在小儿急性中毒抢救中的重要作用,若处理不当或不及时,可引起严重后果。处理时必须具体病例具体分析,以下就急性中毒可能发生的常见体液紊乱的防治问题进行讨论如下。

一、合理使用维持液

对无明显体液紊乱者,常用 10％葡萄糖维持液静脉滴入,以促进毒物的排泄,但若输入过多,可引起低血钠或低血钾等,应予以注意。

二、纠 正 脱 水

某些毒物,如毒蘑菇、砷、铜、汞、锑及某些食物,可导致中毒,引起较重的呕吐、腹泻,导致不同程度的脱水及电解质、酸碱失衡。急性中毒的脱水多为水与钠同时丢失,故以等渗脱水为多,其液体疗法常用 5％葡萄糖氯化钠注射液静脉滴入。

三、低血钾的防治

急性中毒的患儿,可因呕吐、腹泻或使用利尿药、脱水药、激素及输入大量不含钾的液体,而引起低钾血症。故应监测血钾。若患儿血钾、尿量正常,并能正常进食者,可不必补钾,但需注意观察;对输液量较多者,应适当补充钾盐。已发生低钾者,应根据低钾的程度补充,一般婴幼儿可按 KCl 0.2～0.4g/(kg・d),年长儿剂量偏小,可口服或静脉补充,并应按补钾的原则进行,即无尿时暂不补钾,KCl 浓度 0.15％～0.3％,速度不宜过快。

四、纠正代谢性酸中毒

急性中毒患儿可因腹泻使 HCO_3^- 丢失,毒物本身是酸性物质(如水杨酸等酸性毒物),毒物代谢形成酸性产物(如甲醇可分解成甲酸或甲醛),毒物干扰代谢使体内酸性代谢产物蓄积,合并休克、肾衰竭等这些均可引起不同程度的代谢性酸中毒。治疗原则是尽量去除病因,可根据病情选用碳酸氢钠、乳酸钠,但在补碱时应避免用高张液体,并防止操之过急,否则可引起低钾、低钙、高钠、碱中毒等,有心功能不全者,尚有引起心力衰竭和肺水肿的危险。

五、防治低钠血症

急性中毒时因使用利尿药、脱水药或腹泻药等,使钠排出增多,若不补充钠盐,可发生低钠血症,故应适当补充。

六、防治水中毒

急性中毒时,可因用过多的清水洗胃,或输入过多不含电解质的葡萄糖液等,

而致水中毒。发生后,应限制液量摄入,可用利尿药、脱水药,重症者可用 3％NaCl 液 6～12ml/kg,约可使血钠提高 5～10mmol/L,可先补充 6ml/kg,输入速度应缓慢,用 1～2h 输完。以后视具体病情而定。若同时有代谢性酸中毒,也可用等量的 5％ NaHCO₃ 或 5.6％乳酸钠。补钠时应严密观察,若出现血容量过多或心功能不全的早期表现,应及时调整浓度和速度,必要时停用。

七、其他水、电解质及酸碱平衡紊乱

①因利尿、过多输液及碱中毒等因素引起低血钙、低血镁、低血钾等;②因毒物引起溶血、肾衰竭等因素,导致高血钾、高血镁等;③因利尿、呕吐、碱性药物使用过多等原因引起代谢性碱中毒;④因毒物抑制呼吸中枢,或脑水肿等引起呼吸衰竭时,可导致呼吸性酸中毒。或因毒物兴奋呼吸中枢,引起过度换气,可导致呼吸性碱中毒。对上述情况,应注意分析病情,监测血生化、血气分析及血浆渗透压等,以便正确识别、及时处理。

八、重症急性中毒

可合并休克、肾衰竭、脑水肿、心力衰竭等严重并发症,应按相应的原则实施液体疗法。

(万力生)